吾儿吾女

袁远 著

北京出版集团
北京十月文艺出版社

目录

第一章

1

半夜里，起了一场风，又落下一场雨，雨中传来闷雷几声，轰响在夜空深处。移时，噼啪骤雨渐转绵柔。至破晓，雨住，风停。旋至辰时，天光不明。

米颖一夜未睡踏实。起身后拉开窗帘，是个阴天。走至阳台，但见空中低垂的阴云，淡一抹，浓一团，似还有一场雨，正在赶来的途中。

像平常一样，她打发女儿吃了早餐，拿上书包，带了雨伞，下楼坐小安的车上学去后，自己才不紧不慢，如厕，收拾头脸，整理床铺。早餐吃罢，喝杯咖啡，按习惯，下楼到院外绿道上走一圈。

一场雨后，住宅院里，绿道两旁，落英缤纷的。

三月的帛州平原一带，最是花事盛大，即便是楼宇重重的城里，各类花树也开得灼灼其华。此时，红的桃花，白的梨花、李花、樱花，粉白的垂丝海棠，还有那白与紫的玉兰花，被昨夜的雨打落不少，在树下铺得一团团的，仿佛地面上，开了好些个锦绣铺子。

行走中，忽又起风，来势刚猛，摔打在脸上，呼吸吃紧。米颖折返回家。刚走进书房，手机铃响。一看，小安。按了接听，小安声音异样："米姐，消息出来了！"

米颖太阳穴一跳，心有灵犀地猜到小安指的啥消息，即问："怎么样？"

"是真的，千真万确！今年大变了！"

米颖手机贴在耳边，走到窗前。天空低垂到地面，天不像个天，地呢，被高低楼群捂得严严实实。住宅院里的楼房之间，树们在风中摇头晃脑，树木连片处，绿浪轻微滚涌，仿佛有说不尽的心事。

小安的声音也连绵不绝，说她今早到了公司，拿到报纸，怎样一眼看到报上头版的这条消息，怎样头皮一紧，赶紧去找其他报纸来对照。同样的消息，今天本地的各大报纸都刊登了：今年小升初的新政出台了！

米颖听着电话，没作声。

小安是米颖邻居。

她们两家同一个住宅院住着，两家的独生女，就读同一所小学，同一个年级，只是不同班。米颖跟小安，是在女孩们小学二年级结束的暑假，开始走动交往起来的。不久，她俩结成了一个组合，接送小孩的组合，小安负责早晨送，送完直接去上班，米颖呢，负责下午接。

米颖是全职主妇，在女儿欧阳采采上小学一年级那年，她辞的职。

眼下，她们两家的孩子，欧阳采采和金妮，已进入六年级下学期。眼看着，女孩们的小学时代即将收尾，而小升初的战役，实实地近在眼前了。

今年元旦节刚过，小安来米颖家告诉米颖，说听到一个传言，本年度小升初的招考可能要取消。什么意思呢？就是不考试了。不考试了小孩们如何升初中？小安说，听说是按摇号来录取。小安说，已经有一些城市那么做了，有说法是，摇号升学乃大势所趋。

这传言是真是假？可信度多高？小安说不清。

为这难辨真假的传言，米颖很是惴惴了好些天。所谓摇号，相当于抽签，全靠运气说话，运气好不说了，可是好运气哪是你心诚则灵的，要是很不走运地，摇到一个下下签，那就有得家长烦心了。

内心里，米颖也反对纯粹以考试论英雄。不过话说回来，优质教育资源就那么些，好中学屈指可数，人多粥少，想敲开理想中学的大门，米颖觉得，也只有考试，算得上目前最公平的方式了。

对于女儿的考试，米颖是不太担心的。欧阳采采成绩好，从一年级到现在，常年稳居班上前三位置。女儿小升初，按米颖的设想，首选自然是去报考“三五六”。熟悉本地教育资源的家长谁不知道，“三五六”，即三中、五中、六中，这三所中学，为全市公办中学里最拔尖的，相当于大学里的北大清华，是每一个小升初学生家长心目中的最高理想。

凭女儿的实力，考进“三五六”不说稳操胜券，也是很有几分把握的。哪怕万一失利，还有十八中和实验外国语学校，这两所学校排名稍后，也是响当当的市直属重点中学。此外，洗墨池中学也不错，近几年，洗中的名气上升得快，如一匹黑马，令人刮目，能考进洗中，也是相当好的。

若是摇号呢，你只能指望压根不可指望的运气了。

从小安说这话的一月初，直到此时的三月中，一点确切消息没有，米颖以为，可能就是个传言而已。

谁知道，传言并非空穴来风，变化说来就来。

电话里，小安说，最新政策是，计算机摇号摇到哪儿是哪儿。“‘三五六’和十八中、实外这五所学校，包括它们的直属分校，实行大摇号。”

小安说：“大摇号就是按大片区来摇号，比如六中和六中熙和分校，是我们濯锦区的学校，户口在濯锦区的孩子都可报名参加摇号。除这五所学校和直属分校，其他学校都按小片区摇号，就是说，孩子户口在哪个街道，只能参加这个街道对应的学校的摇号，不能跨街道报名，这叫小摇号。”

小安继续说，大摇号在先，大摇号摇不中的孩子，自动归入小摇号。

米颖又看了一眼垂得低低的天空，耳畔还是小安的声音，小安感叹着说：“天啊，我感觉麻烦事儿来了！”

小安说：“其实不考试了也好，小孩子肯定开心死了，我也不愿意小朋友考得苦哈哈的。问题是，万一摇号的结果很糟糕呢？”

米颖一时也没个主意，只对小安说：“你先上班吧，晚上来商议。”

挂掉小安电话，她赶紧上网查看消息，正查着，又一个电话打进来。是杨尊的妈妈宋丽华。

杨尊跟采采，也是同年级但不同班。米颖与宋丽华呢，是各自孩子班上的家委会成员，曾一块儿在学校门口，义务疏导过拥堵的交通，平时接小孩放学，也遇到过好几次。宋丽华是个匆匆忙忙的妈妈，走路急，说话急，随时随地像踩着一只风火轮，倒也爱笑，一笑，细眼睛皱缩起来，细鼻子也皱缩起来。

米颖一句“你好杨尊妈妈”没说完，宋丽华的声音飚了进来：“采采妈妈，你知道消息了吧？这个事你怎么看？你觉得利大于弊还是弊大于利？”不等米颖回答，她紧接着说：“不管咋说得应对啊，采采妈妈我知道你是有主意的，你是怎么打算的？你家采采是等着摇号呢，还是去考私立？你的方案是什么？备选方案有没有？有几套？”

这宋丽华，这份儿急！米颖正要说话，宋丽华却要挂电话了：“不好意思我这里有电话打进来了，我先接个电话啊！我回头再打给你，我们再联系，要互通信息啊！”

家长们有个QQ群，临近中午时分，QQ群里已然群情沸腾，有人欢喜有人愁。成绩好的学生家长，无遮无拦表示不满。在这一片嘈嘈切切的议论中，米颖反倒镇静了下来，也没火急火燎给欧阳卫东打电话，报告这个惊人消息。此时欧阳卫东人在外地出差，还得过几天才返回，即刻告诉他，不过让他加入干着急的行列，有啥意义呢。

到了下午，米颖又改了主意，还是把这消息跟欧阳卫东说了。得说。这是大事。果然，欧阳卫东一听便焦虑起来，他问：“‘培行嘉’也摇号么？”

“培行嘉”，即培英中学、行知中学、嘉禾实验中学，皆私立中学。跟“三五六”一样，这三所私立也是名气响当当的，师资力量雄厚，学生升重点高中和重点大学的比例，不输于“三五六”。

只不过它们收费高昂，而且众所周知，“培行嘉”最重要的撒手锏，是让学生大量做题，以高强度、大批量的刷题训练，来博成绩，赢高分。“培行嘉”的孩子都过得很辛苦。

米颖从不曾考虑过“培行嘉”。不是她舍不得孩子吃苦，该吃的苦，迟早得吃；可读“培行嘉”何止是吃苦，从早到晚地上课、做题、测试，循环往复，好像这学校的孩子只要睁着眼睛，脑子就不能闲着。本寻思吧，时间长了，孩子脑袋不给塞成死疙瘩了？

按今年的升学新政，私立中学不参加摇号，依然是考试招生。

欧阳卫东的意见是，“实在不行，让采采考‘培行嘉’。”

采采考“培行嘉”是有问题的。米颖忍了忍，没在电话里跟丈夫说那个问题，只说：“先想想其他的路子。”

“培行嘉”招生考试中数学这一门，奥数题的比重很大。家长们的经验之谈是，如果孩子先前没有读过奥数辅导班，想要通过“培行嘉”的考试基本是天方夜谭。

而米颖，恰恰从没给欧阳采采报过奥数班。

2

中午草草咽下半碗饭，米颖回到书房，想了想，硬着头皮拿起手机，拨打十一中负责招考工作的王老师的电话。

上午她就给王老师打过电话，打了七八次，一直占线。十一中是一所二类公办重点中学，去年年尾，王老师给米颖打来过电话，动员她给采采报名十一中，无须考试，到时直接派给学位。

每年开春前后，众学校便纷纷启动抢挖优质生源的工作。顶尖学校争抢顶尖学生，普通重点学校同样不甘落后。采采在班上成绩好，却还够不上全年级最顶尖的，所以来挖她的，是十一中这样级别的学校。除了十一中，米颖还接到过另一所二类重点的中学电话，她都没表示响应。此时又回头去找人家，有点自己打脸的意思。可是为了女儿，不得不豁出去。

按说，中午不该给老师打电话的，人家老师也要休息，米颖也想等到下午再说，却是没忍住。

这一回，打了两次，通了。

通是通了，王老师说话却不再有三个月前的热情耐心，语速很快地告诉米颖，今年政策大变，情况特殊，学校先前定下的名额都得废掉一大半，“学校也难办哪。”米颖硬着头皮再问一句：“我们孩子有没有可能争取一下机动名额？”王老师电话已挂掉。

这个电话让米颖情绪很受打击，好半天平复不下来。

平复不下来也得平复，这事必须好好想对策。

等着大摇号，米颖预测，摇不中的概率很大。想嘛，一个濯锦区，多少小学校，多少小学毕业生，而六中和它的分校，满打满算，能招进多少学生？摇中的可能性微乎其微。下一步，小摇号。她家所在街道对应的中学有三所，一个十一中，一个华耀中学，一个炳南中学。十一中和华耀都是二类重点，但炳南就是个三流学校了，整个学校可能连个厉害点的老师都没有，说不定，校风也不太好。如果能够摇进十一中或华耀，米颖觉得，也可以接受。只要小孩自己争气，三年之后升高中的考试，未必不能打个漂亮仗，考进一流高中。退一步说，就算考不上，又有啥不得了的呢？当然，这是另一个话头了。

怕就怕，摇到的是炳南。

今年这个升学新政，民办也即私立学校的招考，在公办学校摇号之前。最叫家长左右为难的是，若孩子考上了私立，流水号将被锁定，不再有资格参加公办学校的摇号。如果放弃私立招考，只等着公办摇号呢，果真摇到一张下下签，相当于死得硬翘翘，一点走转都没有了。

完全可以推想，从保险起见的角度，今年送孩子报考“培行嘉”的家长一准更多，竞争更残酷。这种形势下，她女儿采采考上“培行嘉”的可能性，只会更加渺茫。

想到这里，米颖不再犹豫，拿起手机，拨打堂姐电话。

这个城里，堂姐是米颖唯一的亲戚。近几年，米颖有点畏惧跟堂姐通电话。以前堂姐说话不说多么简洁，也不算啰唆，不知从何时起，话风大变，一是啰唆无比，二是抱怨连天，三句两句，总要说到桃桃。桃桃是堂姐的独生女，年龄比采采大了十七岁，不折不扣的大姑娘了。桃桃小时候，堂姐不操心，堂姐就那种性格，自己家的事，不来劲，对别人和别人家的事情，倒是来劲得很。到了桃桃长大，堂姐以前没操过的心，全补了回来。越是操心，越是烦恼；越是烦恼，越是抱怨：桃桃工作干不安稳是一桩，懒惰邋遢是一桩，自私是一桩，说话尖酸刻薄是一桩，桩桩件件，堂姐一说，总说个山环水绕。去年初冬的一天，堂姐一个电话打来，说了小一百分钟，米颖耳朵都听疼了。

堂姐有个老同学，在紧挨本市的清溪县竹石中学当校长。竹中虽地处小县城，却是省级重点中学，建校历史近百年，同样名声赫赫，同样是被人踏破门槛的。而像竹中这些周边的名校，是不参与摇号招生的。

拨通电话，一寒暄，堂姐果然又唉声叹气起来：那个死女子，活活要把人气死呀！

还是为桃桃相亲的事儿。

再过两个月，桃桃满二十八岁。二十七八岁的桃桃，男朋友连个影子都没有。凭她自己守株待兔，按堂姐的说法，只怕守到树根枯死，兔子也不来。打去年下半年起，堂姐便力主桃桃去相亲，令堂姐恼火的是，她嘴皮磨破，桃桃只当耳边风。母女两个为之，三天一小吵，五天一大吵，吵完，桃桃依然该上网上网，该玩手机玩手机。堂姐气得来，只好亲自上阵，遍求亲戚朋友熟人，帮桃桃介绍对象，又亲访人民公园相亲角。那是啥地方呢，本市著名的爹妈相亲队的集聚地。那些大妈大爷，不是为自己找伴儿，是替他们的成年熟龄子女相亲：有“摆摊”的，把自己子女的基本信息，用白纸写了，挂在树枝上广告；有逛的，看到入眼的、合适的，便跟对方攀谈、交流。堂姐去了两次，不白跑。不白跑不等于有成效，她千辛万苦，又费马达又费电地选中的人选，带回的资料，桃桃斜着眼睛从她手机上扫一眼，奉上一声冷笑：“别让我去丢人现眼啊！”

堂姐是连哄带逼，软硬兼施，好歹把桃桃逼上了相亲征途。情况如何呢？上个月，堂姐到米颖家来了一趟，跟米颖说，愁人哪。桃桃去相亲，人是去了，却是人去心不去，或者心也去了，去的却是杀心，见一个，毙一个，回来丢给她妈一句：“不行。”堂姐追问：是谁没看上谁？桃桃回的是，“彼此看不上。”堂姐哪能信。下一次，尾随桃桃而去，躲在咖啡馆窗外，观察桃桃的相亲。不看不知道，一看气得跳。桃桃怎么相亲的呢？冷着一张脸走过去，啪嗒落座，爱搭不理跟对方说不到两句话，掏出手机，自己玩起来。她玩手机，对方也玩，玩到咖啡冷透，两人站起来，拜拜。

堂姐能不气吗！跟米颖说，当时恨不能追上桃桃，揪住骂一顿。

这一锅粥的事儿，堂姐是当面说，电话里说，说了一遍又一遍。堂姐自己意识不到，有些话她是翻来覆去在说。饶是如此，米颖也只得听着。此时，米颖肚里急得着火，却还得耐着性子听她讲，堂姐说，这一个月，她又是连哄带逼，不是逼，是求，几乎是低声下气地求，才让桃桃又去见了两个相亲对象。咋样呢？一样，没戏。

电话里，堂姐一忽儿感叹，一忽儿咂舌，米颖脑袋嗡嗡的，这要说到猴年马月？心里想着怎么打断堂姐，这一句就打断她？下一句吧。可是，堂姐的诉说一句连一句，好几个下一句之后，米颖还在听着。

总算，堂姐自己收住了话头，这才轮到了米颖说话。她把事情一说，堂姐一口应下：“这没问题，这都不算求他们！采采成绩好，啥都好，竹中也需要好学生，哪个学校不想要好学生！我这就跟我同学打电话——就算非要走一个考试的过场，那就去考一考，只要分数不是太难看——凭我们家采采，怎么可能分数难看！反正，没大问题！”

堂姐这一番话，好似雪中送炭，米颖满肚子的不安和紧张，一下子退了潮。她喊一声姐，说：“如果采采考上了竹中，到时候又不去读的话，会不会让你觉得不好办？”

初级中学招生考试大多安排在四月下旬到五月中旬之间，而今年的摇号，要等到七月初，米颖想的是，如果摇到了市区内的好学校，竹中就不在考虑之列了。

堂姐拖长了声："嘿！这算个啥事儿！啥不好办呀，好办！双向选择嘛，是吧！"

米颖吃了定心丸，真心对堂姐说了一番感谢的话。

如果通过堂姐的关系，采采上竹中没啥问题的话，就等于是有了保底了。即便到时候真是不走运，摇号摇到炳南，也不至于走投无路。

挂了电话，米颖把采采以往每个学年的成绩单和得到的奖状一一拍到手机里，发给堂姐。发完，不知为何，心里竟有点没着没落，说是空呢，又有点堵，说是堵呢，又有点虚飘，总归落不到实处。不是有了竹中做保底，刚才还觉得吃了定心丸么，咋一会儿工夫，又心神不宁了？

是不是，有点后悔当初没让采采去上奥数班？

采采三年级下学期，同班的小朋友好多都被父母塞进了学奥数大军，小安也特意过来跟米颖商量，要不要给丫头们报个奥数班？米颖的想法是，除非采采自己乐意学，否则她绝不霸王硬上弓，硬给采采加这个餐。

打这个主意，不是她糊涂到了不明白奥数的重要性，但这个重要性说白了，就是为了小升初冲关考试。也不是她自信到了昏头的程度，看不到竞争的激烈，但她确实不认为女儿的冲关考试非得倚重那张可获加分的奥数证书。还有就是，她不想跟风，为啥别的家长给孩子报了奥数班，她就得给自己孩子报？所以，上不上奥数补习班这个事，她真是以采采的意愿为主。当时，采采最感兴趣的是科普类书籍，海洋探秘啦，自然奇观啦，昆虫与岩石啦，让米颖给她买了《科学的发现》《植物知道生命的答案》《BBC科普三部曲》等好多书，还不断开列新书单，忙得不亦乐乎。对于上奥数班，采采没表示太大兴趣，既如此，米颖就不多犹豫，把学奥数这个事，干干脆脆从脑子里注销了。

到女孩们升入四年级，小安到底没扛住压力，还是给金妮报了班，押着金妮每周去上奥数课。小安跟米颖说，她家金妮不像采采，采采是个靠谱的孩子，学习是让人放心的；金妮呢，成绩忽上忽下，电压从来不稳，还得给她报一个班，相当于上一个保险。又问米颖："你真不给采采报个班啊？"

米颖的回答是："是啊，不报。"

彼时她哪里想得到，到了眼下这个节点，这个城市的小升初政策会呼啦一变，变得来，让人措手不及。

3

下午稍晚，欧阳卫东又打来电话，说准备提前返回，"这两天我把事情安排一下，后天一早回去。"

回来也好。

欧阳卫东是一家规划设计事务所的总经理，也是事务所两个合伙人之一，两位首席设计师之一。近几年，他们事务所接的单子，多有外地的，外省的，远则几千公里，近也有几百公里。欧阳卫东经常一走三五天，七八天，做前期考察啦，跟甲方开会啦，签合同啦，要么是，甲方一个电话，他马上一飞机飞过去，或是开车跑过去，再次开会，演示设计方案，讲解设计理念，抑或磋商方案的修改意见。

出差和驻外，是欧阳卫东的日常状态。

对于丈夫年复一年，常态性地缺席家庭日常生活，米颖即使不快，也没奈何。且不说欧阳卫东工作狂一个，人生哲学是累并快乐着，天生乐意忙忙碌碌；就是从居家过日子的角度，挣钱也是非同小可的要务，是怠慢不得、耽误不得的，否则，孩子都养不起。

他们家，挣钱养家靠欧阳卫东，家里的大小事务，包括管教孩子，则是米颖担纲。夫妻俩虽分工明确，一旦家里遇到了要紧的事，尤其事关宝贝女儿，欧阳卫东再忙，也肯花时间。他自己的家呀！

骨子里，欧阳卫东特别看重家庭。他自己亲生父母早亡，他是跟着养父母长大的。养父母是他亲戚，再是亲戚，到底不是亲爹亲妈。欧阳卫东从来不曾在米颖面前，说过一句养父母的不好，他念叨的，牢记的，唯有他们的养育之恩。而且，自打工作之后，他对养父母是只讲回报，不添一丝麻烦，连米颖生孩子，他也不向当时已是半退休状态的养母张个嘴，请求来帮个忙。

恰恰因为这样，米颖反而能揣摩到丈夫从小寄人篱下的滋味。

以往，他们夫妻发生争吵时，米颖总是想到这一点，才原谅丈夫暴露在她面前的冷硬与狠心。

话不扯远，欧阳卫东要提前回来，米颖感到，心里又踏实了些。

此时节，天是明显地长了，白天欲下未下的雨，不知是被风吹散了，还是飘去了他乡，全没了踪影。到了黄昏，天边竟绽放出万丈霞光，将一座城市笼在似烟似霭的余晖中，有种亦真亦幻的安详。

米颖和采采以及保姆汪姐，按正常的饭点吃了晚饭。没多久，小安来了。

小安熟门熟路，进到米颖书房，一屁股坐进休闲椅，不等米颖张罗茶水，便咂舌叹气，倒了一通苦水。小安说，今天一整天，她脑袋都快想烂了，她焦得，皱纹都弹出来了，这事咋办才好？小安是想让金妮去试试“培行嘉”的，碰运气而已，考上的把握，三成都够呛；报考次一级的私立呢，这就叫小安拿不起放不下了，考不上，瞎折腾，白费劲，还打击小孩积极性；考得上也不能叫人开心，费九牛二虎之力，考进一个很一般的私立，交高学费不说，更把公立摇号的机会给浪费了。万一红运当头，摇号能摇中头奖呢？

“关键是，”小安咬嘴唇，鼓眼睛，“没法儿知道中奖的可能性究竟多大，是百分之百呢，还是百分之几呢？！”

米颖已决定让采采放弃报考“培行嘉”。

小安问：“那你就干等着摇号啊？不是我乌鸦嘴啊，万一，我是说万一，运气偏偏就很霉呢？”

米颖说，一个办法是，到时候去争取机动名额。

小安说，她也想到了这一步，问题是，这也是一步险棋啊。

很多学校，都会留几个名额到最后，即便今年公立学校会不会留机动名额得两说，或者人家留了，你争取不到；可私立的机动名额还是可以争取的。当然了，机动名额也得考，本来，就算没考到分数线以上，分数差得不多的话，给学校交一笔建校费，也能拿到入门券。怕就怕，今年大家都打这个主意。常言道，水涨船高，大家一窝蜂，事情就悬了。到最后，很可能就是拼背景，拼来头，拼谁的关系过硬了，你能拼得过那些手眼通天的人？

小安感叹：“有的学生学习很一般，就因为来头大，关系硬，照样进好学校，还进得轻松得很。所以呀，人比人，气死人。”

米颖微微而笑。小安叫苦连天的这个过程中，她显得挺平静的，其实她就是这种性格，小安却好像捉摸到了什么，忽地坐直身子，脸上的表情也郑重了，对米颖说：“米姐，你是不是有了什么办法了呀？给我讲讲嘛，帮帮我嘛！”

竹石中学的事，米颖有点犹豫要不要讲给小安。不是她有意留一手，而是，讲了的话，小安十有八九会求她把金妮“带”上。可竹中那边，并非她的直接关系，加一个金妮，给堂姐添更大麻烦不说，堂姐乐不乐意呢？再一层，从内心讲，米颖不太希望两个女孩上中学仍在一起。

金妮这女孩，脾气有点喜怒无常，不是有点，说相当古怪也不为过。米颖曾十分疑惑，为何小安这么个娇滴滴少女气的妈妈，养出的女儿脾气如此另类，母女两个，十足的南辕北辙。米颖问过小安，小安呢，竟比她这个外人还迷茫，说你问我，我问谁去呀？搞得米颖啼笑皆非。直到前年初冬的一天晚上，小安来米颖家闲聊，说起她丈夫金峰的一些事情，不期然，透露出金峰的另一面，米颖这才知晓，金妮的怪脾气，果然是有来历的；也才明白过来，金妮爱发脾气，根本上是一种发泄。而这份脾气，金妮从不敢在她性情狂暴的父亲面前展露。天可怜见。

跟小安结成接送孩子的组合以来，米颖一直暗暗观察金妮，总有些担心，担心金妮的坏脾气传染采采。采采倒是挺洒脱的，也可以说，颇有几分宽以待人的憨劲儿，无论金妮是乱吼，乱叫，乱发脾气，还是一霎儿高兴一霎儿不高兴，还是前一秒乖乖女后一秒凶巴巴，采采基本不会以牙还牙，更不会一定跟金妮争个高下输赢。米颖愉快地留意到，采采对金妮，也不是一味息事宁人地退让，金妮脾气发个沸反盈天的时候，采采会说："受不了你。"金妮闹得更凶，采采说："拜托！我已经被你吓到了，你可以了吧！"过一时，金妮又讨好采采，说甜蜜的话，搂采采的肩，跟采采亲热，采采说："你正常点儿行不？"

米颖在一旁，一头发笑，一头心里暗赞。她不曾向采采传授过具体的应对之法，采采竟应对得很自然，很得体。不能小看小孩子啊。

慢慢地，金妮在采采面前，懂得了收敛脾气，不是不发，但发得少了，程度不那么强烈了，让米颖内心挺感慨的。不过怎么讲呢，能保持一定距离更好。

米颖万没想到，小安站了起来，向她深深一个躬鞠下去，说："米姐求你了！真的求你了！"

米颖忙去拉小安。小安直起身，眼圈都红了。米颖不忍，想了想，还是把竹中这条路子说了。

小安一听，眉眼舒展开来，竹中不锁学生流水号，太好了！

米颖说："如果考上了，会很快让小孩报名，缴学费。假如到时候又不去读了，学费可以退，不过要到九月份去了。"

"这倒没问题，晚点退就晚点退。"小安说，"只是，肯定也不好考啊。"

米颖说，自己堂姐会帮着弄几套往年的考试题，等堂姐把题发来，她就转给小安。

小安千恩万谢。不多坐，告辞走了。

小安为金妮的事如此费心，如此着急上火，不像她平常的样子。以往，米颖总觉得小安对金妮不太用心，因为小安太迷恋自己身上的少女气了。一个少女当什么妈呢，少女只需要洋娃娃。小安对待金妮的方式，在米颖看来，还真是有几分娃娃气。小安不希望金妮长大，为了让金妮慢点长，她会给金妮“施法”，闭起眼睛对着金妮念念有词：“天灵灵地灵灵，王母娘娘快显灵，让我金妮别长大，永远做个小娃娃。”每当金妮发脾气，小安的反应无非是，花容失色，惊讶瞪眼，要么呢，唉声叹气，甚至跟金妮撒娇：“你怎么这么爱尖叫啊，你怎么可以这么对待你温柔天真的妈妈！”

送走小安，米颖收拾了茶具，心想，可见当妈的终归是当妈的，关键时候，哪怕如小安这样不像妈妈的妈妈，也是拼了命地要维护自己的孩子。

4

从米颖家出来，小安发现，天早已黑透。

时节已是仲春，天气不冷不热的，倒是舒爽。风呢，像怀着心事，试试探探的，在脸上一啄一啄。不期然间，一缕花香入鼻，幽幽的，有一丝甜，又似有一丁点苦，是什么花？再一嗅，又没了。

向自家楼栋走过去的途中，遇到一对年轻小夫妇，手牵着手，你恩我爱说说笑笑的，在院子里散步。借着院里路灯的光，小安看出那年轻妻子的腹部已显山露水，大概四五个月身孕吧，没来由地，她叹了一声。

掏钥匙打开门，客厅里留着一盏暖黄的落地灯，家里悄无声息的。这个点儿，外婆和金妮都睡了，金峰呢，还没回呗。小安也不打电话，手机往茶几上一丢，走进洗手间洗漱。

她家这套房子，户型是整个住宅院里最小的，九十平方米。米颖家的房子，二百多平方米。小安也想住大房子，想归想，人各有命啊。

简单冲洗了，换上睡裙，轻轻推开金妮房间的门，张了一眼。外婆的房间虚掩着，高一声低一声的鼾声从门缝里传出。

外婆是小安的外婆，金妮的祖祖，今年满八十一岁了。外婆老而弥坚，一口牙齿结结实实，比小安的牙都好，腿脚也灵便，精神头儿也健旺，看样子，外婆是要往百岁以上奔哩。

小安生金妮的时候，在医院那几天，是她妈贴身伺候，从医院出来，就由外婆接手了。直到金妮三岁，全靠外婆帮她。金妮刚满三岁，外婆口口声声的，要走，不肯在小安家待着了。小安无奈，只好把外婆送回她妈那里。去年夏天，才又把外婆接了过来。

当年外婆执意要走，不是跟小安不对付。小安是外婆一手带大的，祖孙两个，虽彼此不像，长得不像，气性不像，样样都不像，但感情深；偶闹小摩擦，也是毛毛雨。外婆是看不惯金峰，跟金峰不对付。金峰也不喜欢外婆。

金峰这人，叫小安怎么说！这些年，她不是没起过离婚的念头，念头闪一闪，也就罢了。她是个爱往好处想的人，还有点好了伤疤忘了疼的小孩脾性，哪怕旧伤未愈新伤又来。

她和金峰，也有过美好的日子，那是生金妮之前。生下了金妮，小安发现，金峰态度就变了，不只是态度，气性也变了，说甩脸子就甩脸子，说发脾气就发脾气，还不爱照管金妮，金妮哭破嗓子，也不耐烦抱一抱。小安这才明白，金峰一心想要的，只是儿子。可这事儿由不得她呀，再说金妮生都生出来了，又不是一张图纸，拿橡皮擦一擦，还能改的。

金峰态度不好，小安能忍，外婆却不。外婆看不惯就要说，说了没用就要骂。外婆骂人，挺狠的，早先，外婆是闪烁其词，嘀嘀咕咕，指桑骂槐，后来就当面锣对面鼓了，对着金峰骂："流脓生疮的短命鬼！""有人生没人教的讨口子娃娃！""把自己当大爷了！球个鬼大爷！"

金峰气得，额上青筋暴突，一副要吃人的样子。小安也觉得外婆骂得难听，忙忙两头劝，劝到金峰那儿，被金峰凶巴巴一掌推个踉跄。外婆不依了，拍着腿吼骂："挨千刀的！烂肠子的……"

送走外婆不到俩月，金峰把干了好几年的稳定工作辞了，跟朋友合作开了个小公司。小安哪能未卜先知地看出，金峰这人眼高手低。很快，那公司开到了穷途末路。金峰不甘心，收拾了残局，又找另一个朋友联手，另开了一家公司。命运捉弄人地上演了相似一幕，第二个摊子扯起来不多久，又是个风萧萧兮易水寒，同样迅速地气绝而亡。掐指算算，前前后后，拢共两年多吧。

钱挣不到，事业发展不起来，金峰的心境和脾气，顺流而下地变得更坏，早晚黑着一张脸，弄得小安忐忑不安。不过那两年，小安尚不觉得事情有多严重。主要是，当时他们不缺钱花。小安外婆名下有套旧房，动迁时得到一笔赔偿款，外婆将这笔款子的一部分，赠送给了小安。拿着这笔钱，小安颇觉日子轻松。

金峰在家闲待了半年，几个散钱，炒炒股票。小安不肯把外婆给的钱掏给金峰摆弄，虽然她盼着金峰发财，可是跟发财比起来，安全还是第一位的。每当金峰问她要钱，她就推说要跟外婆商量，把金峰挡回去。金峰闲了半年，闲得怨声连天，没奈何，只得低下头再去求职，回到朝九晚五的上班族行列。

接下来，就是咆哮事件和掌掴事件。

其实咆哮事件之前，金峰也没少咆哮，可好歹，那是关着门在吼，小安即使伤心，也没觉得有啥过不去的，至少没把脸丢到外人面前去。

金妮六岁那年的一个周末，金峰一早出了门，小安的一个女友，如约带了孩子，到小安家来玩。两个妈妈带着两个小孩，玩到做午饭的时候，小安正和女友商议做些什么菜，不期然，大门轰然洞开，金峰一脸煞气矗立门口。不等小安开口，金峰的咆哮即如连发炮弹，如霹雳惊雷，排山倒海砸了过来。小安被吼蒙了，两个小孩吓得脸色煞白，哑口无声，小安女友给惊得手足无措，赶紧低着头，拉上自己孩子，溜了。

为什么事他如此大发雷霆呢？就因为他打手机她没听见。就为一个电话啊，小安能不伤心吗？而且，丢人哪。

事情却还在恶变。小安喜欢社交，喜欢出去跟朋友聚会，金峰对此相当不高兴。小安却舍不得割弃这点娱乐，有朋友打电话来邀约，她总要一口答应。跟金峰编个借口，把金妮扔给保姆，漂漂亮亮打扮起来，出门赴约会。那晚，她和几个朋友在一家酒吧娱乐，说笑话讲段子，掷色子喝啤酒，金峰不知怎的找来了，空降在小安面前，二话不说，啪地给了她一嘴巴。饶是小安性子软，也不由大怒，提起粉拳挥向金峰，没打着，竟又吃了金峰第二巴掌。

这件事，真叫小安心灰意冷。不仅动手打她，还当着她朋友的面打！小安哭得伤心欲绝。要不是回到家后，金峰红着眼睛再三赔礼，再三道歉，她肯定跟他分道扬镳。

气头一过，她自己又想开了，觉得金峰也不易，一个大男人，做事始终不顺，办公司办垮，想东山再起，找不到起点；去应聘，遇不到伯乐。按金峰的自我评估，他去求职，至少做部门经理以上的高管，可别说做高管，一个低阶管理职位，都不能痛快得到，还要进行试用。挣几个稀饭钱，受一肚皮窝囊气，她不同情他，谁同情他？这么一想，反去宽慰他。

掌掴事件之后，他们家算是风平浪静了一段时间。两人都后退了一步，小安收敛了些爱玩的心性，金峰则多少有了克制的表现，发脾气不再动辄发个昏天黑地。可是，也就小两年吧，又不好了。

金峰坏脾气的复辟，跟几件事有关：先是炒股被套，越想解套，越被套牢；套牢不说，还赔钱，虽本金不大，也赔得他火冒三丈。紧接着，他那在另一城市过生活的母亲脑中风，落下个半身不遂，话都说不清楚了；金峰去了一趟母亲那边，待了十天，他母亲的状况毫无起色。回到公司里，他跟上司、跟同事的关系依旧紧张。突然一天，他又开始对小安、对金妮大吼大骂了。小安能怎么办？躲，躲不了；承受，太痛苦太委屈了。尽管这个粗暴的人事后时常忏悔，但小安感到，她自己，她这个家，就好似坐在活火山口上，随时可能灰飞烟灭。一次她脾气也上来了，跟金峰针尖对麦芒地吵了几句，马上就再一次，吃了他的巴掌。

为这个事，小安去到米颖那儿，向米颖诉苦。还没说到金峰打她的事儿，米颖的表情就很严肃了。见状，小安竟鬼使神差地，又为金峰辩护起来。金峰也有好的时候，也会知冷知热地疼人，也是有雄心壮志的，只不过眼高手低运气差。另一点她没跟米颖说，金峰依然是帅的，体形保持得不错，不像小安的一些大学男同学和男性朋友，不知吃啥喝啥了，人未衰老，体形先崩了盘。

时间走到前年年尾，金峰运气逆转。他小时候的一个邻居大哥，从部队退伍，跟他联系上了。两人喝了两顿酒，一喝喝得情投意合，再喝喝得肝胆相照，决定联袂做餐饮。去年五一节，他们合伙做的烧烤店开张。这一回，不仅店子顺利开张，不仅一开张就生意红火，而且运营至今，金峰也没跟老大哥闹分裂。

小安偷着乐。金峰赚钱多了还在其次，最让小安高兴的，是金峰忙起来后，状态好了，脾气也大有改善，还同意小安把外婆接来。

外婆过来后，小安不用再请保姆或钟点工，外婆也不让她再请，“花那个钱！”外婆老骥伏枥，买菜、下厨、洗刷、打扫，样样能干。外婆一来，小安彻底解放。晚上她出门去见个朋友，或到米颖家坐坐，有外婆在家守着金妮，她多晚回家，都是放心的。

金妮这孩子，小安真心不愿意她长大，小孩长大了，就显着她老了呀。可再不愿意，金妮也在一年一变地长大。越长大，越叫她不省心。不说别的，小孩的学习、考试、升学，哪样不叫当家长的淘神！说来是小孩读书，可做家长的得搭进半条命。小安是个心思简单的人，饶是心思简单，孩子读书升学这样的事，她也知利害。可恨的是，这些事情，金峰是不肯操心的。

金峰这人哪，说他不爱女儿吧，金妮的事他也并非样样不管，只不过，不要让他觉着麻烦，否则他不是骂骂咧咧，就是狠发脾气。小安背地里落过多少泪。又如何呢，未必她还真跟他离婚？

就说今天吧，小升初新政出台，多大的事儿啊！她看到消息的第一时间，即打电话给金峰。金峰还在睡觉，接起电话，她话没说完，他居然啪地把手机挂了。小安恨得咬牙。到中午，再给他拨电话，金峰咋反应的呢？不痛不痒说一句“知道了”就完了，小安气得尖了嗓子问他：“金妮是不是你女儿？”金峰“嗤”一声：“惊抓抓的，多大的事嘛！”

这么大的事还说多大的事！小安想着，不由鼻子又酸了。有时候，她情不自禁地，会羡慕米颖的福气，找个老公，又能挣钱，又爱家护家，就算那欧阳卫东在家时间少，可是人家是怎么当丈夫的，是怎么当爹的！不过谁知道呢，谁知道那欧阳卫东背着米颖，会做些什么呢。米颖倒是挺笃定的样子，她那自信哪来的？米颖那人，不好打扮，衣着总是平平常常的路数，又不化妆，也没啥社交，看着一般，实则人尖子一个。那米颖不过比她大了几岁，竟好像多活过一辈子似的，啥事都胸有成竹。

人太胸有成竹了也可厌。偶尔地，小安对米颖，会陡然生出一丝说不清的恼火。

5

晚十一点，古称亥时，又名入定。

小安靠在床头，浑身疲乏。这一整天好似打了一场仗，累死她了，想睡呢，脑子却兴奋着。

想想自己做学生的时候，做父母的哪有这般操心，重视孩子学习的爹妈当然有，但何尝像现在这样，一个二个打了鸡血似的，擦掌撸袖，猛踩油门，有多大劲儿，使多大劲儿，叫小安想想就紧张。

人家在拼，她也得拼哪。

她记得清楚，怀着金妮那会儿，她一个大学女同学，怀孕比她晚几个月，肚里刚坐上胎，人家整套教育规划就出笼了。人家那孩子刚四岁，古诗就会背十好几首，小嘴一张，“千山鸟飞绝，万径人踪灭”“飞流直下三千尺，疑是银河落九天”，一串串的。不仅会背古诗，还装着满腹成语，不仅满腹成语，还能麻溜说Cool，Beautiful，Happy之类。叫小安羡慕得。她打算学习同学好榜样，回到家，把金妮抓到跟前，要给她上发条，按下早教启动键。金妮哪里肯服从，金峰也不帮忙，闹一阵，也就作罢。

到金妮上学，为金妮做作业的拖沓，为要不要送金妮上补习班，小安可没少耗神。她倒不曾好高骛远地期望培养出一个多么不得了的人才，但起码，得让女儿考上大学吧，还不能是太差劲的大学。

说来这并非一个宏伟目标，哪需要呕心沥血，孜孜求索。以小安的心愿，她该悠悠闲闲的，风轻云淡的，陪伴女儿长大，含笑看着女儿从小学，到高中，然后，目送女儿走进大学。跟女儿挥挥手，完成任务。收工。

可能吗？做做梦可以。

窗外，远的近的车流声，唰唰，唰唰，和着卧室门外传来的外婆的鼾声，让人奇怪地心安。

小安眼皮犯沉，倒在枕头上，刚要跨入梦乡，听见大门咔嗒一声。她心里一恨，伸手把床头灯按灭，翻个身，脊背向外。听见金峰在门口换了鞋，放了包，啪嗒啪嗒向卧室走来。

跟着金峰进来的，是一股酒气。小安霎时恼火，却一动不动。金峰把卧室的灯按开，“睡了？”

小安不答。

金峰的脸凑过来，小安忍不住了，一把推开金峰，“一边去，难闻死了。”

金峰倒笑了，“哟，吃枪子儿啦？”打个大大的嗝。

小安翻身坐起，怒视金峰。金峰往床上一倒，胳膊一拽，把她拽到他身上。小安才不要，往外挣，金峰牢牢把定她，“给寡人按摩按摩。”

“按你个头！”

金峰拽着她的手往下面去，嬉笑着：“就是让你按头啊，按这个头。”

小安狠狠一甩手，挣脱他，侧身躺到一边。金峰扳她的肩，扳不动，便抬起身，下巴搁到她肩上，“欸，欸”两下。小安听着，眼泪就上来了。

金峰复又倒下去，叹一声：“女人哪！”

小安噌地坐起，“女人咋了！”

金峰半闭着眼睛，那样子叫小安气不打一处来，正掂量着要不要跟他理论，金峰笑了，“不就是个升学的事儿么！”

“啥叫……”话未说完，小安见金峰笑得诡异，心里一动，

“你有啥好办法啦？”

金峰依然只闭眼而笑，小安急了，往他胳膊上打了两下，“说话！”

金峰哼哼一声：“你老公是白吃闲饭的么？”

外婆的鼾声，一阵紧一阵慢，逶逶迤迤传过来。小安头靠在金峰肩窝，心里一忽儿喜，一忽儿叹。金峰当真没叫她彻底失望。这家伙就是这样的，把人气得要死的当儿，又鬼笑着打出张牌，叫人转悲为喜。

金妮的事儿，他没有撒手叉脚地不管，他到底是金妮的爹呀，他去求人了，找关系了，而且找到了两个关系。问题是，他找的关系靠谱吗？

小安把从米颖那儿寻获的竹中的关系，说给金峰，说了一阵，不见应答，正想抬头看他咋回事，便听见重重一个呼噜，拍进耳朵。

6

一早，出了会儿太阳，万丈金光似如刀子，把厚厚云层割开几道口子，从缝隙间挥洒而下。云层不急不缓的，蠕动蠕动，又把口子合上了。太阳再接再厉，再挣开两三道口子，可没多会儿，还是被云层锁了个严实。

午饭时，米颖接到宋丽华电话，宋丽华说，想来拜访一下。

约莫半小时，宋丽华来了。

宋丽华穿一身藏蓝色薄呢职业套裙，跨进门来，眼珠子一转，张口就向米颖赞道："采采妈妈，你家好漂亮啊，又宽敞，又气派，还雅致！"

米颖请宋丽华客厅沙发上落座，找杯子给她泡茶，叫汪姐把新买的草莓洗一盘。宋丽华眼睛仍在左看右看，嘴上说不用忙，不客气。汪姐端来草莓，宋丽华看着草莓道："今年这草莓贵得离谱！"

米颖笑笑，用水果叉子叉一枚草莓，递给宋丽华，自己也叉一枚。宋丽华捏着水果叉，脸向米颖凑过来，像是要避开什么偷听的人，压低声调快速问："采采妈妈，你家采采有没有被哪个重点中学预定？是不是已经跟哪个学校签约了？"

"没有。"米颖说。

"不会吧，你家采采成绩好，没有学校来挖？"

"她成绩也不是最拔尖的。"米颖说，"前些时候有过二类重点学校的老师给我打电话，我没有答应，当时哪知道今年会是这个政策。"

"是啊是啊，"宋丽华说，"谁都想不到啊。那你们现在是怎么打算的？"

米颖踌躇的当儿，宋丽华把手里的水果叉往果盘上一放，快速翻动嘴皮道："唉，我知道眼下这个关键节点，大家都在八仙过海各显神通，有啥秘密'武器'，都藏得严严的，我当然理解了！可是我心里急呀，小孩升学的事，不就是天大的事么！像我们这种家庭，夫妻两口都是外来的，虽说在这里打拼了十几年，买了房子上了户口，但是一没根基二没靠山啊，遇到这种关头，都不知道往哪儿使劲才好。"

米颖没想到，宋丽华会说出这么一通话。宋丽华这人，她不仅不太熟，没交情，坦率地说，还有点不喜欢。这个妈妈，看着直率，给米颖的感觉却是，好像肚里总在打什么算盘。但宋丽华方才的话，说得掏心掏肺，米颖当然理解这份心情。当爹当妈的，谁个容易！当真如宋丽华所说，他们两口子都是外来的，在这里一无根基二无人脉，遇到这样的事情，咋不心急火燎？

可她又能为她做什么呢，最多不过是，把自己粗略的筹划说给她。所谓筹划，也就是等着摇号，摇号之前，报考竹中。

宋丽华听罢，开口道："这就是说，你们还是打算参加摇号？'培行嘉'这些私立不考虑么？"

米颖刚要说话，宋丽华又说开了："摇号这个事，不怕一万，就怕万一。要是我们家杨尊有你家采采那样的好成绩，我二话不说，让他去考'培行嘉'！没上过奥数辅导班有啥呀，学校里多少教过一点的，凭你家采采的聪明和实力，十有八九过关斩将！万一运气欠了点，还有成曦、进德这几所也不错的私立……对了，"她双手一拍，"你们还有竹中这条路呢！竹中多好，又是公办，你们又有关系，更保险了！距离远一点，小问题，学校好最重要。反正啊，只要考上了，报名缴费锁定学位，一了百了。摇号总归冒险的，你想啊，本来学习好好的小孩，要是偏就给整到垫底的差校去了，哪能想得过！那时候私立的招生也结束了，最怕的不就是两头落空么！"

听宋丽华这话，米颖觉得她好像是来给自己出主意的。本来说竹中的时候，米颖还担着心，怕宋丽华像小安一样，百般恳求把她家孩子也带上。不是米颖不想带，带不动啊。谁承想，宋丽华压根没有求她的意思。看来宋丽华一准是有方案了，有主意了。

果不其然，宋丽华接着说：“我是要让我们家杨尊去考私立的，‘培行嘉’我们高攀不了，就选排名靠后的去考。我只求这事早落地，早了结，早安心。”

又说：“私立学费高些，我们咬牙供呗，但愿他争点气！实在运气臭，就把他送回老家去读书。只是……”

只是什么，宋丽华没往下说，她拿起手机看一眼时间，腰一挺，做起身状道：“好了我不多打搅了，你肯定有事要忙，我走了。”

起身，拿包，换鞋，自己打开门，“走了，再聊再聊！”

7

米颖有点发怔，这宋丽华急冲冲来一趟，到底图个啥？

欧阳卫东从里屋走了出来，问：“人走了？”

欧阳卫东是前天下午回来的。一到家，旅行箱一放，就问女儿升学的事。

对于米颖不曾给采采报奥数班，欧阳卫东一句话的责怪都没有，只一门心思，跟米颖商议对策。倒弄得，米颖兀自好一阵感动。夫妻俩一番商量推敲，定下一个方案，这方案，除了米颖说给宋丽华的之外，还有一条，即参加摇号之前，尽力敲定本市一所二类重点以上的学校。这个“敲定”，也就是争取到学校留出的机动名额。

方才，米颖没跟宋丽华透露他们夫妻商定的第三条，原因是，这条路子能否走通，是否有戏，八字尚无一撇。

这两天来，欧阳卫东是拧紧了发条，打电话，找关系，请吃饭。即使欧阳卫东出马，米颖也不敢完全地放心。想想吧，你能扑腾着托人找关系，别人也一样，所谓魔高一尺道高一丈，你就算使尽浑身解数，到头来仍可能是，别人棋高一着。不是有这么句话么，山外有山，人外有人。没遇到事儿的时候，大家都是一个脑袋两条腿，一到关键时刻，你就看吧，能上九天揽月的，能下五洋捉鳖的，大有人在。越想，心里越是没底。

再一条，托人也是门学问。用欧阳卫东的说法，不托人，找不到关系，办不了事儿；托的人太多，找来的关系又可能彼此牵制，相互抵消，最后竹篮打水一场空。

所以这两天，欧阳卫东是够伤脑筋的了。宋丽华登门的时候，欧阳卫东正在他书房里接打电话。此时欧阳卫东走出来，米颖看他一眼，即看出并无人给他送来好消息，包括刘启明。

刘启明是欧阳卫东一个朋友。米颖对这人印象不太好，咋咋呼呼的，又好提虚劲，又爱喝酒，有事没事的，总给欧阳卫东打电话，一口一个大哥，邀欧阳卫东去吃饭，去喝酒。米颖哪能不知，刘启明邀约吃饭喝酒，哪回不是欧阳卫东买单，却也不多说什么，说多了，白惹欧阳卫东烦。

这一回，好像真用上刘启明了。刘启明人脉广，他有朋友认得洗墨池中学管教学的副校长。欧阳卫东回来当天，即给刘启明打了电话，打电话时，刘启明满口说没问题，说尽快安排一个饭局，把他那朋友和洗中副校长都叫上。刘启明的话，米颖本能地觉得不靠谱，欧阳卫东却说，不要小看了刘启明的活动能量。好嘛，她当然希望刘启明不是吹牛，若真能为他们搭上这条线，那是再好不过。情况如何呢，这都第三天了，一点消息不见。

米颖正想问欧阳卫东，刘启明还没回话？欧阳卫东手机响了，他看一眼手机，对米颖点点头，“刘启明。”

米颖看着欧阳卫东点一下手机屏，看他举着手机笑着说“欸欸，启明哪”，隔着几尺远，只听得刘启明哇啦哇啦的声音从听筒往外冒，却听不清他在说个啥。正心急，欧阳卫东按下手机免提键，刘启明的声音忽地清晰冒出：“朱校长这么说的，不是不给面子，不是不肯帮忙，今年实在是没办法，找的人太多了。就算现在他做了承诺，那也是虚的，等到七月初再看。”

米颖淡淡一笑。那个副校长无疑是回绝了饭局。只听得刘启明又急冲冲说，他还认识某某中学的老师，他再去联系联系。不等欧阳卫东说个谢，争分夺秒挂了电话。

欧阳卫东关掉手机，看着米颖，米颖也看着他，两人同时笑了一下。

米颖心里，已对刘启明这条线不抱希望。看得出，欧阳卫东也觉出了事情不是一般的棘手，只是嘴上不说而已。很可能，他找的关系终将全军覆没。米颖说：“尽人力，听天命吧。”

正如米颖所料，往后两三天，欧阳卫东接二连三收到的，几乎全是坏消息的反馈。他托的人，纷纷表示爱莫能助，唯有一个人说，可争取在一所二级重点中学为采采保留一个机动名额，但仍是要等，等到七月初才能敲定。

这样的承诺相当于没承诺，话是活的，事还悬着，并没有板上钉钉。却也没奈何，还得认认真真表示感谢。

到了这一步，只能指着竹中作为女儿的升学保底了。

米颖堂姐，把竹中过去三年的入学考试题都传到了米颖邮箱，邮件里只一句话：给我打电话。米颖又是感谢，又有点哭笑不得，这堂姐，帮个忙，口气一下大了。堂姐不端出这样的架势，米颖一样是感激的，甚至更感激。却也顾不得计较，给堂姐拨去电话，发自肺腑地说感谢话。堂姐听得舒心，喜悦又得意地告诉米颖，还有一套资料，是竹中旁边一所培训学校里，专做升学辅导的老师对竹中升学考试的详尽解析，属于划重点的，很管用。堂姐说，她已经打着校长同学的旗号，跟那培训学校的负责人对接上了，对方今天内，把资料传给她，“资料一给我，我就转给你啊。”

米颖再说谢谢，太谢谢姐了。

堂姐笑，“今年的试题呢，要不要我去下点功夫，帮你弄出来？”

这个，米颖一个愣怔，又一个愣怔，然后说：“不用了，算了吧，这已经很麻烦姐了，谢谢姐考虑这么周到。”

挂了电话，米颖说不好自己这是做对了，还是不对。把这事说给欧阳卫东，欧阳卫东问：“你不是怕花钱吧？”

“不是，”米颖说，“我就是觉得，那么做是逆天了，逆了天，谁知道要遭什么报应呢。”

欧阳卫东笑起来，点头说：“我老婆这么想是对的。”

米颖说：“我听堂姐的口气，她也未必能弄到今年的试题，竹中好歹也是名校，基本的原则肯定有的。”

欧阳卫东笑笑，点支烟，说：“我们女儿考竹中不会有问题的。”

8

米颖猜得不错，宋丽华确实是有了主意，却不是对米颖说的那个主意，那不过是她放的烟幕弹。

公办重点中学的摇号招生，她怎么可能放弃，事实上，甫一听到摇号消息，宋丽华是惊喜大过烦恼。之前她是没把“三五六”这类顶尖中学纳入考虑范围的，够不着嘛，突然间，意外地，摇号了，有希望了！

她当然不会傻到只看到事情好的一面，这个事，好运霉运半对半。但转弊为利，知难而进，素来是她宋丽华的长项。

即刻行动起来，电话打出一连串，一边打电话，抓信息，找路子，一边开动脑子的小马达，构想出整套应对方案，那就是，让儿子参加摇号，大摇号不中，等小摇号；她自己，迅速着手为儿子寻找保底的学校。

私立学校，宋丽华快刀斩乱麻地排除，根本不纠结。私立若能考上，流水号被锁定，没了摇号机会；考不上，白辛苦，何必。关键在于保底。

宋丽华大学读的是师范，按说，同学中该有不少人进入教育战线，只可惜，她的同班同学恰恰没几个任教中学。有的吃过几年粉笔灰，后来转了行；还当着中学老师的呢，多不在这个城市教书。

这些年，宋丽华跟同学联系不多。那帮子同学，混得比她好的没几个。再说她成天忙得风驰电掣，哪有心思联系没用的人。但眼下形势陡变，为了儿子升学保底事宜，她当即紧锣密鼓联系老同学。

当日就挖出一个老同学，这同学在不远的麟江县第一中学当教务处主任，那也是省级重点。这就好了，打通老同学的路子，给儿子的升学保底！

只是这天下班前，她尚未跟那同学联系上。电话是打通了的，对方未接，宋丽华又发送信息，对方倒是回复了，说空了给她回电话。

她命令老公也行动起来，火速联系一切可能帮上忙的关系，在他老家那边觅定一所好学校，敲定必要关系，为儿子的升学上双保险。

做了这般周密安排，宋丽华内心最期待的，还是儿子能摇进本市好学校，在自己身边上学，享受大城市优质的教育资源和一应配套资源。不然，当初她何必甩掉铁饭碗，跑来这里背水一战？

想当年，大学毕业时她没捞着好运气，无缘大都市。小城市里待了一年半，跟老公把婚一结，她就决定辞公职，闯省城。老公拦不住她，却也不敢舍命陪君子，把自己的铁饭碗扔了。她这老公，人是个好人，脾气好，会持家，心细如发，过日子十分勤俭，却是个最最前怕狼后怕虎的。宋丽华发声恨，丢下老公，单枪匹马杀进省城。

来省城的头两年，她吃了多少苦，租住城郊接合部的便宜房子，骑一辆丁零当啷的二手自行车，风里雨里地奔波，白天上班，下了班去推销保险，恨不能做梦都挣钱。那些年，保险推销被视为不入流的行当，跑断腿，磨破嘴，还受气，有时披头散发跑四五天，颗粒无收。

宋丽华知难不退，退了，也就没有她的今天了。对于大都市的无情，她照单全收。在她看来，这就好比冬寒暑酷，你再怨，它都是那个样子。反过来说，恰是有了这无情和惊险，才有披荆斩棘的快感，收获成功的辉煌，也才有让她攀上食物链高端的机缘与空间。

她专职干起了保险，一个电话打给老公，叫他过来加盟。老公犹犹豫豫，一心想留守原地，护着鸡肋饭碗，被宋丽华电话里一通训斥，乖乖就范。

夫妻两个联手，走街串巷，爬楼登门，摇唇鼓舌。每到周末、黄昏，别人都在消消停停享受家庭生活，她和老公呢，推一辆自行车，车上驮一张折叠桌，两张折叠凳，一个X展架，一大摞资料，到人家小区门口、社区广场，摆摊设点，热情招呼，反复游说。一碗泡面，打发肚子；一瓶矿泉水，安慰冒烟的喉咙。时常披星戴月收工回家。不，哪有什么星和月啊，这个城市夜晚的天空，总是黑乎乎的，也不全黑，地面辉煌的灯火映射上去，把天空映得斑驳陆离，半灰半黑。他俩披着路灯之光，穿过寒冬酷暑，把一个又一个疲惫的夜晚，结束在倒头就睡的枕头上。

刚来省城时，宋丽华给自己定下目标，五年内买房。来到省城不到三年，她便豪迈果断地，出手买房了。钱不够，她和老公各自向家里借，买下便宜楼盘的最小户型。

又不到三年，筹划买第二套房。那是因为她怀孕了。

他们夫妻的第一套房，面积小不说，还不是学区房，当时只图尽快买到房，尽可能不背债，不曾考虑到未来的宝宝以及他上学的事。到了宝宝在她肚子里日新月异，一拱一动，宋丽华就反应过来了，骂老公，骂自己，鼠目寸光，不思长远，她的宝宝生下来，不几年就要读书的呀，读书当然要进好学校，咋进？拥有学区房最把稳。

第二次买房，瞄准学区房。首付的钱不够，还是老办法，借。不够的，按揭。

二十九岁那年，宋丽华手握两套房产，完成生子大业，昂然转型辣妈。房债背在身上，她不觉得烦恼，她只会把挣钱的风火轮踩得更欢。

生下儿子之前，宋丽华一直是为自己活的，只有她自己，才是她矢志不渝的恋人，忠心耿耿的对象。儿子改变了她，使她超越了自己。她记得第一次给儿子喂奶，当儿子花苞般柔嫩的小嘴，含住她奶头，吮吸她奶水的时候，那惊心动魄的感受，那浑身酥麻、爱如泉涌的感觉，刻骨铭心啊。

她第一次和男生牵手，她的初吻与初夜，带给她的震撼，都远不及儿子的这一含，一吮。她心里对儿子说：我要把能给你的最好的一切，都给你。

儿子杨尊长得乖巧。细长眼睛，嫩白皮肤，像她；挺直的鼻子，软软的头发，像爸爸。小帅哥呀。而且聪明。什么东西都一学就会，记性又好，大人说的话，电视剧里的台词，听一遍，他能重复得一字不差！

只不过儿子的性情，随他父亲，这是让宋丽华有点遗憾的。儿子小时候，不管跟什么样的小朋友玩，总是受欺负的那个，连小女孩都能压他一头。有一次，他们两口子带儿子到小区附近的小广场乘凉，杨尊居然被一个小女孩打哭了。也不是打，是推，那壮得跟肉球似的小女孩一把推过来，杨尊就哇哇地哭了。

宋丽华又是疼，又是气。小绵羊般的儿子固然可爱，但可爱能当吃呢还是能当穿！她绝不能让儿子永做小绵羊，她教导儿子：你弱对手就强，你强对手就弱；她提点儿子：你凶一点嘛！吃那么多好吃的，长点本事嘛，别人打你，你给我打回去！儿子呢，禀性难移。任她说千道万，儿子还是那个儿子，眉清目秀的，柔柔顺顺的，见人就笑，遇强就弱，长着一个聪明额头和一双清秀眼睛，全不知趋利避害。

儿子有这点不足，宋丽华并不看低儿子，正如她不会嫌弃老公。老公嘛，她骂是要骂，训也要训的，但也是要维护的。老公和儿子，都是她的人啊！她的亲人，她得护卫，得罩着。

杨尊上学前那般聪明，念起书来，成绩只是中等，宋丽华也没觉得多么失望。她是个现实的人，现实意味着实事求是，儿子是聪明的，但没聪明到独步天下的地步，独步天下反倒不好了，高处不胜寒么。儿子的这种聪明程度，正合适。何况，儿子小学阶段，宋丽华并没有狠抓儿子的学习，她预备到儿子进了中学，再来发力。

儿子上中学的事情，她照样是提早筹谋。要让杨尊上个好中学，最简便省心的方法，还是拥有学区房，重点中学的学区房。小学的学区房只管小学，管不了中学，明摆着，她得再接再厉。

宋丽华没觉得这事烦人，压力是有的，有压力才有动力，再说了，买进学区房，等于做了最理想的投资。把第一套房卖了，物色更值钱、增值空间更大的新学区房！

也是她心急了，或者说，心大了，或者说，失算了，失策了，她把第一套房出手后，拿到钱就该直奔目标学区房，好歹付几成首付，贷的款，往后逐月还。千不该，万不该，听了一个熟人鼓动，一大笔钱哪，砸进一项投资里。原想吃个快钱，用赚到的钱，一举付清相中的新房房款，料不到，肉没吃着，自己反给套住。那句话怎么说来着，精明一世，阴沟翻船。

总之，走错一步棋，计划全乱套。那笔投资，至今仍给套着，一笔糊涂官司，再使劲，也捞不出个痛快结果。想起来，气得人肝儿疼。钱，一年年地收不回来，房，眼睁睁看着成了镜花水月，里外里，她损失了多少！宋丽华也捶胸，也顿足，也骂人，可她究竟不是吃了亏只会干坐着抹眼泪的人，新的学区房没戏了，儿子读书的事却不能耽搁，此路不通走彼路，忙忙安排儿子学奥数，补语文，攻英语，备战备荒，准备迎考。

她从未奢望过儿子考进“三五六”，她瞄准的是二类重点。一觉醒来，升学新政横空出世，让她精神为之一振，摩拳擦掌起来。

真是巴不得其他孩子都去考私立，少一人参加摇号，她儿子摇进重点的希望就多一分。她明知，其他家长不可能都把孩子送去考私立，却忍不住还是要去鼓动。鼓动一番，心里好像总要踏实一点。再者说，跑来跑去地跑着，内心的焦急多少要冲淡些。

从米颖家出来，到了楼下，宋丽华下意识呸了一下，装模作样的！等着摇号，等你摇到个下九流末等霉戳烂学校，看你还装不装得出气定神闲！

兀自又笑了，人家有竹中做保底呢，自然是有恃无恐的了。心里又一哼，你们有保底，未必我没有！

9

周六是个大晴天。三月下旬的阳光，怡人得很，亮亮的，柔柔的，千丝万缕，金色纱帐一般笼下来。站在阳台上望出去，铺天盖地的阳光，好似一支悠长绵软的思乡曲。云呢，一片片，一层层，闲闲地浮着，一忽儿，拉细了，一忽儿，蜷缩了，一忽儿，又拉断了。

宋丽华对天气一般没啥意见，天气好，她当然开心，天气不好，她照样斗志昂扬。往常的周末，她经常自愿去公司加班，眼下呢，儿子升学之事乃当务之急。

今天，她和老公要出一趟门，去拜访她那位在麟江县一中担任教务处主任的老同学。明天跑一趟老公老家，去见见那边一所中学的总务处主任。

拜访，不能空手。先前夫妻俩商议时，老公的意思是，各送两条烟。宋丽华说，两条烟算啥，送了等于白送，白送不如不送。要送就送管用的，钱。

钱送多少合适？老公表情凝重，宋丽华一眼看清他肠肠肚肚的纠结，她才不纠结，脑子里小马达转两下，方案即出。给她的同学，封个厚实红包，请吃顿饭；老公老家那边的总务处主任呢，在宋丽华方案里是个备胎，红包可先压一压，送两条烟，请吃顿饭，把关系搭上，把该铺垫的话垫上。万不得已非要走他这条路子的时候，再集中火力攻关，该给钱给钱，该出血出血。

一早起来，吃了婆母做的早餐，宋丽华丢下碗筷，作速梳洗完，穿戴好，先跑了趟菜市场。不是买菜，是买水果。送礼的水果，得挑时鲜漂亮的买。到水果摊点上巡视一番后，她选了红提、帝王蕉、草莓。买好拎回家，又一番捯饬，把它们装进水果篮，盖上玻璃纸，扎上绸带，做成一只像模像样的礼品果篮。这水果篮、玻璃纸、绸带，都是旧物利用，老公啧啧赞叹。

夫妻俩拿上东西，开车出城。

高速路上车流顺畅，明媚阳光下，锃亮的路面反着微光。道路两旁，一块块的油菜花田，棋盘似的，菜花已半谢，棋盘的颜色，黄中带绿；田垄间，有仪态万方的树，稀稀落落的农舍，倒好一幅风景画。宋丽华老公开着车，不多久，进入麟江县地界。

这几年，小县城的面貌也突飞猛进了，道路拓宽，高楼并起，商业繁华，看着赏心悦目，宋丽华感到满意。

他们先去到县一中，围着学校兜了一转，才赶到约定餐馆。宋丽华约请的是老同学一家。老同学的妻女，她是第一次见，虽是第一次见，挡不住她自来熟，三言两语，化不熟为亲热；一鼓作气，掀起欢声笑语的热潮；又变换节奏，掏心掏肝，与老同学妻子说得惺惺相惜。惺惺相惜中，宋丽华从手袋里摸出鼓鼓的红包，拉过老同学独生女的手，声势浩大地把红包按到她手里，“阿姨的见面礼，拿着拿着。”

饭毕，宋丽华夫妇请老同学隔壁茶馆喝茶叙旧。名为叙旧，实为谈事。老同学到底是老同学，老同学说，他们学校招生也是要考的，不过对于宋丽华聪明优秀的儿子，这不成问题。老同学说，回去他就把以往的考试题发几份到宋丽华邮箱里。

宋丽华连声感谢。

事情办完，夫妻俩打道回府。路上，老公不踏实地问：“以往的考试题，管不管用啊？要是今年的题面变化大呢？”

宋丽华嗤一声：“说你是个棒槌，你还真是个棒槌，脑筋能不能拐拐弯？”

“你的意思是，”老公拿不准地问道，“他会把今年的试题给我们？”

宋丽华右手脱开方向盘，手指敲敲太阳穴：“用脑子想一想嘛！这话人家能明说么？”

但是，万一呢，万一老同学闪她一下呢？宋丽华心里，也打起鼓来，如今的人哪，几个是靠谱的！想到无人靠谱，宋丽华的不安又增加了两分。这种七上八下的感觉真烦人。车开进城，她把老公放在离家不远的路口，让他先回家帮他妈做饭，她自己则开车到家乐福超市，逛超市买东西，当散心。

买好东西结完账出来，习惯性地四下里一打望，巧了，真还看到一个熟人，前同事唐钰。

这些年，宋丽华跟唐钰一直保持着松散联系，平时打打电话，偶尔约着见个面。宋丽华原想跟唐钰打个招呼就得，却发现唐钰气色相当不好，面皮明显浮肿，黑眼圈出来了，头发毛毛糙糙的，仿佛一下老了好几岁。

唐钰叹气说：“宋姐，我这段时间天天失眠，能有啥好气色？”

敢情唐钰跟老公闹了什么别扭？唐钰老公开了个小公司，公司再小，人家也是老板一个，出有车食有肉，社交生活十分丰富。这样的人，出出问题再合理不过。她老公是养小三了？染脏病了？还是跟人养出孩子来了？还是中了仙人跳，被人骗了钱财赖了账？

宋丽华忙拉着唐钰到楼下一间水吧，抢着付钱买了两杯果汁，端到座位上。坐下来听唐钰一番说道，才知道，她是为儿子上学的事着急上火。

唐钰儿子今年刚到小学入学年龄。唐钰夫妇原本的打算，是送儿子进附近的英华实验小学。那英小前身是一所公办小学，后改制转为私立，依托原有师资和成熟管理，加上雄厚资本，办得红红火火。好比“培行嘉”是私立中学里的翘楚，英小就是私立小学里的魁首。

宋丽华意识里，进私立学校，只要缴得起高学费即可搞定，未必有钱还进不去？唐钰说：“有门槛的，这两年门槛越来越高了，僧多粥少呀。想要进英小，得同时满足两个条件：一是面试过关，二是有关系，能给校方打招呼，递条子，让他们关照你小孩，否则就很悬。哪怕小孩面试的时候表现很好，如果没人打招呼，得不到学位的可能性非常大；反过来也一样，有人打招呼，但孩子面试成绩不好，也很难拿到入门券，除非你家特别有背景，来头特别大。”

唐钰拧着眉头，又说，为孩子入学之事，前年年底她老公通过熟人，跟区教育局的一个科长搭上了线，对方一口答应帮忙。就因得了这句话，她老公便以为大功告成，只需静候佳音了。到了去年下半年，唐钰到底放心不下，频催老公再联系一下那科长，问问情况，老公嫌她啰嗦，说她沉不住气，三催四问的，白讨人嫌。到了今年元旦节，她老公才借着过节的名义，打了个电话去邀人家吃饭，谁想这一打，整出个晴天霹雳。那科长出了状况，从区教育局给调走了。人走了，不在其位，他说话打招呼还管什么用？他们夫妇以前做的功课，全打了水漂。把唐钰急得，只差没有急死。

唐钰说："宋姐你知道的，我和我儿子的户口都不在这儿，今年我们想进公办小学都进不了。今年要求特别严，进公办小学得有户口本、房产证之类的证件，缺一不可。就是说，如果我们进不了英小，进公办也是没戏的，就很可能失学了，你说我能睡得着觉么！"

唐钰和儿子的户口都在新疆。唐钰曾说过，之所以不把户口迁过来，是考虑到以后儿子的高考，回到原籍去考，有地区优惠政策，录取线相对低，考进一流大学的把握更大。

"那现在的情况呢？"宋丽华问。

"还在到处求人呢，"唐钰眼圈红了，"到处托人找关系，钱花了不少，事情仍没个谱。对了宋姐，你那里有没有什么关系呀？"

宋丽华忙摇头，"小唐，我也是外来户啊，同学亲戚熟人都不在这里，这一阵子我也在为我儿子升学的事情焦头烂额呢！"

顺便向唐钰倒自己的苦水，添油加醋地倒，表明自己同样在水深火热之中，营造与对方同病相怜之感。这是不肯为对方出力，又不想落得埋怨的最好方式。话说回来，她也实在帮不了什么忙。

宋丽华毕竟是个爽利人，说完自己的水深火热，又给唐钰出主意：私立学校不止一个英小，还有别的啊，不至于到没书读的地步。

唐钰仍是一叹，"离我们家不太远的私立，还有一个见山外国语小学是好的，一样的挤破头！那见小的收费比英小更吓人，高得离谱，还是有那么多人去排队报名抢学位！我是经历了这回的事情才发现，这城里有钱人真多，人比人，气死人，这话一点没错。我们也是横了心，两个学校都想办法给小孩报上名，拿个号，但这算什么，要是没人帮我们给校方打招呼，拿上了号也等于零。”

至于其他的私立小学，唐钰说，要么太远，要么呢，教学质量差，送小孩子进去，没得耽误了孩子。

唐钰这一番话，听得宋丽华直咋舌，进一个学费高得吓人的私立小学，都这般困难，残酷啊。万分庆幸自己儿子过了这个阶段，小学快毕业了。

与唐钰告辞，开车回家的路上，宋丽华又不同情唐钰了。自找的嘛！谁叫你们不把户口迁过来。既想占将来高考减分的便宜，又想得眼下入读名校的好处，天底下哪有那么多两全其美的事情。

又想，谁叫你们有钱呢，受点折腾，也是该的。马上呸自己一下，自己不也想当个有钱人么，有钱有什么罪？一转念，想到儿子。

人家的事儿，她才没空去操那八竿子打不着的闲心。她还得加紧为自己儿子的事跑动。下个周末，烧香去。一会儿就上网问度娘，周边哪个寺庙最灵验。

10

小安心里，又是忐忐忑忑的。金峰找的关系，一开始给了她希望，一转眼，如风中之烛，唰唰都灭了。金峰也不再拍胸脯子说大话，只管嘟嘟囔囔骂娘。小安一边听着，他不是骂自己，也不是骂他找的关系不给力，而是骂这件事情，什么狗逼操蛋死皮烂事情！骂了事情骂世道，骂了世道又骂事情。

小安怕他无名火发到自己头上，赶紧躲了。心里的委屈不知向谁诉。金峰这么一通骂，就等于宣布，他尽力了，尽责了，这事他不管了，别没眼色地再去烦他。

不烦他，就得烦自己呀，小安忍不住，又想落泪。她要真是个不负责任的妈就好了，管金妮进个什么学校，管她读书读成什么样子，只要不把她饿着冻着，囫囵把她带大了事。可她做不到嘛，没法那么超脱。

晚上上床后，金峰竟又主动说起了金妮的事，稀罕哪。金峰说："不是还有竹中那条线么？"

小安闷闷地说："那也没有百分之百的把握。"

金峰点根烟，分析说，米颖很可能留了一手，"她有那么铁的关系，今年的试题肯定是拿到了的，藏着掖着，不肯给你而已。"

小安刚说一句"不会的"，金峰马上不耐烦："凭你那二两脑子，你玩得过人家？甩给你两套旧试题，你就以为人家对你掏心窝子了，还感恩戴德的！"

小安本就不开心，闻言腾地一下从床上坐起，忍着气道："那你要我怎么办？给她下跪？我就只差给她下跪了！我问过了，人家也说得很肯定：真没有。那你要我怎么办？！"

说罢，眼泪就下来了，拿抽纸擦，越擦越多。金峰说："行了啊！"

她倒想行了，行得了么！眼泪一股股往外冒，好像她腔子里伏着一条河似的。好在她能克制着不出声，免得把外婆招来。过一会儿，金峰伸手把她的肩搂住。

“行了行了，不要多想了，我们做到这一步可以了，交代得过去了。”金峰一面说，一面捏她的胸。

金峰这个动作，是示好的意思。他一示好，小安的眼泪就收了回去，却也没有应和他，没有扑哧笑出来，只一声不吭重新躺下，大睁着眼睛，脑子里又开始寻思金妮的考试。

前两天，学校已完成学生信息的采集工作，下一步，市教育局统一编制流水号。流水号即学生升学的身份代码，流水号编定，各私立中学就将公布招考的具体时间，也就是说，转眼间，决定命运的招考大幕就要拉开了。

事到如今，小安也不再举棋不定了，恨不能让金妮参加所有的招考，包括排名在“培行嘉”之后的进德、成曦这些私立。考上哪所算哪所。可这种打算还是不能叫她十分定心，要是真的霉到家了，所有考试都成滑铁卢呢?

鼻根又发酸时，金峰的身子压到了她身上。金峰说：“你老公如今时来运转了，钱会越挣越多的，有了钱怕什么！将来我们把金妮送到国外去读书。读书的路子多得很，干吗非在一棵树上吊死？”

是呀，没错，天下的路千百条。金峰这话，有道理的。

小安眨巴一下眼睛，破涕为笑。

不日，各私立学校包括竹中等周边县份的公立重点，接连公布了招考时间。小安决定，让金妮参加四场考试，分别是培英、行知、进德以及竹中的招考。没选其他学校的原因，是它们的考试时间跟她选定的学校冲突。

晚饭后，小安漱了口，略略打扮了，吩咐金妮在家好好做功课，跟外婆交代两句，就往米颖家去了。

欧阳卫东照例不在家。小安进了米颖书房，在米颖烧水泡茶时，小安把决定安排金妮参加四场考试的计划说给了米颖，米颖听罢，问道："考那么多试，金妮乐不乐意？"

乐意？小安张开嘴，喉咙里哈哈哈三声，道："她能乐意？巴不得一场不考，坐享其成，坐在那里，通知书唰唰唰，从天上落下来了。这才想得美哩！我跟她说：不可能。"

米颖笑起来。小安想知道，米颖是否计划不变，仍只让采采参加竹中那一场考试？米颖说，昨天她和欧阳卫东问过采采意见，采采有她的想法，她愿意试试"培行嘉"的招考。

小安心里没来由地一惊，嘴里却说："太好了，这样两个丫头正好可以做伴儿去考试了！你给采采报名了吗？'培行嘉'都报了？"

米颖说，没有都报，只报了行知，"不过我们不抱什么希望，只是让她去感受感受。"

小安心说，什么感受感受，我要是不问，你会主动告诉我？当然了，这事终是瞒不住的，就算她不问，米颖也会说的。但不知怎的，小安只觉胸腔里好似被塞进了什么不明物，堵得慌，跟米颖另外闲扯了几句，告辞出来了。

她没直接回家，走出住宅院，漫无目的地走了一阵。这么一走，胸腔里那团不明物倒给走散了。欧阳采采若考得上行知，没啥不好，更好了，这样竹中那边的关系，她家金妮就可独享了。不错，竹中那边是米颖的关系，但只要不碍着米颖家采采的升学，该帮的忙，米颖应该会帮的，就是说，万一金妮没考上线，通过米颖的关系去说一说，交点赞助费，进竹中还是有把握的。

好了，她不要再多想了，她这辈子，何尝操过这么多的心！要有下辈子，坚决不要小孩了！

11

此时此刻，宋丽华也在夜色里转悠，转得怒气冲冲。

她那老同学李贤荣，电话竟然打不通了，发短信也不回，果真不讲情分了！还老同学呢！同学个脚丫子！前些日子这家伙发给她的，不过是旧年头的考试题和几套练习题，今年的呢？她宋丽华可不是碍口识羞的人，才不会不好意思问，当即发短信问李贤荣要今年的题，同时在短信里明确表示，她会报答的。她宋丽华向来是知恩图报的人。短信发出，石沉大海。宋丽华忍耐了一天，再发短信，这一回，她豁出去了，直接问李贤荣要账号。舍不得孩子套不着狼，谁让她是求人的一方呢。她也不心疼即将花出的钱，这世界不就是这样的么，人家占着资源，人就该横着吃，要是她有资源，她也会这么吃别人。

这个短信，李贤荣回复了。听到叮咚的短信提示音，宋丽华心里呵呵一声，看吧，还是来真格的管用。点开短信，李贤荣回的竟是：让孩子好好做练习题，把该掌握的重点都掌握扎实，问题不大。

宋丽华破口骂了声娘，骂完回过神来，未必李贤荣发来的练习题中，就有今年的试题？忙回了短信表达感谢。

时间辗转到前天，她又感觉不对劲儿了。

这些日子，她听到了多少消息！听有的家长说，去年谁谁花了几万元，都没把某重点中学的考试题弄到手，几万元白打了水漂。又听说，升学考试试题一般都捂得很紧，哪轻易拿得到！有本事拿到的，人家也不拿了，人那关系，直接就拿学位了。还听说，今年有那不缺钱的家长，已预备拿十万元，去交某私立重点的建校费。

宋丽华心说不好，上次见面，她塞给李贤荣女儿的红包，里面装了两千元。两千元按说不算太寒碜，可看眼下的情形，这场争夺赛无疑是以万元为起步价展开的，她就是个猪脑子也想得到，想凭两千元获得老同学两肋插刀的鼎力相助，无异于痴人说梦。前天中午，她再次给李贤荣发短信，恳切而直率地说：我们就不要客套了，请把你夫人的账号给我，你这是帮我呀，让我少受罪呀，我感激不尽的呀！

盘算了一下，打一万元吧。等把钱打过去，就可理直气壮地请对方更深入地帮忙了。谁知短信发出，又是个石沉大海。

宋丽华忍不住，再一通骂。骂完了，换位思考。站在李贤荣的角度一想，这事可能是让人为难了。那好，她自动退一步，不强求今年的试题了，只求老同学给她个准话，万一她儿子没考上线，交多少建校费可获你那学校的入门券？

若需交的钱超出她的预期，她何必！你不过一个县中。

可气的是，从中午到此刻，她打李贤荣电话，居然一直打不通。突然意识到，那家伙是把自己屏蔽了。好你个李贤荣！你做得出来！

是否赶紧启动第二套计划，去搞定老公老家那边的学校？宋丽华团团转了几个大圈，决定走步险棋：安心等着，迎接麟江县一中的招考。假如到时候儿子没考上线，也不急，按兵不动，再等七月初的摇号。摇号仍运悖不如意的话，宋丽华心说：我就要好好“捉拿”你李贤荣了，你以为你屏蔽得了我？除非你能化作一股烟散去，我就不信拿不住你！心里的声音高亢起来：拿住了你，怎么都要让你帮我想办法！

他的确没办法呢？她总不能把他吃了吧。

那她还是交建校费吧，认了，多少钱都交。平时拼命挣钱，不就是为了应对这种关键时候吗？

老公老家那边的学校，还是远了些。就算能搞定，事情也麻烦，难道让儿子一个人回老公老家读书？老公得跟着回去，陪着儿子吧！那老公的职业前途，他们一家的生活质量，都得受严重影响。代价太大。

所以她要走险棋，追求最合算的结果，追求最佳性价比。走险棋，说不定最终有惊无险捡个大便宜；不冒险，哪可能收获意外之喜？

这么一想，她又精神振作起来。

12

不管高兴不高兴，金妮终是被小安押着去参加了一场接一场的招生考试。

考过前面两场，金妮蔫嗒嗒的样子，让小安看得心头直发凉。接下来还有两场考，金妮若持续这个状态，也不用学校公布考试分数，结果就明摆着了。小安急得来，每天早晨起床后，晚上睡觉前，反复向皇天祈祷：天灵灵地灵灵，王母娘娘快显灵！

这天上午，送了两个女孩到学校，开车去公司的路上，一个主意像一道光，一下闪进了小安大脑。拿定主意，即打电话给米颖说，下午放学她自己去接金妮，带金妮去办点事。

下午她提前下了班，开车赶到学校。在校门口遇到了来接孩子的米颖，跟米颖说话间，金妮和几个同学走了出来。

金妮准是没料到她来接她，大大地“咦”一声，又开心，又疑惑：“啥事儿啊？你要带我去哪儿啊？”这时候另一个班的采采走出了校门，小安牵着金妮，跟米颖母女道了再见。

刚走到停车点，金妮蓦地发了脾气。“去哪儿啊？”口气凶巴巴，“我饿了！哪儿也不想去！”

小安打开车门：“上车。”上了车，把一块巧克力蛋糕递给金妮，“系安全带。”金妮不动，小安帮她系了。点火，端稳方向盘，轻踩油门，车子滑了出去。

她要带金妮去的地方，是她一个远房表兄家的住宅院。车到目的地，小安却不带金妮上楼，金妮问为啥，小安说：“你表舅家没人。”

小安表兄和表嫂，此时各自在外地出差，他夫妇俩上高中的女儿在住校。

金妮把她瞪一眼：“那你带我来干吗？”

“等着见个人。”

其实不是见，应该是看。也不是看，是为了给金妮讲一个故事，一个大男孩的故事。

就是表兄家楼上邻居的孩子。去年初冬，小安听表嫂讲到了那个男孩。说原本是个聪明孩子，小学阶段成绩不错，可惜初中进的学校不好，家长也掉以轻心了，男孩的学习习惯养坏，成绩唰唰下滑。多米诺骨牌第一张一倒，后面跟着就是一连串的倒塌，考高中考得差，进了高中，成绩更差。他爹妈亡羊补牢，送他上补习班，给他请家教，于事无补。去年参加高考，妥妥的名落孙山。落败之后，让他复读，他没那志气；让他去餐馆刷盘子，爹妈舍不得；由他一个人待在家里，怕他染上网瘾。最后，只好由他妈每天把他带着去上班。那么大个小伙子，每天跟在妈的屁股后进出，是一道什么样的风景？

今年春节前夕，小安给表嫂打电话时，顺嘴问了一下那小伙儿的情况，表嫂说，他爹妈头发都愁白了，也顾不得那么多，打算今年秋天把他送进职业学校，学个美发啥的，至少将来有个饭碗可捧。

小安想的就是，让金妮看一看那个跟着妈上班的大男生，前车之鉴哪。

哪知她把那大男生的事情刚说几句，还不及说出告诫的话，金妮嗤一声，撇嘴道："那个人笨得要死，去找工作挣钱呗。"

小安一个嘿嘿，问金妮，高中生能找到什么工作？刷一辈子盘子？金妮说那又怎样？金妮哼一声，说，刷盘子挣到钱后再去读书。小安道："你以为刷盘子能挣多少钱？够不够吃饭付房租？还读书！"

金妮张张嘴，又闭上了。不知她想到了啥，反正，她没再嘴硬地对抗。

母女俩坐在院里的木条椅上。下班回家的人，陆陆续续走进院子，有拎着包的，有拎着菜的，也有拎着打包盒的。黄昏的气息仿佛潮湿的云团，慢慢沉下来。不知哪户人家的厨房窗口，忽地传出欻啦一声，惊爆爆的，接着是铲子跟锅壁欢快相碰的声响，又喧嚣，又孤单。其他人家都没啥响动，也不知，是还没开始做饭呢，还是无心做饭。小安没来由地，感到一股忧伤，说不出的忧伤，正要叹气，听见金妮说："走啊，回家吧。"

小安将衣摆拉一拉平，说："还没见着人呢。"

"你不就是想让我知道这个事儿么？我知道了。"

小安也不想等了，却还犹豫着，金妮说："我还有作业呢！"

下班高峰时段，路上总是堵的，小安的车子走走停停。啥时候，她才能像米颖那样，不上班了，也不用为金妮这丫头操心了，也不用为钱发愁了，啥时候她才能彻底当个闲人啊。其实她小安最擅长的，就是无所事事打发时间，保准打发得如诗如画。可惜生活的车轮一滚，她这天赋便碾落成泥了。

她喊一声金妮，还没说下面的话，金妮就说："后面两场考试，我会好好考的。"

这话来得太突然，幸福来得太突然，小安一时间大喜过望，向金妮连抛两个飞吻。不想，金妮跟着问了一句："你为啥不跟我爸离婚？"

"啥？"由于毫无防备，小安大吃一惊。金妮倒坐得稳稳的，面无表情地重复一遍："我问你为什么不跟我爸离婚。"

这丫头在想啥呀？小安说："这是大人的事，你咋操起这份心来了？要操心，操心自己的学习呀！"

见金妮不回话，小安又说："你愿意我和你爸离婚？离了婚，我们这个家不就散了吗？"

金妮不吭气。

小安说："你爸爸脾气不好归不好，但你要相信，他是爱你也是爱我们这个家的。"

"你相信？"

小安心里叹，现在的小孩，个个跟大人似的！此时此刻，感觉她不是妈，金妮才是。咋回答金妮这问题？到了前方路口，她缓缓踩下刹车，拉起手刹等红灯的当儿，方慢慢道："你总有一天要长大的，长大了，总要飞走的，那时候你妈也需要伴儿啊。你爸脾气再不好，我们也过了这么多年了。再说你不也脾气不好么？你和你爸，都是我上辈子的冤家，我欠了你们什么！你要心疼你妈妈，以后就少发脾气。"

金妮一下一下吸着嘴唇，不回应，也不看她，好半天，说一句："随便你。"

小安把着方向盘，路面上，车辆挤挤挨挨，首尾相接地停滞着，也看不到头，也看不到尾。一直以为，这丫头对她爸只有害怕的份儿，料不到她肚子里竟这般有主意。一时间，小安心里翻江倒海。

13

不知是不是那大男孩的故事起了作用，接下来进德和竹中的招生考试，金妮一改先前的疲萎，打起了精神。

各校招考结果公布前，小安如坐针毡，想去找米颖聊聊天排解压力，想想又作罢。

这几年，她是有事就去找米颖说，有时没啥事，也去米颖家坐坐。金峰不乐意她到外面社交，她去米颖家，金峰总不好拦着。只不过，虽然跟米颖走动得勤，她俩却不到闺蜜的程度。闺蜜是无话不谈的，一些很私密的事情，也是要交流的，嘁嘁嘁，叽叽叽，小安喜欢的就是这个，私密共享，情感共振，可她跟米颖呢，除了小孩的事情，以及家里一些琐事，基本谈不到其他。偶尔谈到了，也是个浅尝辄止。

是米颖比她大了几岁，相当于隔了代呢，还是两人性情不同，到不了亲密无间的份上，小安没想过。总之，总是同类话题说来说去，她也觉得单调，在米颖家里，哪怕坐一个晚上，耗几个小时，她也不觉得尽兴。有啥办法呢，这就是她目前的生活圈子，不把小孩带大，她解脱不了。

怕着，盼着，等来了各校招考结果的发布。如同小安预测，培英和行知，金妮落榜，但进德和竹中两所中学，金妮都考上了。欧阳采采呢，参加的是行知和竹石中学的招考，考上的是竹中。

小安喜悦得，回到家，拉着金妮，在客厅里又是转圈，又是摇摆。

金妮这两年长得快，一晃眼，蹿过了小安肩头。小安也不介意金妮长高了，长吧长吧赶快长，长大了，成人了，我就脱手了。唯愿金妮作速长大的同时，自己逆生长，今天是金妮的妈，明天是金妮的姐。想到此，小安自顾叽叽笑。她把手机套在自拍杆上，和金妮脸并脸，对着屏幕找角度，做表情，金妮的表情一点不活泼，小安搡搡她，“咋老气横秋的？笑一笑啊！酷一点哪！”

金妮真像个小大人了，竟问她：“玩够了没有？”

“再拍几张。”小安一边拍，一边问金妮想吃什么大餐，“我们好好去庆贺一下，一会儿我给你米阿姨打电话，我们两家一起。”

“你还没跟我商量选哪个学校呢。”

“这就跟你商量，”小安笑眯眯，“进德和竹中，你愿意选哪个？”

金妮毫不犹豫：“竹中。”

“那学校远哪，要住校呢！”

“我愿意！”

其实小安也倾向于竹中，不用提交金妮的流水号，金妮仍可参加市属公办学校的摇号。却不免患得患失地担心，放弃了进德，若是摇号摇得不好，最后真的只能去竹中了。竹中虽是好学校，还是公办，无须交高学费，可毕竟远了些，她不太放心金妮住校。

谁想金妮说：“就算摇到了六中、洗中，我也要去读竹中。”

小安哭笑不得：“你跟竹中有啥解不开的因缘，就盯着竹中不放呀！”

“我要住校！”金妮尖声说，“不然我那么卖力地考它干什么！”

“你愿意住校？”

这丫头是一时兴起呢，还是主意大？

金妮说：“是啊！我不是说过了吗！我愿意！”

为啥呢？还没等小安问出来，金妮直撅撅地走开，走到客厅那头，忽一转身，“别把我照片弄得花里胡哨的挂你朋友圈，我不同意！”

“嘿！”小安瞠目结舌。金妮说的花里胡哨，是指小安用美图贴，在她们母女的头像上贴上兔子耳朵、小猪鼻子之类，这不就是个玩么！小安恨一句：“没上没下的东西，对我发号施令起来了！”跟着又笑了。

14

六月，炎热已稳坐江山，行道树的树叶转向深绿，空调机的嗡嗡声遮盖了清晨窗外的零星鸟鸣；生活俭省的老人们，又开始殷勤地往大商场大超市挪动脚步，不是去购物，而是去享受免费空调，省下自家电费。菜市场里，水果摊上，杧果、葡萄、菠萝、西瓜，早已登场，荔枝、杨梅、黄桃跟着鲜亮上市。倒回去几年，人们对蔬菜水果上过量的农药、对食品和饮用水的不安全还物议腾腾，忧虑深深，近几年，大家似见惯不怪习以为常了，该买照买，该吃照吃。担忧也是有的，却化作了笑谈，反正有毒大家中，有病大家得，只要大众步调一致，何必赶着先天下之忧而忧地自寻烦恼？随遇而安才是正理。

当月中下旬，本年度毕业的小学生们，依照各自学校的时间表，考完了毕业考试，举办了毕业典礼。

摇号尚未开盘，生死未卜的压力下，参加典礼的妈妈们，尽管好些人仍精心打扮了，穿了礼服裙，做了头发，化了靓妆，花枝招展的，笑语晏晏的，也走秀，也拍照，但多少有些心神不宁。

小安问米颖，要不要找个寺庙烧炷香。小安诚心诚意地想去拜拜佛，她不是信徒，平时一不烧香，二不礼佛，但平时不烧香不礼佛的人多了去，不耽误大家临时抱佛脚。小安以为，就算临时抱佛脚，我佛慈悲，不会见怪的。米颖笑说：“寺庙肯定要盛况空前了。”

米颖没答应小安一块儿去烧香。并非她不知敬畏，也并非她内心强大，敢于无视神秘力量，她只是觉得，不如老老实实的，平时怎样，现在怎样。她不是不信佛，只是没想过该信还是不信，既如此，还是老老实实的吧。

旋即，迎来摇号见分晓的七月。

这天是个半阴天。学生们已放假，开启了假期模式。大人们呢，上班的依然匆匆早起赶时间，无须上班的，仍是该干吗干吗。米颖坐在电脑前，等着当日大摇号结果的公布。

说不紧张是不可能的。

小安总是羡慕她当妈当得省心，常说采采懂事，争气，学习自觉，言下之意，她这个妈当得便宜。天下哪有便宜得来的好事！采采的学习自觉，哪是凭空掉下来的呢。回头想来，米颖以为，这跟她很早注意培养女儿的良好习惯有直接关系。她不曾对女儿实施流行的早教，怕的是透支孩子的学习兴趣，但是，行为习惯，生活习惯方面，则有严格要求。采采两岁，让她自己归置玩具；三四岁，让她自己洗脸，穿衣，系鞋带；再大些，叠衣服，扫地，洗碗。刚满六岁，增添新项目，把收拾她自己房间的活儿派给她。这些事，不是安排了、吩咐了就完事的，也不是告知女儿：这是你的分内之事，爱做也得做，不爱做也得做，就功德圆满了，米颖是想了多少对策，花了多少精力，才把这套习惯给女儿建立起来。

到了采采上学，无论做作业，还是学习复习，还是考试，米颖的确无须太操心。这方面不太操心，不等于全盘不操心。培养小孩这个事情上，她做的功课，不比任何家长少，不同的是，她能够稳住自己不跟风，不会见到别的家长怎样，自己就忙忙地效仿跟进；也不由着虚荣心作怪，对小孩抱过高期望。期望是有的，谁不希望自己孩子出息呢，问题是，小孩未来能出息到什么份上，真不是父母凭期望可以拍板的。还得把期望摆正位置。

她从未把小孩的考试啦分数啦看得比天大。另一头说，她也一定要在可能的范围内，为女儿助力。

初中很重要。摇号一事，她即便想淡定以对，也做不到心静如水。

直到上午十点，名单才挂出来。

她顺着名单逐一往下看，手心里汗津津的。突然间，她停住了，不敢相信似的，看一遍，再看一遍，一连看了三遍，没错，没错！欧阳采采的八位数流水号，欧阳采采的名字，一丝丝不错，欧阳采采摇到了六中的直属分校熙和学校！

她低下头，心里喊一声老天保佑，又盯着屏幕上采采的流水号和名字看了一阵。再顺着名单往下看，没看到金妮的名字。

离开电脑椅，她竟像长途跋涉了一场，浑身虚脱得几乎要打战，自骂一句没出息。

一般说来，分校总要比主校弱一点，可不管怎么说，熙和学校也是一等一的好学校。她知足了，相当知足，相当感激。感激啥呢？说不清。

正想给欧阳卫东打电话报告好消息，手机响了，是宋丽华。宋丽华的声音像一串炸开的鞭炮，“采采妈妈你看到名单了吗？恭喜恭喜！我家杨尊和你家采采都摇到了六中熙和！全年级进熙和的总共两个，就是我们两家的小孩！哎呀我们运气太好了！太高兴了太高兴了！谢天谢地谢天谢地！”

米颖也恭喜宋丽华，宋丽华接着说：“我们两家有缘分哪，我家杨尊和你家采采，小学做同学，中学还做同学！几多好！以后更要相互照应哈！”

米颖应和一声，宋丽华又说开了，谢了天，谢了地，谢了菩萨和上帝，又感叹“不容易啊”，又谈及谁谁摇进了六中本校，接着问米颖对熙和学校的教学、管理情况有多少了解，再问她是否知道今年带初一年级的，有几个高级教师、优秀教师……一句跟着一句，一段跟着一段。宋丽华只是一张嘴在说，米颖听起来，却好像有个戏班子在耳边聒噪。忽听见宋丽华说：“采采妈妈，要不我们两家一块儿庆贺一下，一起吃个饭？我请客，时间你定！”

“这个……”米颖略一踌躇后，找个借口婉拒了，说以后另找时间吧。

宋丽华情绪毫不受影响，语气热烈依旧：“可以可以，我知道采采爸爸很忙的，大老板么，以后找机会，来日方长！”

米颖心说，欧阳卫东算啥大老板，不过这一点不值得刻意去校正。就算欧阳卫东不太忙，她也不愿叫上丈夫带着孩子，跟宋丽华一家去下馆子，去弹冠相庆，不想跟这个妈妈走得太近。

15

金妮大摇号没中，随后的小摇号，恰恰摇到炳南中学。

米颖觉得不好办了，这种情况下，她该跟小安说些什么？总不能不说话，不理会这件事情。打电话给小安，问她晚上有无空过来坐坐？小安说行啊。米颖干脆直问："你感觉怎么样？"

"还好吧。"电话里，小安说话的声调语气倒是跟平常一样，她说，"看来这就是命哪。金妮先就说了，要去上竹中，哪怕摇中了六中她都不去，只选竹中。这下她如愿了。"

"为啥金妮只认竹中？"

"她说愿意住校，这丫头……"小安顿一顿，道，"也好，这丫头比我想象的有主意。只是我没法放心她呀……"

说了一大通的不放心，不等米颖安慰，小安又愉悦起来，"这个坎儿总算过了，就这样吧！我再不要想它了！我得好好放松放松！"

晚饭后，小安过来了，脸上笑嘻嘻的，一来就跟米颖商议上哪儿去度假。去年暑假，她们两个妈妈带着两个女孩，去广西游玩了十来天，今年去哪儿，米颖还没想。小安说："要不这次我们把两个爸爸也叫上，两家一块儿出去？"

米颖第一反应是，免了。她对金峰没啥好印象，可不想跟他组团出游，再说欧阳卫东跟金峰接触更少，谁知道处不处得来。忙拿欧阳卫东做借口推挡，说："你们就别管我们了，你们自己出动吧。"

小安转转眼珠，"或者我们把那两个丫头送进一个夏令营，我们两个去玩一趟，暂时不当妈妈了，给自己放个假。”

米颖哈哈笑：“好主意，真会想！”

告诉小安，她得去看房子，准备搬家。

小安一脸惊讶：“啥？”

这两天，米颖特地于上班早高峰时段，开车往熙和学校跑了两趟，精确计算路上所用时间。不很堵车的前提下，半小时左右。这个时间说来不算长，但遇到堵车就难说了，一旦吃上堵车大餐，一小时，一小时多，都是可能的。

“我跟我们家那个商量了，”米颖说，“干脆在学校附近租个房子，免得每天跑，也不用担心堵车了。”

小安像是没回过神来，半晌说：“你搬走了，我找谁说话去啊！”

“我们可以约啊。”

小安问：“你刚才说租房子？不买啊？当然我不希望你买，以后还搬回来住。”

以后搬不搬回来，再说。

欧阳卫东一直有意买个别墅，只是米颖对别墅连个冲动都没有。一则家里人口不多；再一点是，米颖尤不喜欢别墅里的楼梯。现今的别墅，无论独栋还是联排，无论三层还是四层，无论地处城内还是城郊，房内楼梯皆窄窄巴巴，弯弯折折，将来年纪大了，这种楼梯简直就是刁难人的。在房里装电梯呢，她家目前尚不具备这个实力。这些缘故说给欧阳卫东，欧阳卫东以为然。夫妻俩商议着，放弃别墅，买了商铺作为投资。

但欧阳卫东还是想另买住房。毕竟，近年新起的住宅楼盘，从规划设计，从建筑材质，从小区内外环境和公共设施配套，都要比旧楼盘得人欢心。饶是米颖是个念旧的，也愿意在居住上求个更好。她跟欧阳卫东说，再买房呢，就买个样样称心如意，一直住到老，不搬家了。

不管怎么说，买房是个大事，何时买，买到哪里，这些问题尚未提上议事日程，米颖也就没跟小安说。

小安把茶杯捧到唇边，牙齿轻叩杯壁，咕咕哝哝："你走了，我怎么办哪？"

小安说："人都说，小孩上了初中，真刀真枪的血拼才开始，小学阶段只是热身赛。我一听脑袋就大了，我都使了吃奶的力了，还只是热身赛！本来就指着你给我打气撑腰当靠山，你要搬家了！真是当头给我一棒啊！"

米颖呵呵笑着，心里有些感动，嘴里说："我算什么人哪，给你当靠山？"

小安说："我会想你的。"

米颖做受惊吓状："莫搞得跟生离死别似的，吓我啊！"

要找房子，要搬家，这个暑假，米颖预估，很可能没空带采采去旅行。小安说，采采要失望了吧？小安一片好意，"如果你放心的话，等我跟金峰商量好到哪儿去玩儿，我们把采采带上，你看怎么样？"

米颖没多想，谢了小安，"就不给你们添麻烦了。"

小安说不麻烦，小安的意思，金妮和采采彼此做伴，能玩得开心点。米颖犹豫一下，再次谢谢小安好意，还是没同意。

后来发生的事情让米颖暗自庆幸，幸好没让采采跟着他们去。

16

小暑之后，大暑跟来。大暑一过，眼看就要立秋。

米颖紧锣密鼓地，跟着中介去看房选房。总算在立秋之前，搞定此事，签了租约，拿到钥匙，只等着搬家了。

接连下了几场夹着雷击电闪的暴雨，暴雨之后，炎热挥之不去，天空云翳绵厚，地面热气如蒸。早饭吃过，米颖换了身衣裳，和汪姐出门，去超市买纸箱子，用来打包东西。

途经小安家住的那幢楼，在单元门外，碰到小安一家。

小安家红色马自达的后备厢张着嘴，金峰正把两个拉杆箱和一个提包放进去，小安站在一旁看着，金妮大概在车里，看不见人。他们一家这是要到云南去度假。

米颖跟小安和金峰招呼了一声，金峰马马虎虎向她点个头，关上后备厢盖，坐进驾驶室。小安上车后落下车窗，对米颖扬扬手，说走了啊，拜拜。发动机突突一响，车子一溜烟开了出去。

上次米颖跟金峰打照面，约莫一个多月前。当时是上灯时分，暮色笼罩，物象朦胧，她没留意金峰的模样。此刻在白昼天光下，米颖倏然发觉金峰变化很大，肚子鼓了起来，脸上泛着油光，眼角也耷拉下来了，似乎不久前还驻足在他身上的英俊，刹那间灰飞烟灭。不知怎的米颖猛地觉得，岁月已让金峰本相毕露，他就是个一目了然的恶俗之人。

打包东西是个力气活，是个大工程，即使不搬动家具，工程量也够大。米颖、汪姐加上采采，大干三天，也没收拾齐楚。这天晚饭后，欧阳卫东也上了阵，一家人搬的搬，捆的捆，一面干活，一面说笑，正一团热闹时，门铃响了，汪姐去应门，门打开，门外竟然站着小安。

米颖意外道："咋回来了？这么快？"

小安没精打采地笑笑，说："欧阳大哥也在啊。"

欧阳卫东直起腰，笑着叫小安坐。米颖见小安脸色黯淡，眉未描，甲未涂，不复平时的精致妥帖，感觉出了什么事，跟小安说："我们去书房吧。"

欧阳卫东说："我带采采出去再买些塑料绳，你们聊。"

进了书房，米颖用电水壶烧上水，拿了一颗小青柑普洱，剥开外衣，投进茶壶。还好这套茶具尚未打包。小安看看空了一半的书橱，说："哎呀，我心里咋空空落落的呢。"

米颖等水烧开，先烫茶碗，嘴上问着小安度假的事情，路上顺畅不，到了哪里，一路风光如何。小安懒懒地答着，心不在焉的。楼下院子里，小孩子呼呼喝喝的声音一阵阵升腾上来，夹杂着奔跑蹦跳之声，听着怪热闹的。

小安蓦地一叹，问米颖，一个人的脾气定了型，是不是就改不了了？

米颖心想，是金妮老毛病又犯了？把泡好的茶倒进茶碗，递给小安，小安就说开了。

小安说，昨天中午他们一家在饭馆吃饭时，金峰接到他那烧烤店大堂经理打来的电话，说店里出了个事情，具体啥事，小安不清楚，反正金峰接完电话，就说要马上返回。"本来我想让他自己先回，我和金妮再待几天，再一想，算了，一起回吧。"

楼下不知哪个小孩的一声尖叫飞上来，小安无动于衷。小安说："早知道，不跟他一起回来好了。"

为抢时间，开车出发前，金峰拿了两个光盘卡在小车前脸和屁股的车牌上，遮挡住号牌，上了高速路，一路踩着油门狂奔。奔了两三个小时，去服务站加油上厕所。就在那服务站，小安母女上完厕所回来，发现金峰叉腰站在车边破口骂着，原来，车屁股上的光盘没了。金峰一头骂，一头自言自语："光盘啥时候掉的？咋会掉的？老子一路都在超速，这下他妈的惨了！"

小安说，她全没想到，这时金妮说话了，金妮说，是她拿掉的。金峰登时像条眼镜蛇，厉声喝问光盘在哪儿？金妮说扔了。小安深深吐口气，说，金峰那样子，就跟要跳起来吃人似的，咆哮着问金妮，啥时候把光盘拿掉扔了的？金妮吓得直往后缩，金峰不依不饶逼向金妮，从金妮喉咙里压出答案：出发之前。怯怯说出那几个字之后，金妮又奋勇给出理由："遮挡号牌是不对的。"

小安没来得及阻挡，金峰将一个耳光重重甩到了金妮脸上。小安说，金妮吃了那个耳光后，从昨天到现在，没说一句话。

米颖沉默好一阵，只觉怒火中烧。她问小安："这个事你怎么处理的？"

小安呆着脸，而后低低一叹，说："金峰那么做当然是不对的，但昨天情况特殊，一般他也不做那种事，昨天他要赶时间，又不想被罚款扣分，你知道我们开到那个服务站之前，跑了多少公里？他要被罚惨！"

米颖问的是小安如何处理金妮挨耳光的事，小安回的却是替金峰辩解的辩护词。米颖心说：活该！罚他是轻的！对小安有点说不出的气恼，忍了忍，问她：“你跟金妮谈过了吗？”

小安说：“谈啊，昨晚上我哄了她一晚上，给她解释了好半天。我怎么办呢？还不是只有哄着金妮，让她把这事忘了，让她原谅爸爸。”

原谅个屁！

米颖忍不住在心里爆了粗口，这样的人哪配做父亲！要命的是，他偏偏就是金妮的爹。小安轻轻一抖，她手机响了。等小安接完电话，米颖给小安续上茶，说：“小安，我想说几句你可能不爱听的。”

“不会不爱听，”小安恳切道，“你说。”

米颖说：“我知道你对金峰是有依恋的，你们夫妻相处，你是当事人，你愿意忍耐、付出，那是你的器量，换个角度，或许那也是你们夫妻比较特别的相处方式；可是对于金妮来讲，金峰的……”暗吸一口气，把“德行”二字压下，换了一个词，“金峰的做法对她影响太不好了，你能让金峰给金妮道歉么？”

就算多管闲事吧，这些话她非说不可。

小安瞪大眼睛，“怎么可能？”

“试一试呢？”

小安摇头，“试不了。”

米颖简直没话说了，还能说啥！

隔了好一会儿，小安闷闷地问：“米姐，你是不是觉得我应该跟金峰离婚？”

“这个我不好给你什么建议，”米颖说，“这得你自己拿主意。”

“这话听起来，你是倾向于我离婚的？”

换了是米颖自己，她不会迟疑，离。但小安不是她。如果离了婚，小安并非过得好些而是更不好，对金妮能有什么好？小安这女子，是喜欢依赖人的，只要有所依赖，哪怕依赖的是金峰这种可恶东西，她也觉得比把她撂了单强。对金峰，小安也表示过不满，也吐过怨言，可她长年累月与金峰相伴，竟能笑口常开，还能保持少女心态，可见她有常人不及的本事，亦可见，男人女人之间，好些事情是外人看不清摸不透的。莫说外人，说不定，他们自己都说不清楚。爱恨情仇这东西，你中有我，我中有你，缠缠绕绕，有时候真的是，分剥不开。

她对小安说：“我的倾向只是我的倾向，关键看你自己。”

小安便不再纠缠这个话题，淡心无肠闲扯了几句别的，告辞。

院子里已然静了下来，窗口望出去，一派万家灯火的祥和。采采已睡下了，汪姐在客厅里看电视，声音拧得低低的。欧阳卫东在他书房里，穿着家居服，对着电脑在看什么东西。他们家这套房子，他们夫妻各自一间书房，等到搬了家，不会有这条件了。米颖租定的房子三室一厅，房间只够做卧室用，就这三室一厅的公寓，租金已够昂贵。米颖跟欧阳卫东谈好，也跟采采和汪姐说了，搬家过去后，客厅就是书房了。

欧阳卫东问，搬走之前，要不要跟小安一家一块儿吃个饭？

米颖不假思索，“算了，到时候我带着采采，跟小安金妮两个吃个饭就好，不想跟那个金峰一块儿吃。”

欧阳卫东笑起来，“怎么了？金峰得罪你了？”

“他跟我有什么关系，”米颖说，“那种人！算了，不说了。”

搬完家，女儿的中学时代，就要拉开序幕。初中三年，高中三年，还有实打实的六年辛苦。其实，就算六年后小孩顺利考上大学，做父母的，距离这场辛苦陪跑的“全剧终”，还远着呢。

第二章

17

这个城市地处西南内陆，海拔低，地势平，城内有河，远处有山，山如遥遥安插的围屏，河似弯弯曲曲的飘带。人都说此地气候温润，物产丰饶，调子呢，尤为舒缓悠闲，是过日子的好地方。

可在任静看来，哪份日子是容易的？哪有什么风水宝地，让每个人得以万事如意？什么悠闲，什么舒缓，说得好听罢了。除非你天生好命，生活里处处阳光普照花好月圆，啥事都不操心不费劲，包括养孩子。可能吗？

六中熙和学校新生报到注册的时间在七月底。接到报到通知之后，任静隔三岔五地，要敲打一下儿子陆枕涛，“上中学了哈，以后主要精力得放在学习上了，涂涂画画的事儿，少花时间。”

陆枕涛说：“还没开学呢。”

任静说，没开学，也得赶紧进入以学习为中心的状态。她提醒儿子：中学可不比小学，小学么，功课再重也重不到哪儿去；中学就不同了，中学的课业，是一年比一年重，尤其初中二年级是一道分水岭，学习好的与学习差的，必定截然分开。即便今年小升初是摇号，搭着这班幸运号，一些本来考不起重点的孩子也进了重点的门，可任静认为，那也不会使一流学校滑坡到三流阵营。学校会想办法的，老师会有措施的。重点就是重点，优秀学生必将成群结队冒出来，到最后，还是个优生荟萃的格局。

她的儿子陆枕涛，绝不可以掉入差生的行列。按任静所想，从报到这天开始，新的征程就开启了，儿子必须改变习惯，不能再把大把的时间耗费在画架前。

陆枕涛在画画上，是有些天赋的。幼儿园时期，就有老师极力建议任静给陆枕涛报个绘画班，“这孩子画画很有灵性的，培养培养吧，说不定他在这方面会有大出息呢。”

任静一笑而已，画个画，能有什么大出息？对艺术这一块，任静不甚了解，饶是不很了解，她也知道搞艺术的，好些人没个好收场，不是早死，就是疯癫，要么活得颠三倒四，总之与多福多寿无缘。多少人，在这条路上走得个不上不下，两头望不到边。任静一熟人的亲戚的孩子，为了学画，花了父母压箱底的钱，他自己也搭进了大把的时间和功夫，如何呢，到了二十六七岁，那小子莫说有啥成就、画出了个啥名堂，连份正经工作都抓不稳，脾气还越变越坏。让他干别的，他干不来也不乐意，任凭他这么走下去，其结局可想而知，就是个山穷水尽。

那小子任静见到过一次，走路双肩佝偻，看人脸色阴沉，眼神还恹恹的，哪有一丝朝气，哪像一个小伙子！任静只一个感受：这小子，讨债鬼一个啊。

不过当年，任静终究没有拗过儿子的缠磨央求，给他报了个绘画班。报班归报班，任静心里，那只是让儿子学着玩，她可不允许儿子将来靠这个吃饭。能是个什么好饭碗！就算画画也能成名成家，甚而名利双收，可纵观天下，那样的人有几个？

领着陆枕涛到熙和学校报完到，离正式开学还有小一个月，任静专门跑了趟书店，买回一摞练习题册和初一各科的辅导书，抱回来，丢给儿子。陆枕涛一看，眉头大皱。任静知道他要皱眉，她买的练习题册，全是小学阶段的。陆枕涛的表情是：搞错没有？

没搞错。任静说："我敢保证这些题你不全会做，你小学阶段的基础不算扎实，趁着现在假期，赶紧补。"

给儿子下达死命令：即日起，每天至少上午下午各两小时，做题，预习功课，看她指定的辅导书。

次日早晨出门上班前，又敲打一句："我昨天跟你说的话不是开玩笑啊，今天回来我要查你的功课！"

下班后匆匆赶回家，陆枕涛跟以往大多数时候一样，待在房间里，坐在画架前。任静喉咙里一嗯，陆枕涛瞟她一眼，先发制人地说，今天的练习题都做完了。任静问啥时候做完的，辅导书看了吗，看了多少？陆枕涛头不回眼不移，"看了看了。"语气相当敷衍，意思是让她走开。

任静在儿子身边站了会儿，忍住没发作，走去厨房。厨房里，她妈挥舞着锅铲正忙乎着，见她不高兴的样子，劝她说："哎呀这是假期嘛，你不要把他拘得太紧了。"

第二天她回家的时候，陆枕涛不在家，到同学家去了。第三天，陆枕涛又像平常那样，坐在他的画架前。

任静真有点恼了。

她知道，儿子是真喜欢画画，对画画，是又舍得花时间，又肯动脑筋，琢磨配色啦，自制颜料啦，半年前开始，还自制油画纸。

又天生的懂得观察，看一株树，一个杯子，路边的一只狗，天边的一片云，甚至一条围巾，一碗樱桃，能看半天。画出的东西，可不是一个两个人说好。那又怎样！画得再好，他能画成优等生么！

任静让陆枕涛丢开笔刷，听她说话，陆枕涛说：“等会儿。”

你倒口气大！任静一把从儿子手里夺过笔刷，丢进颜料盘。陆枕涛一声不吭，伸手把笔刷又抓在手上，任静二话不说，再次夺过儿子的笔刷，狠狠掷进颜料盘。这下陆枕涛叫嚷起来了：“你要干吗！”

“你说我要干吗？”

任静声量猛升八度，她这么一吼，陆枕涛立刻蔫巴了。见把儿子的气焰压了下去，任静才悠悠吁口气，换了口吻，详问儿子这一天里做题和学习上所花时间，然后说：“看来这个量不饱和，还得给你加点量。”

陆枕涛一听，像被烫着了，一跳而起大声抗议：“不嘛！”

任静沉下脸，连名带姓喊着儿子名字：“陆枕涛，你别叫我后悔当初让你去学画，画画算什么？就是个闲情逸致，还能当饭吃？”

陆枕涛苦着脸低下头，任静说：“明天我就去给你报个暑期辅导班，早该给你报的！”

陆枕涛抬起头，眼神恨恨的。任静说：“恨我干吗？我是为你好！”

这话一出口，即引来陆枕涛吧啦吧啦一通争辩。任静心里一个呵呵，你吃过几斗米翻过几座山？跟我辩！不疾不徐对儿子说：“我跟你说过，你这次进入熙和，完全靠运气，要是硬考，你未必考得上，这样的机会你必须珍惜！必须从现在开始调整状态，把学习当作最重要的事，你不能拖了，拖到开学，就晚了！”

看看儿子的表情，继续道：“你小学时期，我没有严格抓你的学习，我很后悔的，现在亡羊补牢，由不得你自由自在了！”

这是肺腑之言。陆枕涛小学六年，任静对儿子的学习一直没太用心，不是她不肯用心，而是那些年里总发生事儿，弄得她做什么都不在状态。一个是，前夫带给她的心理阴影，挥之不去；后来，她离异大概三四年后，有熟人给她介绍了一个对象，两人交往磨合到谈婚论嫁这一步了，天降厄运，那个酷爱钓鱼的人跑去郊外池塘钓鱼，一竿子甩出去，触到池塘边的高压线，顿时烧焦。过一年，任静父亲也走了。父亲是住院动手术时去世的，连遗言都没来得及留一句。那年她父亲刚六十岁，退休才几个月。

桩桩件件的事情，让任静很长时间心神恍惚，情绪低落。但说到底，这一切终究都不该是她对儿子学习之事懈怠的理由，如今回头想来，她对自己很不满意。

如果画画不影响儿子的学习，任静倒也不会太急切。问题是，用脚后跟想想都想得出，咋可能不影响？

她家是什么家庭？普通得近乎寒碜的家庭，这种家庭的孩子将来靠什么立足，还用说么！读书不出色的后果，任静自己是充分领略了的。多年前她自己当学生时，就因成绩平平，高考只考上了个大专，她为此吃了多少亏，招了多少烦恼！她的中学同学，大多考上了本科，更有人考上了名校，同学聚会时，说起来，人家就比她堂皇；过个两三年，人家纷纷升职了，她原地踏步；再过两三年，人家又升职了，她依然小职员一个。她的同事，与她年龄相当的，多是本科学历；学历不如她的，来头就比她硬，遇到升迁机会，哪有她的份？而升迁，哪只是得到一个好听名头，更意味着薪金、补贴、福利、奖金的飞跃性提升。她熬够了资历，前程依然暗淡，这些年新入职的同事，不仅有名校本科毕业生，还有硕士生呢，人家不仅高学历在握，个个还人精似的，眼错不见之间，就升到她头上去了，就对她指手画脚起来了。

任静是不服气的。同学聚会早不参加了，没有比较就没有伤害。在单位上，她苦练万事不动气的内功，为自己筑起情绪防火墙。千说万说，她本人这辈子，也就这样了，所以她一定要为儿子把好方向。更何况，如今的情况还要不同些，不说名校毕业生，不说硕士毕业生，海龟都是成群结队的，博士早已一抓一大把，这意味着什么？意味着社会竞争愈加白热化。一个孩子不好好学习，不是将来出息不出息的问题，而是很可能连立锥之地都没有的问题。

她必须把儿子的习惯给掰过来。

苦口婆心对儿子说："儿子，你就算为妈妈着想，用点功吧！你要是不用功，将来找不到好工作，压力不都在你妈身上么！你妈就一个人，太不容易了……"

一下子哽咽起来，说不下去了。

她不想在儿子面前流泪的，这个家没有男人，她素来既当妈又当爹，她何尝在儿子面前弹过泪！却不知咋的，"太不容易"几个字，竟像一枚催泪弹。她把脸别到一边。空气中，吱吱吱、日日日的蝉声，交织一片，如看不见的热浪般滚涌着，没个停歇，也不知有多少只蝉，伏在哪里，要叫到啥时候，声嘶力竭的。

陆枕涛一只手，拉住了她的手，"妈，你别伤心了，我听你的话。”

任静眼角的泪，唰地滚落下来。

18

暑期补习班，任静没给儿子报。不是因为离开学近了，时间短，而是，补习班要交钱哪！现如今，哪个补习班不吃钱，不刮当家长的一层皮。

儿子上补习班的钱，任静是攒出来了的。平时过日子，她是省了又省，午饭顿顿从家里带，护肤品用最廉价的，进超市，打折商品是她的最爱。上班这么多年来，她的衣裳没有超过二百元的，内裤总要穿破了才扔，毛巾总要出了破洞才换；带儿子出门旅游时，给儿子买盖饭，套饭，她啃干面包，对儿子说："妈妈喜欢吃面包，喜欢喝白开水。"

再节省，对儿子，她都会尽量满足，哪怕她不赞成的画画，也从未短了儿子需要的画笔、颜料、画纸、画布，以至昂贵的画册。她不是一个狭隘的妈妈，不是一个不讲道理的家长，她要求儿子好好学习，就是为了儿子将来不要过得像她一般。她苦一辈子，憋屈一辈子就算了，她的儿子怎么可以！

那次她落泪之后，陆枕涛确实有所转变。画，他还是要画，但他也自觉地把小学五六年级的语数课本翻了出来，从头过一遍，每天看几页，任静看在眼里，喜在心头。

开学前十天，熙和学校集中初一新生进行了摸底考试，而后公布了分班名单。初一年级总共十二个班，陆枕涛给分到了七班，全班四十八个学生。

熙和学校的初中阶段，是不分尖子班、普通班的，鉴于今年招生方式不一样，任静有个模糊预感，今年这批学生到了初二，很可能就要分班。她把这推测跟陆枕涛说了，陆枕涛只“哦”一声，啥话也没有，任静又有点说不出的失望。她多希望儿子说点有志气的话啊。

开学之前，学校来了个通知，安排初一新生进行为期五天的军训。

军训这个事，让陆枕涛很兴奋，兴兴头头，问任静军营啥样子的，军训都训些啥，自己该带些什么东西，催着外婆把家里的旅行箱找出来，兴冲冲把衣物毛巾牙具之类放进去，又取来画夹和画笔盒。任静一看，皱眉道：“你是去参加军训，不是去旅行！”

以前，只要出远门，不论去哪里，去干啥，陆枕涛总要带上他的绘画工具，绝无例外，任静一般也是由着他的。这回她不答应了。

“你是去军训！每天会给你们安排得满满的，你哪有时间画画？这些东西别带了。”

“要带。”陆枕涛犯倔。

任静问儿子：“你啥时间画？”

陆枕涛：“总不可能从早到晚都让我们训练吧！”

对，是这个道理，任静问：“那你咋不想着带两本辅导书呢？”

陆枕涛满脸难以置信的表情，“妈，我咋觉得你有点疯了呢？”

这没高没低的话，任静听了却没着恼，反扑哧笑了出来。她一扑哧，陆枕涛顺杆爬，央求说，实在没时间他就不画，可万一有时间呢？就让他带吧，绝对不影响军训。叭叭叭说个没了。

不是儿子说的那些个道理打动了任静，道理可以这么说，也可以那么说，横竖都是道理；也不是她累了，懒得说，懒得管了。可能是，儿子那一声一声的“妈、妈”，儿子那犯急的样子，也可能是，儿子巴巴祈求的眼神，让她心软了。她松了口：“算了，你爱带带吧。”

陆枕涛一下子蹦起来。

儿子外出军训第四天，任静吃罢晚饭，拿了抹布，打算把家里窗户的窗框都擦一道。走进老妈卧室，刚要擦那窗框凹槽，手机在客厅里丁零零叫响，忙走过去接起手机，一个热情的女声扑进：“你好你好！是陆枕涛妈妈吧？我姓宋，叫宋丽华，我是杨尊的妈妈，我儿子杨尊和你儿子陆枕涛分在一个班上。”

任静说了个你好，对方继续：“听说你儿子画画很好的，是有名的小画家，厉害啊！你儿子这么优秀，我要多向你学习！”

任静淡笑一声，这个妈妈，消息灵通啊，她从哪儿得知的陆枕涛的情况？正要客套一句，对方又说开了：“小孩分在一个班，是他们有缘分，我们做家长的也有缘分！以后多交流，多沟通，互相帮助啊。”

接着邀请她加入家长QQ群。

如今的家长，一般都有两个群，一是班主任老师组建的，一是家长自己组建的。在老师组建的群里，家长们个个恭顺，听话，堪比学生，随时接受老师指示和通知，第一时间回应，认认真真表态；逢年过节，争先向老师送祝福，表心意。有疑惑，有问题，可以向老师提，也不叫提，叫请教；有意见，就要谨慎了，不小心得罪了老师呢？

而在家长自己的群里，就不同了，大家总归要轻松些，交流信息之外，会说说意见，说说不同看法，还可能集体发发牢骚；引起共鸣的问题，亦可结队组团向老师提。一组团，大家就比较胆壮了。总之，家长群是一定要加入的。

次日下午，军训结束的陆枕涛回来了，人晒黑了一圈。不等任静问他军训情况，他先向她通报了一个事情：下周五的下午五点，召开家长会。

“妈你能去吧？”

“肯定要去的呀！”

陆枕涛一笑，“我拿两幅画给你看。”转身跑回他房间。任静以为他去取军训期间画的画，心说好哇，正想说你，你倒自己把话柄递来了！不想陆枕涛拿出画来，铺到茶几上，却是两幅旧作，一幅风景，一幅人像。

“于老师让我带两幅画到班上，贴到教室的墙壁上，妈你看这两幅怎么样？”

于老师是儿子班上的班主任老师。

任静只觉得这两幅画都画得不像，也看不出多少好来，她问儿子：“把你的画贴墙上干吗？”

“因为要开家长会啊，我们要布置教室。”

儿子的画能发布在教室的墙上，当然好了，任静却没说好，淡淡道：“你的画不过起个装点作用，有啥好得意的。”

陆枕涛满脸的欢欣得意，潮水般，唰地就退了。

任静语重心长："儿子，我说过，画画只是个爱好，不能为爱好耽误正事。你马上开学了，要我说，你该立刻停止画画，以后考上了大学，你爱怎么画怎么画！"

她预备着儿子要顿脚，要闹，要百般乞求，还可能耍泼强求，儿子小时候是玩过这一出的，她为此打过他手心，打过他屁股。眼下，儿子大了，初中生了，但该打的话，她照样出手不误。

出乎意料，陆枕涛既没闹，也没跳，也没央求，居然发自肺腑地深深一叹："你不能这样！"

任静忍不住肚里笑，脸上却不动声色，她问："我为啥不能？"

"就算开学了，就算作业多，我总有休息时间吧？"陆枕涛梗着脖子，"我用休息时间画画！"

任静点点头，就知道他要这么说。她说："这样吧，我们订个君子协议。"

陆枕涛双唇紧闭，如临大敌般地看着她。任静："第一，开学后，每天的作业包括复习、预习完成之前，不许摸画笔；第二，这是关键的，你的考试要能考进你们班前十五名，你可以继续画，我们以第一学期的期中考试为限，期中考试考不进前十五，画画就免了。"

陆枕涛眨巴两下眼睛，当即讨价还价："全班前二十八。"

任静那份恼火！"你们全班四十八个学生，你的目标定在前二十八？别让我看不起你啊！必须前十五！第一学期，前十五；第一学年结束时，进入前十；初二之后，争取进前八。"

陆枕涛想了一下："前二十五。"

任静："你把我当卖菜的，一分一厘讲价钱？"

陆枕涛不松口，"前二十五！"央告道，"先不把目标定太高嘛，要是我们班上个个都是尖子生呢？"

"那你就更要努力，向尖子生学习，自己也成为尖子生！你是比别人少了些啥吗？少啥？啥都不少你为什么不能像别人一样优秀？"

"我咋不优秀了？"

"优秀你就做给我看！优秀你拿成绩说话！"

陆枕涛有话说不出的样子。任静心说：理屈词穷了吧！对陆枕涛说："不跟你纠缠了，我也退一步，前二十，不许再讲价！"

19

杨尊和欧阳采采都分进了七班。

宋丽华自然又给米颖打了电话，也打了另一些家长的电话，号码是她想办法多方问询问到的，这能难得倒她！

她活跃地做这些事，是因为她喜欢跟人联系，喜欢充分地掌握信息。为此，她还专门在小孩们军训的时候，跑去军训营地"探"过班。

探班不全是为看儿子，也是为主动接近老师，她殷勤地为老师跑腿，给老师当助手，帮着做这个，做那个，一边做，一边关心老师："喝口水吧，养养嗓子！""坐一坐，歇口气，别累坏了。"班主任于老师是个年轻女老师，见她这般热情体贴，不好马上驱离她，一口一声说谢谢。宋丽华呢，顺势跟老师聊天，一聊二聊，把儿子班上一些同学的情况，掌握得了然于胸。

这个班上成绩首屈一指的，是一个叫谷励的男生。谷励是直升进熙和的，小学他读的就是全市数一数二的重点小学，而在那样的名校，他也是一骑绝尘的尖子生。这样的学生分在儿子的班上，岂不是，老天给这个班安排的榜样？

谷励之外，成绩拔尖的学生还有好几个。一个叫陈黛眉的女生，外语十分了得，宋丽华听于老师说，这陈黛眉不仅英语好得很，还懂日语和法语。宋丽华有点不信，一个刚小学毕业的学生，会三门外语？一个叫齐柏宇的男生，父母都是大学教授，综合成绩优异，围棋下得出类拔萃，言谈举止还相当有范儿，很有些自带霸气的样子。一个叫丁昕怡的女生，数学特优，心算能力超群。

至于有特长的学生，更多了，琴棋书画，几乎是普遍技能。当然强中更有强中手，一个叫陆枕涛的男生，是参加过什么绘画大赛拿过头奖的。一个叫苗知禾的瘦小女生，作文写得好，多次在报刊上发表过文章。厉害呀。

儿子班上有这么多厉害同学，宋丽华既喜且忧。也不是忧，是感到有点压力，高手云集的班上，她儿子如何才能站稳脚跟并逐渐显山露水，最终在中考时顺利胜出？

是的，从现在开始，宋丽华孜孜以求的目标就是，助力儿子考进一所好高中。

重点高中的敲门砖，当然是成绩。也不光是成绩，特长也是有用的。照杨尊的实力，跻身尖子生的行列，难，能够维持成绩中上，不错了。特长方面，他哪有厉害得足以变成加分项的特长？所以，得下别的功夫。一是想办法成为班干部，再一个，是争取被评为三好生。三好生意味着考高中时可以获得加分，班干部的头衔，关键时刻也是起作用的。

现今的中小学里，班干部通常靠选举产生。只是，像初一年级的新生，彼此不熟悉不了解，投票没法投。所以一般先由班主任老师指派临时班干部，过一段时间，再进行公选。老师指定依据什么标准？不外乎成绩啦，以往是否当过班干部啦，再就是老师的主观印象。

小学时期，杨尊当过小组长、大组长、劳动委员、纪律委员。怎么当上的？是她这个妈的功劳嘛，是她为儿子助的一臂之力。要靠杨尊自己，永远别想上位。

这就是宋丽华特意往军营跑的另一目的：让老师加深印象。对她加深了印象，就相当于对她儿子杨尊加深了印象，指派班干部时，就容易考虑到杨尊。

班干部这个头衔，何止是头衔！跟奥数证书一样，那就是资格证；跟荣誉证书一样，那就是无形资产。当着班干部的学生，老师也要重视一些。而当班干部也像很多事情一样，有一种神秘惯性，当过班干部的，就容易再被选上，当过一届的，当第二届、第三届就不难；当不上的，就难免总是靠边站。

离开军营向于老师告辞时，宋丽华爽利对老师说："老师有什么需要出力、跑腿的事儿，使唤杨尊好了！杨尊以前当过班干部，虽然比起那些优秀的同学，他不算出色，但有一点，他做事认真，热心，也勤快，老师尽管使唤他！"

开学日头天晚上，宋丽华让老公猜一猜，杨尊能得到个什么职位？老公似笑非笑：“班长。”宋丽华知他有意胡说，瞪他一眼。

她预测儿子可能会得到劳动委员、纪律委员这两个职位中的一个。不管得到哪个，宋丽华都满意。老公嘿嘿笑，像不信她，又不好败她的兴。宋丽华心说，等着瞧！

次日下班回到家，杨尊已放学回来了。宋丽华一嗓子把儿子喊到跟前，看到杨尊满脸笑呵呵的，宋丽华心里有底了。一问，果不其然，杨尊被指派为劳动委员。

宋丽华转脸看向老公，得意地抬抬下巴，老公向她竖拇指，做佩服状。

杨尊说：“但这个只是临时的。”

“临时的也很重要，临时的当得好，到选举的时候，大家自然就会选你。很好很好，这叫开门红！”

杨尊奶奶端着一海碗莲藕排骨汤走出厨房，叫开饭。餐桌上，碗筷都摆好了，宋丽华叫老公开瓶饮料，“我们为儿子庆祝一下。”

喝着饮料，吃着杨尊奶奶做的可口饭菜，宋丽华心情大好，一句一句，问儿子谁当了班长，谁当了副班长。她宋丽华神机妙算，杨尊一一说出其他班干部的名字，跟她的预测基本吻合。班长齐柏宇，副班长陈黛眉，这女孩还兼任英语课代表，学习委员谷励，文体委员陆枕涛。

宋丽华哈哈笑得畅快，差点被一片菜叶呛住，猛一阵咳嗽。老公让她喝口饮料，“咋笑成这样？”

要不是饭桌上坐着她的公婆，她肯定对老公说：“连我都佩服我自己！”

只是宣传委员这一职务被派给了苗知禾，让宋丽华有些意外。

近几天，她又了解到更多信息，那苗知禾虽说作文好，可是偏科厉害，数学不是一般的差，英语也不咋的，语文呢，也就是个作文好，语文成绩并不突出。

“你们于老师咋选了她呢？”宋丽华嘴里一块排骨，噗地吐到渣盘上。

杨尊先说了个“不知道”，跟着又说，苗知禾会写小说呢。

“写小说？”宋丽华不以为然一笑，即便那是真的，也没啥大用，考试又不考写小说，也不会给加分。

那么欧阳采采呢？

杨尊说：“她当了小组长。”

小组长都算不得班干部，不过是给老师和班干部打下手的。宋丽华又哈哈笑了。

晚饭毕，收拾餐桌，洗碗刷锅，这些活儿宋丽华是不沾手的，她也从不装模作样去抢着做。干吗抢？这历来是她婆婆的活儿，她有啥可抢的？一个家，总归要有分工，分了工，各人的活儿各人扛。至于她丈夫要帮着他老娘做，她不管；至于她婆婆肚子里是否有意见，她也不管，她可没空去操那份没价值的闲心。

她只管去拿了两根香蕉，给儿子一根，自己一根，一边同儿子吃着，一边向儿子面授机宜：当了班干部，要把老师交代的工作做好，要跟同学搞好关系，重点则是抓自己的学习。“我不要求你当第一第二，我们实实在在，不做非分之想，但你得给你妈老汉争点气，成绩要比小学时候有进步，不然你这班干部的身份长久不了！学习上我和你爸全力支持你，要买什么辅导书，买！以后要报什么辅导班，报！”

20

搬家以来，米颖忙得没歇过气。先是彻底打扫卫生。保洁公司做的清洁，总归偏于粗放，还得自己动手做一遍。接着是归置物品，大大小小七七八八的东西，一样样归位，耗时间得很。另要添置一些东西，书架、书桌、置物架、台灯之类；还要做居室的细节装饰，挂画，安置花盆什么的。

忙忙碌碌的过程中，采采开了学。开学第一天，回来告诉米颖，她当上了小组长。

米颖觉得有意思，采采好像跟小组长有缘似的，小学时期当小组长，进了中学，还当小组长。

采采读小学的年头里，米颖不止一次，鼓励过女儿争取当班干部。她倒不是在乎班干部的头衔，看重那头衔的“含金量”，她本人做学生时，就对当班干部没兴趣，老师指派她当，她都不愿意。成年后回想那一段经历，分析自己当年的心理，她觉得跟她父母都是“当官的”大有关系。当年，她父母即使在家里，也是官气十足，官威十足，多少事情，让她感到憋屈，烦恼，有时候，甚至鄙夷和反感。很长时间里，她都觉得自己父母不像父母，只是换了个场地的官。她哪能喜欢“当官”呢。

到了她女儿上学，她对当班干部的看法变了。原因呢，如今绝大多数家庭，都是独生子女家庭。在中国式家庭里，哪怕当家长的十分注意，孩子终归是万千宠爱集一身的，容易被养得娇，容易被惯得自私。有时米颖也奇怪，她自己小时候，情形完全不同，那些年头，孩子不受宠才是普遍现象，许多家长对孩子，说打便打，说罚即罚。有些家庭里，仿佛一只碗，一件衣服，都比小孩子贵重。到了独生子女家庭流行之时，风气登时翻新，做父母的谁不把孩子捧在手心，看得比天大，打骂孩子现象虽非从此绝迹，到底少之又少。不仅这些父母自己宠爱孩子，他们的父母，那些以前打孩子打得手滑的爷爷奶奶、外公外婆，也摇身一变，对孙辈格外慈爱起来。

米颖家里，没有老人同住。她自己带孩子这些年，一直有意识地，不对孩子滥施溺爱。其实很困难的，尤其采采小的时候，娇娇嫩嫩，憨态可掬，又可爱，又伶俐，做妈妈的，一头扎进溺爱的旋涡里太容易。有时候米颖非得狠着心，才能做到不纵容小孩的坏毛病，不由着她想怎样就怎样。

鼓励女儿当班干部，从米颖的角度，是为了锻炼女儿与同龄人相处的能力，培养她的责任感，让她学着考虑别人，关心别人。

但也只是鼓励。

班干部女儿当得上，当不上，当到什么级别，米颖的态度是，顺其自然。

采采这孩子，不是她当妈的自夸，从成绩，从能力，从性格和教养说，当个班长、副班长，都是够格的，但整个小学六年，采采只当过小组长和大组长。

小学时期，采采参与竞选班长，落选；竞选副班长，落选；竞选学习委员，还是落选。二三年级时采采落选，米颖没当回事，到了四五年级，采采一如既往落选，米颖就有些纳闷了。采采班上有个叫王亦倩的女孩，每次竞选班长皆稳操胜券，米颖有一次问采采，王亦倩为何有那么高的威望啊？采采的回答出乎她意料，采采说："她会来事儿呗，谁投她的票，她就请谁吃冰激凌。"米颖惊讶了，有一套啊！采采后面的话让她更为愕然，采采说："今年她是发钱，谁投她的票，她就发给谁五块钱。"

米颖不多想，当即对采采说："那以后我们不参加竞选了，没啥可遗憾的。"表扬采采："你没有像王亦倩那样去讨好同学，票数不过比她低几票而已，我觉得已经相当不错了，妈妈给你点赞！"

话是这么说，这件事，多少让米颖心里有些犯堵。未几她了解到，王亦倩这样的小孩，既非个例，亦不是刚涌现出来的早熟先锋，这些"聪明"小孩，玩这一套已薪火相传好几茬了，简直玩得溜溜熟。这让米颖更觉讶异。也不全是讶异，准确地说，是心绪复杂。轻松点看，这也可以说算不得什么大事，买冰激凌啦，发钱啦，总归带着些游戏成分，好比是，小孩对成人世界的戏仿。但深究起来，这游戏的背后毕竟透露着令人不安的信息，站在一个母亲的角度，她该不该提点自己孩子向人家看齐，跟着学点聪明，学点灵活？至少将来到了社会上，处在这么一群浑身是心眼的人中间，不至于活不出来。适者生存啊。

问题在于，她能够这么指教孩子么？

她也是吃五谷杂粮长大的，算不上什么道德家，遇到事情，她本能地，也会做盘算，也知趋利避害，她也曾做过一些说难听点，可谓苟且的事情。她是凡人一个，可她这个凡人又实在不认为蝇营狗苟、两面三刀、精于算计是个什么好做派，哪怕能为自己谋点利，赢得些好处，又值几斤几两？

可是，反过来想呢，这是不是有点站着说话不腰疼？像不识生活艰辛的人不知羞耻地说漂亮话。是不是漂亮话这问题暂可放置一边，不管怎么说，就算她家的条件比上不足比下有余，就算欧阳卫东很自信凭他的能力，凭他的勤劳，完全可以在创造财富的道路上更上一层楼，保证他们的女儿将来有一份优渥生活，却总不可能把女儿一辈子养在深闺，不让她跟社会接触吧。她走进社会，你能时时刻刻跟在她身边，为她保驾护航一辈子？

她跟欧阳卫东探讨这问题，欧阳卫东也一副不好决断的样子。太过算计的人招人嫌，一点心眼没有呢，谁知道将来会吃什么大亏。

最后欧阳卫东说："你看着办吧。"

这人可真英明。

让她看着办，她就决定了，不向女儿灌输那些自作聪明的东西。

她就不信自己女儿将来活不出来。

采采小学五年级之后，米颖再不提当班干部的事。

眼下，采采升入初中，换了学校，又当上了小组长。

实话说，即使女儿连小组长都没当上，米颖也不会觉得有多么不痛快。

21

陆枕涛被老师指派为文艺委员，任静并无特别的惊喜，只对儿子说："那你更要抓好你的学习了。"

陆枕涛条件反射般，眉头即刻皱紧，“学习学习，你能不能不要老说学习！”

“不能！”任静断然一喝。

陆枕涛眉头拧得更紧，跺一下脚，转身离开。

你还跺脚！任静张口想把儿子喊转来，训他一顿，再一想，算了。她知道唠叨多了儿子烦，可她忍不住啊，她心里没底啊。谁愿意没事唠叨？可儿子没给她不唠叨的理由啊。

第一次家长会开过，任静对谷励妈妈投以了最大关注。谷励妈妈姓李，叫李姝，身材微胖，打扮老派，脸色有点偏暗黄，看着其貌不扬，可人家儿子成绩那样优秀，任静认定，这李姝在家庭教育上定有过人之处。

那天家长会结束的时候，任静就想去跟李姝聊一聊，向她讨教一番。谁知一错眼，李姝不见了，走人了。走得好快。而其他家长，大多滞留在教室里，要么围着班主任老师问问题，要么在三三两两地相互交流。

她是从宋丽华嘴里，听说李姝是离了婚的，婚还离得挺早。宋丽华这个家长，好像无所不知似的。任静心里犯疑，这宋丽华是有什么来头？还是跟某位老师有什么私人关系？总之，李姝是单亲妈妈这个消息，让任静莫名地觉得欣慰，也不是莫名，她和李姝都是单亲妈妈啊，就算凭着同病相怜，也可能成为朋友吧。哪怕成不了朋友，李姝的存在，怎么都让她感到几分宽慰，几分踏实，人家能把儿子带得那样出色，她为啥不能？

她一直想给李姝打个电话，一次次拿起手机，又一次次放下。实在不了解人家的作息习惯，脾气性格，电话贸然打过去，人家正有事呢，不耐烦呢。就对陆枕涛说："你多跟谷励接近接近呗，跟他做朋友呗。"

陆枕涛白她一眼，"谁跟他接近得了啊，他都不理人的。"

任静笑了，"真的？他谁都不理吗？"

"反正他不怎么跟大家说话。"

"正常，人家成绩好，是尖子生嘛，比你们都高一截呢。"

这本来是句再平常不过的话，陈述的，也是一个铁打的事实。万没料到，陆枕涛竟然反应十分激烈："成绩成绩！学习学习！你可不可以不要天天说这个！一天不说行不行？"

当时，他们正坐在餐桌边吃晚饭，任静把手里的筷子，往桌上重重一拍，千言万语全涌到喉咙管。她用力把千言万语压下去，冷冷地，硬邦邦地道："陆枕涛，你这是第几次这么跟我说话了？你把你妈当什么了？你马上给我道歉！"

陆枕涛惊了一下，一惊之后，脸别向一边。任静愈发来气，声音冷硬如铁："我说的话你听见没有？"

她母亲一旁和稀泥，"哎呀先吃饭吧，吃完饭再说！"

任静差点对自己的妈也吼一通。她眼睛盯牢儿子，陆枕涛依然别着脸，跟她较劲。她狠狠一打餐桌，"道歉！跟我道歉！"

声音尖厉如刺。

她母亲看一眼她，看一眼外孙，伸手摩挲陆枕涛胳膊，劝他认错。任静说："妈你吃你的饭。陆枕涛，你站起来！"

陆枕涛站了起来，任静调整坐姿，正待好好训诫他一番，陆枕涛向她低下头，"对不起妈妈。"

一转身，离开餐桌，回了房间。

任静愣怔在原地。

她母亲深深叹口气，把餐桌桌面拾弄了一下，“一会儿再吃吧，气头上吃饭不好。”

窗外，渐浓夜色抹去了黄昏的暗灰色调，周遭似静非静，好像死气沉沉，又仿如有一种模糊低微的嘤嗡之声，弥漫着，拥塞着。任静忽地发觉，聒噪了一整个夏天并持续到初秋的蝉鸣，没了。凝神再听，真的没了。再一听，又有了，却是衰微的，孤单的，断断续续，欲言又止的，不复夏季蝉鸣的高亢宏大。

她走到阳台，发现外面起了风，不但起了风，还飘起了雨，绒毛般、飞絮般的，细微得看不见听不到的雨。隔一会儿，就有了沙沙声，沙沙沙，沙沙沙，秋风秋雨愁煞人哪。

陆枕涛在房间里，伏在书桌上写作业。任静默默走入，伸出手，轻抚儿子的后颈。

儿子小时候，她是多么喜欢抚摸儿子的脸，儿子的脚，儿子的后颈后背，儿子的胳膊腿儿。儿子从小，就不太黏人，反倒是她更黏他一些。她不觉得这有什么可笑，也不拦着自己黏儿子，她能黏他多少年？不知不觉间，儿子一点点长大了，就在她的注视下，在与她朝朝暮暮的相处中，在她暗暗的惊叹中，长大了。她怎能不知道，长大的孩子有自己的想法、意志、好恶，可他毕竟只是个半大孩子，而她呢，是过来人。过来人意味着，她知道这个世界、这份现实是什么样的，她清楚对付这份现实有多么不容易。如果她本人事业有成，挣下了一份可观家业，将来可移交给儿子，她也不会这么焦虑了。她没有嘛。她所有的，无非一团斩不断驱不散的失意。还是那句话，她不能让儿子的人生重复她的悲催。

她说：“妈妈给你道歉，妈妈不该那么凶你，以后……”

“没事的，”陆枕涛耷拉下眼皮，“我不生你的气。”

任静差点又要落泪，“只要你理解妈妈的苦心……”

陆枕涛不再搭腔。

任静退出了儿子房间。

22

是夜，任静翻来覆去睡不着。

她知道，自己操之过急了。欲速不达，不都这么说吗。激灵一下，她翻身坐起，从枕边拿起手机按开，急冲冲翻看。翻了好一阵，没找到想找的文章。其实不用找，她记得的，几个月前，本市一个中学生跳了楼。去年也有个中学生跳楼，外地的。都因为跟家长发生了冲突。现在这些孩子！多大的冲突就值得去死？这么不惜命，这么不知轻重，这么让人痛心！太让人痛心了！她的儿子可千万不要这样。赶紧呸呸两下，把不吉利的念头呸掉。她的儿子不会的，不会那么极端、那么把她往死里逼的。她相信儿子，凭着这些年与儿子的相依为命，相濡以沫，她相信儿子。

翻身下床，摸黑走到儿子房门边，额头抵住门框。门里面，是儿子平稳的呼吸声，一呼一吸，一呼一吸，让她的心也平静下来。其实，只要儿子平平安安的，只要有这么一份岁月静好，她还求什么呢。人的一辈子，说到底，能够安稳到头，不就是福吗。

却不到一个礼拜，她的想法又变了。

她一个女同事过生日，中午几个同事凑了份子，去吃火锅。边吃边聊，就聊到如今的大学毕业生。说起来，都是寒窗十年，头悬梁锥刺股考进大学的，都曾花了父母大把的心血、大把的钱，可大学四年之后，命运天差地别。有的一脚迈进实力雄厚的大公司，年薪十多二十万起步；其余大多数呢，费尽九牛二虎之力，抓到一个鸡肋饭碗，转了正，月薪两三千。

“差距一下就拉开了啊。”一个女同事感慨。

那是，月薪两三千的能跟人年薪二十万的比么？那年薪二十万，也不是单靠运气来的，还有个硬前提：一流大学，硬核专业。否则大学毕了业，照样流落底层，还不说有的大学毕业生，毕业好几年了，仍在求职的汪洋大海里漂着，迟迟找不到登陆点。

你想岁月静好，你得有静好的资格啊。

任静给李姝打去了电话。

电话里，李姝说话客客气气，不亲不疏。李姝这口吻，倒也没啥可挑剔的，只不过说到如何抓小孩的学习，李姝的话就让任静有些不了然。李姝说，她没有怎么抓过她儿子的学习，“相反我经常跟他说，多出去玩玩，不要老捧着书。他可能是自己性格比较好强吧。”

性格好强的孩子并非谷励一人，为何谷励就能把这个心劲用在学习上？任静虚心请教：“他的学习兴趣是怎么来的呢？”

“这个，”李姝“嘿”一下，像无奈的叹气，“我真没去想过，说不好。”

挂掉电话，任静心里很有些不舒服，一点家教窍门，捂那样紧，何必嘛。她也是有脾气的，求教不成，心底反而生出一股豪勇，都是人，你会教孩子未必我就不能？谁比谁差到哪儿去？

时间过着过着，来到九月下旬。秋分这天，陆枕涛迎来第一次月考，两天之内，考完所有科目。

这是儿子初中学习生涯的第一次考试，任静当然关心分数，关心排名。出成绩这天，她一下班就直往家奔，出了地铁站，还要步行四五百米，这一路她走得快要跑起来。一进家门，就要喊儿子，却听得她妈在厨房里传出哎哟一声。任静赶紧跨进厨房，老太太一手捂胸，一手撑着案台边缘。任静忙问妈怎么了，老太太抚两下胸口，“没事没事。”

老太太有心律不齐的毛病，动辄犯心慌。任静把妈扶到客厅坐下，自己穿了围裙，炒尚未下锅的豆芽菜。晚餐两个菜，另一个菜是土豆烧排骨，老太太已做好了。任静炒好豆芽菜，端到餐桌上，老太太将她饭盒袋里的饭盒取出，递一双筷子给她，让她带第二天的午餐，又提起嗓子，喊陆枕涛出来吃饭。

任静把炒豆芽拨了一部分到饭盒里，筷子正要去夹土豆，陆枕涛从里屋走了出来。任静停下动作，喊一声儿子：“今天成绩出来了吧？”

她母亲拿起筷子，夹了两块排骨放进她饭盒，任静忙摆手，“别别，我不爱吃，要几块土豆就行。”

老太太说：“你肉吃得太少了。”

陆枕涛坐下，抓起筷子，不由分说连夹几块排骨到她饭盒里。任静心里一暖，嘴上却没说什么，只是动筷子把排骨又夹出来，剩了最后一块，“这就行了！”看向儿子，“问你呢，月考主科的成绩都出来了吧？”

陆枕涛说：“出来了，一会儿我拿卷子给你签字。”

“排名呢？”任静把饭盒扣上。

“没有排名。”

任静站着不动，盯着儿子。陆枕涛夹了一块排骨到碗里，自顾啃着，没事人似的。

任静不由得生气，“怎么可能没有排名？”

“干吗要排名啊？”陆枕涛把嘴里的肉咽下去，抬起脸，一副桀骜不驯跟她顶的架势，“非要排个名你才高兴啊？”

任静话不多说，放下饭盒，拿起手机登录家长QQ群。一问询，方知确实没有排名。初一年级的月考通常不排名。

这难不倒任静。一头吃饭，一头盘问陆枕涛各科第一名的分数。陆枕涛回答得很不情愿。再不情愿你也得回答！任静拿便笺纸记下各科第一名的分数，以5分为一个“段位”，又详问儿子全班考上95分、90分和85分的各有多少人，80分以下的多少人？陆枕涛被问得烦躁：“还让不让人吃饭？”

行，先吃饭。吃罢，任静坐到沙发上，喊来陆枕涛，再问刚才的问题。陆枕涛说：“我怎么知道！”

“你不可能不知道，你们老师肯定要在班上公布整个班级的考试情况，肯定要说些什么的，不可能把卷子发给你们了事。”

陆枕涛看着她。

任静道：“你不说的话，我就去问你们老师，一个个问。”

说着按开手机，就要上QQ。陆枕涛被逼到了墙角，喊一句：“行了！我告诉你！”

根据陆枕涛说的情况，任静心里一默，他在班上的大致排名即出。

语数英三科，他的成绩皆在中游位置，倒是挺均衡的。任静克制住没说责备的话，只说：“你得更加努力啊！”

陆枕涛回的是：“我已经‘更加’了。”

这话也不能被斥责为瞎说。开学以来，不，打开学之前，陆枕涛就是加了劲的，画画啦，玩啦，时间都是压缩了的。这些，任静都看在眼里的。

她点拨儿子，学习上，光用功还不行，更要注意总结方法诀窍，平时多跟尖子生交流，向他们学两招嘛。她好意一片，得到的回复是：烦人！

“不要这么对抗，不要惹我冒火。”她警告。

陆枕涛的不吱声，不应答，让她意识到，自己跟儿子的关系，无可奈何地在变隔膜，变生硬。可她能如何？她还得给他施压，她不得不这么做。她问儿子，开学之前他们母子谈好的“君子协定”还记得不？

“你跟我讨价还价，我是退了一步的，就按你说的，第一学期，排名在班上前二十，只有这样你才可以继续画画。现在呢？别跟我说不排名，貌似不排名，其实排名是存在的！眼看期中考试、期末考试跟着来了，那就正经八百要排名了，到时候能不能考进前二十，你心里有谱没谱？”

陆枕涛低头沉默，抬起头来，眼神里竟然满是恼恨：“你可不可以不要逼我！”

任静心里叹：不知好歹的儿子啊！

23

十月中旬的周六，七班搞了一次亲子活动，地点在近郊一个湿地公园。

按说进入十月，天气该不折不扣地高爽起来，秋高气爽嘛。不过近几年雾霾深重，哪怕出了太阳，是个晴天，往往也晴得不清不楚，混混沌沌。

周六这天就是这样。一早太阳露了个脸，穿云破雾洒下的几道阳光，在刚刚吻到地面连绵楼厦的房顶时，即被漫天雾霭吞没。阳光奋力厮杀，终归无力扎破掺和着灰霾的雾霭层，只显着天色比阴天亮了几分。

任静没有私车，也没有去求有车的家长，跟人家拼车。他们母子坐的是公交车。倒了一次车，到站下车后，母子二人即甩开双脚，往目的地走去。

如今的近郊完全没了郊区的样子，道路两边，各色住宅楼盘和商用建筑已连绵成片。任静常感疑惑，一年年地修这么多楼盘，哪来的人住啊。可每一处新起的楼盘，总会很快住进人户，继而住满，入夜，幢幢楼宅灯火璀璨。这就是大城市，谁不想往大城市奔呢，大城市机会多，资源多，有小地方没有的好，然而，另一头说，人多，竞争也大啊。

任静经常想到的，就是竞争。不是她偏执，不是她犯神经，不是她愿意没事给自己添堵，这不就是摆在眼前的现实么。

一辆白色小车经过他们身边，在前方往路边一靠，停了下来。

他们母子走近小车时，车窗已摇下，陈黛眉的妈妈赵纯，探出一张笑吟吟的脸，“枕涛妈妈！枕涛！走路啊？兴致这么好！要不要搭个车？”

车里只赵纯和陈黛眉。任静再三感谢，和陆枕涛上了车。赵纯问一句：“都坐好了吧”，一打方向盘，重新上路。坐在副驾位上的陈黛眉转过身来，跟陆枕涛说话。任静问陈黛眉她父亲为何没来，回说出差了。任静说：“黛眉啊，听说你不仅英语特别好，还会法语和日语，这么厉害，怎么学的呀？”

陈黛眉调皮地伸伸舌头，“也不叫会，法语和日语，只是能说几句而已。”

任静极口赞叹，向赵纯道：“这孩子真好！黛眉妈妈，你是怎么教的呀？”

赵纯开着车，吃吃笑了起来，好像听到了什么有趣的话，“我教？我能教她啥呀？我啥都不懂，我老跟这丫头说，你妈笨得很，唯一能做的，就是巴心巴肝地爱你，给你喂饱、穿暖，至于你的学习啦考试啦兴趣爱好啦，全靠你自己了。”

任静心里一笑。她知道，这赵纯在一家文化事业单位工作，据说还是一个部门的负责人，有文化有见识的，咋可能不重视小孩学习？真会打马虎眼。她说：“黛眉妈妈太谦虚了，黛眉这么优秀，肯定不是白来的。”

“是，”这回，赵纯不谦虚了，“我女儿是挺不错的，那都是她自己的努力。我呢，只要她身体好，能吃能睡，每天开开心心的，我就心满意足。”

任静感觉到坐在身边的儿子瞟了自己一眼，她没看儿子，前趋身子，轻轻一拍陈黛眉的胳膊，“黛眉你太给你妈妈争气了，你有空的时候，给我家陆枕涛传授点儿学习经验呗。”

陈黛眉再次转过身来，仍是一副调皮表情，“陆枕涛的学习也不错的呀，而且画画那么好，多才多艺！”

任静不愿提画画，什么多才多艺！她说：“他不错个什么！赶你差得远！黛眉，上次月考，你各科都考得特别好吧？”

陆枕涛把脸别向了窗外。

陈黛眉说：“还行吧。”

任静说：“真谦虚，我知道你考得好，我们陆枕涛跟你比，差好大一截。”

陆枕涛一言不发。

湿地公园到了，赵纯把车开到停车场。车子停好，陈黛眉和陆枕涛跳下车去，撒腿跑开。远远近近的，全是小孩们的大呼小叫，四处一片吱吱哇哇。任静等着赵纯挎上包，锁好车，两人一块儿向前走去。

赵纯的五官不难看，可搭配在一起，却显不出漂亮。她也不太会打扮，一条不适合她的半截窄裙绷在腰间，小腹鼓凸如轮胎；唇上的口红呢，大红色，跟她并不白皙的肤色不搭，嘴角处也没有涂抹得很仔细，有点溢出来了。但她仿佛浑然不觉，兴致勃勃评点当日天气，周遭景观。任静对公园没啥兴趣，湿地公园也不过那么回事，她满脑子想的是，得抓住这个机会，跟赵纯好好交流一下。正琢磨着如何把话头引到自己想谈的话题上，就听见赵纯问：“枕涛妈妈，你是不是对枕涛要求太高了？”

她要求高么？她诚心请教赵纯：你是怎么要求你女儿的？

赵纯嘻然一笑，“就是刚才我说的，我的要求很简单，健康，开心，能吃能睡，足矣。对了还有一点：做一个独立思考的人。”

任静不乐。看来这些会教小孩的，都不肯轻易把心经透露给别人。算了吧。就听见赵纯的一笑。赵纯说：“话说回来，当家长呢，也是有诀窍的。”

任静全没想到赵纯会有这一说，停下脚步，竖起耳朵。

赵纯轻碰一下她的手臂，示意她继续向前走。赵纯说：“我的诀窍就是，适当地无为，适当地示弱，让小孩自己对自己负责。刚才在车上我说的那些话，不是玩笑话，我真的总是跟我女儿说，你妈笨得很，你妈上班也累，不要指望你妈，不要依赖你妈，自己的事自己管，自己的问题自己解决。”

任静眉头微微皱了起来。无为？示弱？这就是这个妈妈的家教秘诀、葵花宝典？可能吗？有这么简单？她问：“假如小孩冥顽不化呢？”

小孩子有几个是天生愿意学习的？爱玩才是天性，任性才是天性。赵纯的回答，在任静听来，十足就是空话，大话。赵纯说，要给小孩时间，不要太心急。

给时间？任静心说，说得轻巧，给一年，少一年，初中只有三个一年，一眨眼，中考就逼到面前了，你有多少时间好给？赵纯却还顺着方才的思路，慢慢悠悠道，只要给小孩时间，再辅以恰当的引导，小孩会找到自己的兴趣方向的。

任静觉得话不投机，啥都不想说了，可是嘴巴却没闲住，她说：“像我儿子，兴趣方向就是画画，要是由着他，一天大部分时间他都可以用在画画上，功课怎么办？”

“刚才车上我听我女儿说，枕涛功课也是不错的啊。”

说话间，她们已走到目的地，一块绿茵茵的大草坪，学生和家长三五成群地站着，一些活泼的学生相互打闹着。任静对眼前的景象视若无睹，对赵纯说：“上次月考，我家枕涛考得很一般，他要是不狠狠加把劲，到考高中的时候，不可能有什么奇迹出现的。”

赵纯无话。

任静：“要是考高中考不好，还能指望他考上好大学？要是大学都考不上一个过得去的，他这辈子能有个什么好？”

赵纯说：“别这么说……”

话未说完，宋丽华满面春风，一路招呼着走了过来，“黛眉妈妈！枕涛妈妈！你们好啊！”

赵纯转过脸，跟宋丽华寒暄起来。这时候，班长齐柏宇叫全班同学集合了，家长们也遵从老师吩咐，在一旁做一堆站着。班主任老师宣布当天的活动内容，注意事项等事宜，任静左右看看，家长们有的是夫妻二人都来了，有的只来了爸爸或妈妈，有的是爷爷奶奶来了。

任静看到了李姝，要不要去跟李姝说说话？活动开始了，任静很快发觉了李姝母子的古怪。

拿做游戏来说吧，第一个“二人三足”游戏，即孩子和家长把各自一条腿绑在一起，一同向前奔跑。李姝和谷励完全配合不起来，全程踉跄。赵纯在旁边喊：“谷励妈妈！谷励！你们要配合啊！先求稳，再求快！”那谷励却是面无表情，置若罔闻，越发把他妈拖得踉跄，那李姝差点跌倒时，谷励一脸冰霜，扶他妈一把，都扶得很不情愿。

接下来的游戏是“心有灵犀”，仍是孩子跟家长组合参赛，一人看图比画、描述，另一个背对图画，从对方的手势言语中，猜图上所画之物。这游戏，李姝母子的配合更不默契，莫说什么心有灵犀，倒像彼此不通电的两个绝缘体。从头至尾，谷励都绷着脸，勉强比画两下，要么潦草说出几个字，他妈猜不出，他手一挥，“过”，进入下一图。相当不耐烦，相当居高临下，好像做个游戏，屈了他的尊一般。

是他们母子之间发生了什么不愉快？可是出来玩嘛，做做游戏，热闹热闹，不愉快总该消散的。任静看到的却是，一整天下来，那谷励始终没露个笑脸，小小年纪，眉眼间竟有一种冰冻三尺的冷淡矜持。

冷眼看去，李姝对她儿子，似有点没奈何。

任静凭第六感咂摸到，这对母子间的别扭，不是突发的、临时的，相反，有点年深日久的况味，这是咋回事呢？

24

李姝心情很是低落。

活动结束回到家里，她屁股一挨沙发，眼泪滴答成线。

她这儿子，性子怪得无法无天了！

他是故意的么！

人都看到她儿子成绩好，学习拔尖，都羡慕她有这么个厉害儿子，谁了解她内心的苦楚！就说今天，全班做活动，本来是个开心事，大家都兴高采烈的，她这儿子就算心傲性孤脾气独，多少该收敛些，哪怕做做样子呢！可他的表现呢，打她的脸哪。别的孩子主动跟同学父母打招呼、问候，她儿子呢，眼里无人，嘴里无声；别的孩子大多闹喳喳的，烂漫活泼的，她的儿子呢，自始至终冷冷冰冰；做游戏、做比赛前后的那些杂事，其他孩子一个个奋勇当先，积极帮忙，唯她儿子，袖手一旁，一副高高在上之态。

整个一天，他都在不管不顾地，上演他的冷漠、古怪、无礼、不合群。

他的那些同学，礼尚往来地，都不来亲近他。

李姝不用观察，无须判断，就知道别的家长对她儿子，定是另眼相看了：没礼貌没家教啊，成绩好又怎的？

李姝说不出的沮丧，说不出的惭愧。

儿子这样一副古怪脾气，她是有责任的。回头看，是她错误的婚姻，是她当年跟儿子父亲长期的冷战热战，还有，她坚决离婚带给儿子的伤害，把儿子改变了。多少年来，他躲进孤独的壳里，只管用学习，做题，看书，把自己填得满满的，把一切烦恼挡在那层壳之外。所以他成绩好呢。

她对儿子是感到歉疚的，可她能怎么办？儿子父亲带给她的浓烟滚滚的恶劣情绪，她压不住啊。她曾开诚布公对儿子说过："你爸爸不是个坏人，问题是你爸爸这个人，太没有自尊了，他做的很多事情我接纳不了，让我觉得作呕，我没法跟他相处。"

说这话，是希望儿子理解她。当时儿子七岁。儿子拉着她的手，哀求说："让爸爸改！让爸爸回来吧！"

李姝只扑簌簌落泪。

那个人，他怎么可能改！

她和他的婚姻，从一开始就是一场错误，只怪她自己，当时没稳住。她挨边三十岁那年，想结婚了，四下里一望才发现，身边几无可选择的人。最后选择了谷家骏，算不算饥不择食呢？其实他俩认识的时间不短，但她对他从来没兴趣，不是因为他年龄比她小两岁，也不是因为他挣钱不多，个头不高，长得不帅，那都不是问题。问题在于，她根本看不上他，一个热衷饭局、爱凑热闹、举止轻浮的家伙，没一点男人的庄重。等到结了婚，她才发现这些根本不是无关大局的小毛病，这男人的精神重心全在各种吃喝聚会上，三天两头往外跑，以在别人饭局上混把椅子为人生至境，还扬扬自得跟她炫耀。他不顾家，不做家务，不上进倒也罢了，那种厚皮没脸恬不知耻的德行，太让她觉得屈辱了。

跟他生气，对他责骂，同他吵架，全没用。要不是怀了孕，要不是后来孩子落地，再后来则是孩子太小，李姝早就一次次手起刀落，把那段婚姻斩除了。没离婚的那几年，日子过得疙疙瘩瘩。只要看到他拿起手机，摇头晃脑替别人张罗饭局，她气就不打一处来。更气人的是，他竟把饭局上的残羹剩菜打包回来，献宝似的招呼儿子："来儿子，看爸爸给你带什么好吃的回来了。"若是李姝撞见，没的说，两步抢上前，只管一把抓过饭盒，狠狠往地上一掷。

谷家骏那人，倒是脾气好，她发火，他嬉皮笑脸；她痛骂，他不对骂，还有心情挤眉弄眼，越发把她气得手脚发抖。早先她是多么温文尔雅的人，说话低声细语，也不会吵架，也不会骂人。结个婚，面目全非，骂人水平突飞猛进。

即便气到极点，李姝也不会当着儿子的面跟他吵，对他骂。这方面，她是有自制力的。饶是如此，她仍发觉谷励越来越不爱说话了。

她心里难受啊。

埋葬了婚姻，驱逐了前夫，李姝把母亲从老家接了过来。却跟母亲也处不顺当，各种不顺当，尤其是，她看不惯母亲对她儿子的娇惯。她母亲当年哪是娇惯孩子的人，对李姝姐弟，不打不骂就是好的，而今年纪一大，作风剧变。把谷励当婴儿一般，照料得那叫个精细，比精细还过头，吃饭的时候，老太太不吃，坐在外孙子旁边，专事给他夹菜；夹菜还不够，鱼刺帮他剔了，虾子帮他去皮，连早晨吃个煮鸡蛋，也要帮他剥壳。李姝心说，你咋不帮他嚼呢！从她的角度，老妈的爱简直是糊涂的爱，根本上是自私的爱，从不考虑滥施宠爱的害处。她提醒母亲，反对母亲，渐渐地，母女俩由彼此忍耐到相互怄气，由相互怄气到相互抱怨。两人都嘴碎，一个赶一个地絮叨，絮叨来，絮叨去，火星四溅。有一次老太太恼了起来："你把我接过来，不就是伺候他的吗？伺候他也伺候你，不然你接我来干什么？"

跟老太太龃龉过后，李姝时常会独自在阳台上枯坐很久。以前跟儿子他爸吵架后，她也常这么枯坐，把自己坐成一尊灰暗的雕像。

从什么时候起，她发觉谷励的寡言少语愈加严重了呢？仔细想来，似乎每一年，谷励都比上一年沉默些。一些时候，李姝觉得这也没啥，儿子的爹那么个德行，儿子反着来，沉稳些，冷峻些，挺好。另一些时候，她又意识到不妙，儿子才多大点儿，心事重重得，像头顶上压着一盘石磨。

"你开朗点嘛，跟我多说说话嘛。"李姝鼓励儿子，她肚子里找得出来的，也就是这些话。谷励的反应，要么不置一词，要么硬邦邦甩给她一句：“没啥可说的。”

儿子不爱跟她说话，跟外婆的话也少，外婆倒是很理解外孙的样子，也不是理解，是迁就，是娇惯，是百依百顺。有了外婆撑腰，谷励在古怪的道路上愈发得了意。李姝是，能说的都说了，好也说了，歹也说了，气也气过。她极少骂儿子，儿子自尊心强啊，又是个闷葫芦，骂了他，不知他怎么记仇呢。可是有一次，李姝是真的气到了，那次李姝生病，发烧、咳嗽、骨头疼，让谷励去给她买点药，谷励爱理不理。尽管他终究出门去把药买了回来，却不是李姝要的药。李姝刚说一句，谷励把装药的小塑料袋往桌上一摔，转背走人。李姝那个气！嗓门一抬，吼了起来，没吼完，她妈冲过来：“你吼什么啊！有话好好说嘛！”

李姝更生气，跟老太太也吼开了。那是她们母女冲突得最厉害的一次，气头上，两人都说了伤人的话，都气得发抖，都唰唰落泪。最后各自向壁，家里一片死寂。

家里这么个状况，谷励竟然，只顾窝在自己房间，压根不出来做点什么，说点什么，缓和一下气氛。她们是跟他朝夕相处的两个人哪。不错，他是小孩子，可他又不是两岁三岁，又不是傻子呆子，他咋就这般冷漠？

为这事，李姝前思后想，最后痛下决心，把母亲送回了老家。她不能再任由儿子在老太太的宠护之下，一味自私下去，古怪下去，冷漠下去了。

那年，谷励十岁。

自打老太太离开，不等李姝按原定设想，跟儿子做一次长谈，谷励自己就有了转变。原先，他是油瓶在面前倒了，都不伸手扶一下的，等到家里只剩下他们母子二人，他不声不响，更改了画风。李姝炒菜做饭，他有时会走来帮着盛饭、端菜；李姝打扫卫生，他会把拖布从她手里拿过去，把拖地的活儿做了；李姝洗了床单被罩，喊他一声，他也肯过来搭个手，协助她晾晒。尽管还是话少，然而，他真是有变化啊。

李姝兀自百感交集。

每年寒暑二假，她再不好安排也要安排出时间，带儿子出去做个旅行，让他散散心，让他高兴高兴。旅行时，谷励情绪状态总归要跟平时不一样些，话多了，别扭闹得少了，也爱笑了。前年暑假，她带他去了一个海滨小城，记忆中，那一次是谷励上学以来，他们母子处得最和谐的一段时光。李姝忘不了，有天早晨在海边，谷励突然跟她开了句玩笑，她一时以为听错了，等确定没听错，简直有点反应不过来，又是诧异，又是高兴，还有那么点，受宠若惊。

然而，每次都是，从度假地回来不出两天，谷励又恢复到以前的状态。

李姝长叹之下，也只能，听之任之。

她不是神仙，她还能做什么？实话说，她自己的满腔愁怨，还不知往何处倒呢。

25

当晚李姝心里发一个狠，是对儿子发的狠：你冷，你独，你目中无人，我也叫你尝尝冷漠的滋味。

她非得做点什么，没办法也得强找办法。儿子这么下去，越是成绩好，越不可能有朋友缘，越可能成为一个孤家寡人。她替他愁啊，最最担心，将来他落得个连女朋友都交不到的田地。

像过去跟前夫冷战一样，李姝开始跟谷励冷战。你不是尊口难开吗？我也不说话，谁不会不说话？次日礼拜天，她一整天没对谷励说一个字，早中晚三餐，她都是把饭菜做得，自己坐下就开吃，也不喊儿子，也不催儿子。饭点之间，她待在自己房间，看手机，看视频，给朋友打电话。这三餐，谷励都是在她吃过之后，静悄悄出来吃的，吃完还把锅碗洗了。

周一早晨，谷励去上学，李姝不像往常那样，叮嘱他“路上小心”。傍晚她下班回到家，做好晚餐的钟点工大姐正要离开。这钟点工大姐，是李姝送老妈回老家后请的，除周末，每天来给她家做顿晚餐。她跟大姐道了别，像昨日一样，自己独自开吃。晚上睡觉前，她也不跟谷励说“早点睡”。

相持到周二傍晚，谷励安之若素，李姝却绷不住了。毕竟，儿子不是前夫，她如何将冷漠进行到底？

这三天，她基本跟儿子没话，谷励既不问一句，也毫无不安的表示，李姝真有些奇了怪了，她这儿子未必有点人际交往障碍？她落座餐椅时，叫了谷励一声，谷励过来了，坐下，拿筷，端碗，默默开吃。

“这几天你是什么感受？”李姝看着儿子问。

谷励不答。

“你不觉得气氛有点奇怪？”

“挺好。”

挺好？这是什么话？李姝问："你觉得这样下去挺好？我们一直不说话挺好？你……"

"有那么多话好说么？"

有！

李姝说，人是社会性动物，是需要交流的；人是情感动物，是需要情感支撑的。"你又不是自闭症，我就不信，你不需要朋友，不需要跟人交流。你这么绷着，跟所有人对抗着，觉得很带劲儿是不是？你现在是还没成年，等你成年了，你就知道好歹了！"

谷励如常吃着饭。

李姝哪有心思吃饭，把筷子放下。她知道，自己呢，是个话多的；更知道，絮叨多了，谷励烦。可是她得说啊，她说了东，说了西，说了这几天她的感受，说了他们是相依为命的两个人，又说到亲情，说到友情，说到这个残酷又复杂的人世，说到后来，她都不知道说到哪儿去了，到底要说个什么，可还在说。只要儿子没有站起来走掉，她就要继续说。

谷励碗里的饭吃光，开始喝汤。李姝打住前面的话头，趁他没离开餐桌，抓紧向他问道："你这脾气能不能改一改？"

谷励仍不搭腔。

他不回应，她就说第二遍。

谷励冷冷开了腔："你要我改成啥样？我就是我。"

李姝气一个噎，半晌，道："你咋这么独呢！"

谷励推开碗就要起身，李姝垂下泪来，叫一声儿子："我到底做了什么，对你产生了这么消极的影响？你要我怎么办？你跟我说，你要我怎么做！"

这句话，让谷励椅子上坐着，沉默好一阵，然后说：“我知道了。”

问题是，谷励依然没一点改变的迹象。照样不跟同学往来，不交朋友，跟她这个妈也没什么话。她要是多说两句，他可以当着她的面，把房门一关。

李姝真是黔驴技穷了，又给女同学打电话。

有段时间，她给老同学打电话打得很勤。满腹的话，满腹的愁绪，她得找个出口啊，不说，她得憋出病来。那阵，她电话粥一煲三两个钟点。她的一个女同学，话也多，李姝和她聊的最长的一次，一气说了四五个小时，手机发烫了，打开免提，手机放在桌上聊；手机没电了，一边充电一边聊。

什么事，都不能过。不久李姝感觉到，她这些女同学，包括那个话最多的，都开始敷衍她，不太想听她反复倒苦水了。她也克制自己，可是，总有克制不住的时候。

几个女同学照例，对她一番安抚。都安抚得浮皮潦草。一个女同学给她出了个主意，建议她带谷励去看看心理医生。

带儿子去看看心理医生，李姝不是没起过念。人嘛，多少有点心理问题，何况现今这世道，正常的有几个；何况她家这么个家庭状况。谷励这孩子，不说真有啥心理疾患，接受一下疏导也确有必要。但以李姝对儿子的了解，他怎么肯去！这不，她拐弯抹角，都没说看心理医生，说的是，带他去跟心理专家聊聊，谷励当即冷脸驳回：“要去你自己去。”

“是看专家，”李姝说，“去跟专家聊聊天而已，有啥不好？”

“不去，没兴趣。”

"那你跟我聊？"

原以为，谷励会用他惯用的一招，给她一个无言的背影，把她撂下，自己走开。谁知这一回，谷励却慢悠悠说了几个字："不聊也罢。"

这话老成得！李姝憋不住笑了。谷励的十二岁生日，在一个月之后，十足的，还是个少年郎，可听听他的口气！她这儿子呀，智商高，心也深哪。她问儿子："为啥？"

"我有我的世界，你有你的世界。"

李姝好不意外，尚未找到回应的话，谷励又说话了，说："妈，你找人结婚吧，结了婚，你就有说话的人了。"

李姝一个"我"字之后，再说不出下面的话。

谷励再开口："你找人，不用考虑我，你觉得好就行。"

"我怎么能不考虑你！"李姝声音打战，多少委屈，多少辛酸，轰然涌上。

"你不用考虑我！"谷励忽地不耐烦，"去找吧！"

一转身，走了。

李姝又一次百感交集。

"去找吧"，这话说得，带着说不出的生硬，但就是这么几个字，让李姝咂摸到，谷励心里不是一点没她。他还知道她有自己的事，有自己的难事，看来，他不算自私到水泼不进。李姝暗叹着，深深吸了口气。

窗外，夜晚慢慢沉寂下来。这寻常得不值一提的夜晚，有多少人无眠？多少人在辗转？多少人仍在为生计忙碌、烦忧？还有多少人，企盼着一夜之后，太阳升起，天地一新？

李姝熄了灯，躺下，被子拉到下巴，闭眼。只望睡着了，万事不忧。

26

秋冬之交，雾气愈发地重了，雾中夹霾，霾里掺雾。早晨起来，窗外常常是灰不灰、黄不黄的一片朦胧，仿佛黑夜没做完的混沌之梦，变了个形态释放出来。有时到了傍晚，那阻隔着天光、更改着天色的雾霾也不散去。

米颖家保姆汪姐，向米颖辞了工。这是汪姐的大女儿要生孩子了。生孩子事大，汪姐得去给自己女儿当保姆，只好辞了米颖家的这份做了十多年的工。米颖没再请保姆，自己把家务活儿揽了下来。

采采进初中后，上学放学无须接送，米颖时间上更富余了。汪姐辞工之前，米颖正起念，要不要出去应聘个工作。原先上班奔波的那些年，她也常盼着，哪天不上班就好了。这一天真的降临，才发现，不上班有不上班的苦楚。天天地守家镇宅，就算她性格是个好静的，也不免觉得时间难熬。她一不打麻将，二不爱逛街，有那么几个同学朋友，人家都要上班。后来她开始学画画，学刺绣，但铺满日常的那份单调，那份寂寥，老实说，服用起来并不轻松。

当然，她也不喜欢太过奔忙，谁愿意成天打仗似的呢，她又不是欧阳卫东。

没想好要不要去求职，汪姐说要辞工。米颖便把这个心思打消了。

汪姐辞工前夕，采采班上进行了第二次月考，相当于过去的期中考试。考试完毕，出了一个排名，采采综合成绩，名列全班第六。

米颖挺满意。尽管采采没进前三，但是名次这个东西，在她看来，也重要，也不重要。她也鼓励女儿争取好名次，这主要是为了让女儿保持学习的积极性。小学到高中，十二年的学习生涯，对小孩来说，可谓漫长，好的名次，对孩子是有激励作用的，会让孩子觉得有劲头。至于能到什么名次，真不必强求，女儿已够努力，她还强求个什么？

这个事情上，她是犯过错的。从采采上学第一天起，她经常对采采说的是，努力比分数重要，比名次重要，只要努力了，妈妈就满意。但很长一段时间，她完全没意识到，每次采采考完试，她总会不自觉地问一句，谁考第一啊？最高分是多少？根本没想过这顺口一问，会给女儿造成什么暗示。直到采采四年级，一次数学考试考得不太好，竟不敢把卷子拿回家让她签字，还对她说谎，导致她狂暴地打了采采一顿。那是她第一次也是至今唯一一次打孩子。打，为的是女儿说谎；但事后，了解到采采为何说谎，米颖十分自责，女儿是害怕那个分数让她不高兴，才谎称卷子丢了的。她难受得一整夜没睡好觉。

那个事情之后，不管什么考试，她再不问询最高分多少，第一名是谁。除非采采自己愿意说。

这一次，她也不问。她不问，采采倒要说，第一名，当然是谷励啦，主科单科成绩全部第一，综合成绩没啥可说的，也是第一，妥妥的学霸，用苗知禾的话说，霸得日月无光。

苗知禾呢，这次却考得不好，很不好，连她的最强项语文，排名都很靠后，综合成绩更是悲催。苗知禾的数学是个老大难。采采说，苗知禾情绪很不爽，不爽不是因为名次低，采采说苗知禾才不在乎什么名次，她烦恼的是，她妈不会放过她。米颖问怎么个不会放过？采采说，训她呗，骂她呗，不让她上网，不许她写小说呗。

苗知禾是采采的好朋友。因两家住得近，放学时，两个女孩总是结伴回家。苗知禾也来米颖家里玩过，第一次来，她就对满厅的书表示出极大惊喜。米颖把租住的这套房子的客厅，布置成了客厅书房两用的房间，从宜家买回几个书架，自己组装起来，靠墙置放，又在厅的中央横置了一排低矮的活动书架，兼做隔断，隔开客厅与饭厅。

米颖看得出，苗知禾是真心喜欢书。每次来她家，这女孩都会贴着书架，看过来，看过去。好些书，苗知禾说她自己也有，是用零花钱买的，有文学名著，有文人传记；好些书，都是大部头，她都看过吗？苗知禾说，看过啊。米颖为之刮目。又听采采说，苗知禾不仅作文好，还写小说呢，写的玄幻小说，贴到网上，很有些粉丝追着看哩。

这样的孩子，先不说是不是偏门的天才，可以断定的是，她跟应试教育这套体系，不太可能擦出火花，擦不出火花不说，十有八九互不兼容。这就得看家长的了。可是苗知禾妈妈叫刘梅玉呢，米颖通过她在家长QQ群里说的话感觉得到，那不是个敢于“离经叛道”的家长，而且把成绩看得很重。刘梅玉不止一次在家长群里说，她女儿数学差，做个数学作业，好似爬陡坡；她女儿在数学上就是不肯用功，所有该用功的都不用功，不该用功的倒肯花时间，等等。说得忧心忡忡，又再三向众家长请教：怎么办啊！

米颖心说，那可难办了。

送走汪姐没两天，采采放学回来告诉米颖，班上举行了班干部选举，她被选为了副班长。

这可叫米颖没想到。那原来担任副班长的陈黛眉呢？改任学习委员。原先担任学习委员的谷励呢？谷励落选了。另一个落选的是苗知禾。

苗知禾落选，谷励落选，米颖都不太意外。意外的是，采采被同学们选为了副班长。从小组长到副班长，这升幅可够大的了。

米颖说："可喜可贺，但不要觉得自己就高人一等了啊。"

"我能那么浅薄么！"

现在的小孩子说话！米颖大笑。

她当然替女儿高兴，高兴的不是女儿加官进爵，而是，她被同学认可。采采当选副班长，平心而论，这不就是回归正常的一个选举结果么？不能说采采现在的这个班上，就一定没有当年王亦倩那样的同学，但随着小孩们一年年长大，小恩小惠的诱惑，就不那么管用了。可见小孩的心里，也是有一杆秤的。

立冬日到，天短了，气温并未大幅跌落。此地从立冬到小雪这段时间，向来不会太冷，好似秋日余情未了，不肯退场；又仿佛，气温迟疑着，下不了决心，跌不下去。总要进了十二月份，寒意才锋利起来。因天气不寒，此地不像北方那样，立冬要吃饺子，或者像别的地方那样，要吃羊肉。虽不吃饺子羊肉，米颖还是准备做两道好菜。

下午，她搜寻做菜短视频，打算学两手新鲜的。正看着视频，手机响了，接起手机，一个有些喑哑的声音传来，问她是不是欧阳采采的妈妈？

米颖说是。

对方说："我是苗知禾的妈妈刘梅玉。"

米颖忙跟对方说你好。刘梅玉客套几句后，说有点事情想向她请教，问米颖什么时候方便？

"不客气啊，"米颖说，"我随时都方便的。"

刘梅玉说："那我请你喝个咖啡？你看，在哪个咖啡馆？"

咖啡两个字，刘梅玉说得很是犹疑。米颖估计刘梅玉平时不坐咖啡馆的，也未必爱喝咖啡，就说："知禾妈妈，不用客气的，我们住得近，你愿意的话，到我家来吧。"

27

晚八点不到，刘梅玉登门。

刘梅玉很瘦，肩膀窄窄，肤色偏黑，穿一件中长的旧牛仔上衣，脸上堆着用力又拘谨的笑。她没带包，却拎了一袋砂糖橘。米颖接也不是，不接也不是。

进得屋来，刘梅玉落座，目不斜视。

米颖将泡好的茶放到她面前，刘梅玉忙欠身称谢，客套着寒暄，吃了吗？打扰了啊！又问米颖：米老师每天都在家专职辅导小孩功课啊？米颖说哪里，没那个能力的。刘梅玉扯开嘴角笑笑："米老师，你家采采这次选上了副班长，恭喜呀，你是教子有方呢。"

米颖少不得谦逊一番，请刘梅玉喝茶。刘梅玉不端茶杯，说："我们家苗知禾没给选上，那是她该！我跟她说，你学习那么差，好意思当什么班干部！"吁口气，"米老师，我从来就不求她当什么官，我只有一个愿望：她把学习学好。我也不怕你笑话，米老师，我和她爸爸都是没啥文化的，她爸爸比我好点儿，也只是个技校毕业，我们这种家庭，小孩唯一的出路，就是考大学。我们能为她做的，拼了命的，都为她做了；该给她讲的道理，好的歹的，都给她讲了，她哪怕听得进一句半句！我就只差没拿大棒子打她了！米老师，你说我该怎么办？请你给我出出主意，我谢谢你了！"

说话间，刘梅玉双手合十，直向米颖啄叩。米颖忙忙摆手，说："知禾妈妈，你不要急呀。"

"我能不急吗！"刘梅玉的脸色神情，真是急得火烧眉毛的样子。米颖说："这才开学两个多月……"她话没说完，刘梅玉把话头接了过去，"刨去暑假寒假，一年满打满算也就九个月，一转眼就没了呀！"

刘梅玉说："做大人的吧，混混时间无所谓，做学生的，怎么敢！"

刘梅玉说："我们文化低，以前吧，不懂得抓小孩的学习，现在想抓呢，不知道从哪里入手！"刘梅玉双手互拧，"米老师，我看着别的小孩都在进步，都在往上走，再看看我们家那个，我真是苦胆都急出来了！我该做些什么？我真的不知道，请你教教我！"

米颖还真不知道说什么好了。她清楚，好多家长在小孩跨进中学校门时，便一脚踏响了助攻的马达，也不是助攻，是施压。如火如荼地施压。此刻，她是近距离切身感受到了这种压力的风暴。她一个大人、一个旁人都感受到了压力，可想而知苗知禾的处境。

有心劝劝刘梅玉，太急了不好。可是凭直感，这个妈妈是不好劝的，虽说刘梅玉一口一句“请你给我出出主意”“请你教教我”，听起来，是极大渴望智力外援，但如果你说的话不符合她的预期，她是听不进去的。米颖想，若跟她说，不要太在意分数、名次，应顺着苗知禾的兴趣、特点来引导，说不定，会被刘梅玉认为是不怀好意。刘梅玉的心情，米颖也理解，在别无选择的情况下，做家长的只能是，尽量说服、帮助小孩去适应现有的教育体系。只不过，太性急了只会适得其反啊。

米颖尚未想好说什么，刘梅玉又道：“米老师，你说我们家那个女子到底是什么问题？要说智商，她不是智商不够，为什么就学不进去？特别是数学，同样的老师教，同样的听课学习，为什么她做题就那样困难，考试就那么瘟？”

见刘梅玉一味地急，米颖便不走过场，尽己所能，做了一番分析。说，很可能从一开始，苗知禾对数学这门学科就没产生兴趣，并且也一直没被激发出兴趣，打头起她就不愿学，导致基础差，这份差一年年累积起来，就是个积重难返。

“那怎么才能激发她的兴趣？”刘梅玉咬住关键问题问，“比如你家采采，她学数学的兴趣怎么来的？”

这怎么回答？米颖愣一下，说：“兴趣来自于好奇心吧。但是人跟人不同，每个人好奇心的落点是不一样的，苗知禾的好奇心肯定是偏于文字方面的。”

“我就恨她这个偏！她为啥不能正常一点？”

米颖跟刘梅玉说，苗知禾的这个偏，也不能说不正常，看从什么角度看吧。刘梅玉细微的神情变化表明，她不爱听这种话。米颖笑笑，说："我个人的意见是，要想有效帮助苗知禾，还得想办法帮她把数学基础补一补。最简单的比喻，好比搭房子，基础不好，楼房肯定搭不高，还随时可能倒塌。"

刘梅玉点头，"对的，对的，我也想过给她报个补习班，看来是必须给她报了，对不对？"

大门咔嗒一声，欧阳卫东推门进来。

刘梅玉即刻站起身，米颖也站起来。一番介绍，几句寒暄之后，刘梅玉便告辞要走。米颖也不虚留，将刘梅玉送到楼下，送出院子，一路上，又跟刘梅玉说了些话。说那些话，是为了引出最后几句，她说："总之吧，天是塌不下来的。我们做父母的，要为小孩使劲，不过也别太急，太急了，只会让小孩感到无所适从，父母跟小孩之间，也会搞得过分紧张。我个人觉得啊，过分的紧张不能成为一种驱动力，反而会弄成一种内耗，对谁都不好。"

刘梅玉还想说什么的样子，迟疑一下，道："米老师，谢谢啊，你回吧，太谢谢你了！"

28

刘梅玉一路往家走，街上灯火辉煌，行人憧憧，路上的车流也不断线，街头小店飞出的乐曲声，此起彼伏的。跟乡下寂静得寥落的夜晚相比，城市的夜晚，好像人造梦工厂。一家中餐馆门外，一帮酒足饭饱的人站在人行道上相互告别，人人嗓门提得高，又笑又说的，也不知哪来的兴致，也不知吃个啥饭吃得这么晚。

气温虽不算很低，但夜晚的风，毕竟有了细碎寒意，麦芒似的，直往皮肤上扎。刘梅玉把身上宽松漏风的牛仔衣往紧里裹了裹，回想米颖说的话，“天是塌不下来的”，刘梅玉心说，那是你们，你们条件好，当然可以说那样的轻巧话，我们是什么条件！

她和她丈夫，夫妻两口都不是捧铁饭碗的，他们从乡下走出来的，哪够得着什么铁饭碗！刘梅玉在一个百货商场，做内勤，也就是做些杂事。她丈夫是一个维修技师，在一家电器公司做售后。他们家，是苗知禾上小学一年级那年，才贷款买的房，老小区，二手房，紧巴巴小户型，图的就是便宜，却也贷了十年的款。

刘梅玉工资本就不高，近些年，实体商场日益不景气，以前多少有的几个奖金，早不见了踪影。说来，她丈夫的收入不算低，可那钱怎么挣来的？熬骨血熬出来的，拼身体拼出来的，一年到头，丈夫没有正常周末和节假日不说，还经常是，一忙忙到天黑，忙到天黑不算，吃饭也没个正点，甚至一连几小时，水都捞不着喝一口。这样的消耗身体，能撑多少年？

她时常劝丈夫悠着点。也只是一劝。有出工的单子，她丈夫再累再忙也要接。她呢，就算心疼老公，也愿老公多有进项。

他们要还房贷，要过生活，还必须千方百计攒点钱，以备看病等不时之需。此外，将来女儿上大学，老人年纪再大些身体七病八痛，哪样不要钱！不要说未来他们夫妻的养老了。

而今的物价，要刘梅玉来说，鸡贼得没脸没皮，偷偷摸摸地，涨了又涨，涨了又涨。今天这样东西涨一点，明天那样东西涨一点，涨完一轮下来，又开始了下一轮的涨。眼看着手里的钱变得不经使，刘梅玉肉痛得很，心里叫苦不迭。叫苦不是办法，直接而有效的办法，省，节约。

精打细算，勤俭持家，刘梅玉的办法，那叫个多，有些办法，她丈夫都觉得叹为观止，每次看到她拿剪刀把挤不出牙膏的牙膏管剪开，刮地皮般把管内和管颈膏体搜刮得干干净净，她丈夫就要笑，她也笑。

她唯一使不上劲的，是女儿的学习。

原先，使不上劲就算了。苗知禾上到小学六年级，她才如梦初醒般发觉，别的家长都在为小孩的学习，抡圆了膀子使劲呢。搞得她，一下子就有些紧张了。但那时的紧张，还是有限度的，也就是说，得闲的时候，心里紧一紧，忙起来了，哪顾得上那些。苗知禾升初中，摇号摇进六中熙和学校，一开始，刘梅玉还有意放弃这名额。从她家当时住的地方到熙和学校，没有直达公交车，得换乘，若是骑自行车，少说半小时。让小孩自己来去，怕不安全；接送呢，跟他们同住的公婆，公公做着一份看大门的工作，不得闲，婆婆一把年纪了，早高峰时段陪着孙女挤公交，万一挤出个什么意外来，多的事情都出来了。

那天，她娘家二哥来她家。二哥在一偏远小城给单位领导当司机，是送领导过来开会的。刘梅玉向二哥说起这个事，二哥断然道："莫做傻事！端端落到头上的好运气，千金万金买不到，你们不要？"二哥说，你们以为扔的就是个名额？你们扔的是娃娃的前程！二哥说，娃娃将来考上个好大学，跟读个草绳拴豆腐样提不起的技校、职校，能比么？二哥举例，谁谁家的小子，读书争气，考上了上海复旦，如今都出国了；谁谁家的丫头，也是读书厉害，敲开了浙大的门，如今在广州当白领，爹妈说起来，那叫一个昂扬！

而这两小孩的其他小学中学同学呢，有跑销售的，有做保安的，有在餐馆端盘子的，还有在娱乐会所那种乱七八糟的地方，当服务生的，一个天一个地，蚂蚁能跟大象比么！

要进一流大学，中学相当关键。为啥大家打破头都要送娃娃进个好中学？二哥说，天底下的争抢，都不是无缘无故的。

二哥一番话，给刘梅玉来了个醍醐灌顶。其实那些道理，她都是明白的，认可的，只是以前，有些东西没浮出水面。而今一被点醒，她便抓牢了方向。

有了方向，也就有了气魄。

她刘梅玉是个底层草民，再底层，她也是有气魄的。和丈夫一番商议之后，发个狠，到熙和学校附近，租了套房子。

以他们家的条件，这实打实的是，出了血本了。他们租的，是这一带楼盘中，最老旧寒酸小区的最小户型，租金却不便宜，学区房哪。他们家自己那套房子，租给了别人，但收入的租金抵不了付出的房钱，每个月，他们还得贴进几百元。

为这个，她当然要不断敲打女儿，她必须让她发奋。她说："你爸妈起早贪黑，挣的都是血汗钱，为你读个好学校，我们才租房子搬的家，你不好好学习你对得起谁！""你将来是靠不了我们的，我们顶了天，也就是挣个温饱，我们还指望你呢，你争点气吧！"

一遍遍说着这些话的时候，刘梅玉也一遍遍地，坚定了自己的意志，她非逼着女儿好好把书念出来。她这女儿，人是聪慧的，从小爱读书，作文写得好，成绩咋不能搞上去！女儿有一个稳妥的未来，他们夫妻，就算不指着她享福吧，起码，会有一份踏实感。

却头痛地发现，她女儿跟别的同学的差距，不是一星半点。最可恼的是，她完全没啥手段，鞭策女儿加油。

刘梅玉是吼也吼了，骂也骂了，也向其他家长讨教过。那些家长呢，不痛不痒说的全是“不要太急了”“一步步来”这样不着天不着地的话。要是她家条件好，孩子读书好不好无所谓，她吃饱了撑的去犯急？

一路上，刘梅玉盘算着补习班的事。给苗知禾报班呢，那可是一大笔支出。刘梅玉没给小孩报过班，却不是不知，补习班的收费那叫个烫人，她家能有多少钱往那窟窿里扔！再说了，今年报了班，明年报不报？后年呢？再往后，高中还有三年。这么一年年地，他们夫妻两口，不得把骨头榨干喽？

29

心里盘算不定地，打开房门，客厅里，她公婆在看电视，她丈夫歪在沙发里，看手机。

刘梅玉换了鞋，径直走去洗手间，打开水龙头洗手。一抬头，从镜子里看到丈夫的人影，吓一跳。她丈夫挠挠耳根，说：“有个事跟你商量一下。”

肯定没好事。这话在她心里一冒出，她丈夫的话就出来佐证了，她丈夫说：“下午我哥来了个电话，想借两万块钱。”

“没有。”

她丈夫嘿嘿两下，嘿得有些无奈，又有点讨好。

刘梅玉把湿手抖一抖，在毛巾上擦干，“没有就是没有。”

两人都压低着嗓门说话，怕惊动了客厅里看电视的老人。她丈夫说："我哥也不轻易开口，这是遇到事情了。"

把事情简略讲了一下。

她丈夫哥哥一家，在去此百多公里的一个县城居家，原本日子也堪堪过得，料不到，嫂子患上一种查不出病根的怪毛病，脑勺疼，耳根疼，头顶心也疼，疼得浑身冒汗，寝食难安，到后来，脖子也疼，咽东西都困难。这样那样的药，吃了一年多，统不见好。嫂子也舍不得花钱看病吃药了，可她的班，也上不了了。为此，嫂子的老爹重出江湖，弄了辆三轮车，挣苦力钱，贴补女儿一家的家用。三个月前，老爹走背运，稀里糊涂中，与一辆小车相撞，把腿给撞断了。小车的主人心善，把本该双方各付一半的责任，全揽了过去。老爹住院养伤，自己没花钱，可是出了院的老爹，一时半会儿的，没法再蹬三轮。他们全家一合计，打算盘个卖早餐的小摊点，家里做些馒头包子卤鸡蛋，让老爹守着卖，好歹是个生计。就为这事，向刘梅玉丈夫开了口。

刘梅玉说："在那小地方，盘个小摊点，要两万块？"

她丈夫又是嘿嘿两下，说："兴宇不是明年要高考了吗，我哥他们准备给他报个补习班。"

兴宇是哥嫂的儿子，念高二，成绩不错。刘梅玉没好气道："我自己女儿还没钱报补习班呢。"

一把推开丈夫，昂昂跨出洗手间，走进卧室，也不开灯，摸黑坐在床沿，心头像开了一口锅，苦辣酸麻的滋味，咕嘟嘟，咕嘟嘟，一股股冒上来。

坐一阵，呆一阵，无声叹口气，按开床头灯，打开衣橱，拉开最下方的一个小抽屉。抽屉里，有个马口铁饼干盒，取出饼干盒，揭开盒盖，里面躺着一本存折，一张银行卡，一枚细细的金戒指，一对小小的金耳钉。这存折和卡上，是她家的全部存款，拢共，六七万。

攒钱的时候，一分一厘，用钱的时候，大江东去。真真是，攒钱如爬坡，花钱似滑坡。可是，她嘴硬归嘴硬，忙，终归还是要帮的。

她把卡取出，放在床头柜上，饼干盒放归原位。银行卡上，正好有两万元。

她家租住的这套房只两室一厅，小卧室他们夫妻住，大卧室用一道布帘子隔做两半，苗知禾睡里面，爷爷奶奶睡外面。刘梅玉推开大卧室虚掩的门，贴着公婆那张小型双人床的床尾走过去，伸手撩开垂挡的布帘子。苗知禾坐在电脑前，正噼噼啪啪急敲键盘。刘梅玉喝一声："你在干吗？"

苗知禾头也不转，话也不回，像没听见。刘梅玉再喝一声，苗知禾才说："马上，马上就写完了，别打断我呀。"

嘿！刘梅玉气得，这鬼女子一看就不是在写作业。她说："马上！把电脑给我关了！"

"再给我十分钟！"

"一分钟都不行！半分钟都不行！"说话间，她两步走上去，不管三七二十一，手指对着主机按钮一戳，呜一声，电脑屏幕黑了。

苗知禾瞪圆了眼睛，大喊："你是暴君哪！我还没存盘哪！你……"

伸手就要去开电脑，刘梅玉眼疾手快，一把抓住女儿的手，“你要跟我造反哪？我是不是再三跟你说过：功课第一！少写那些没用的东西！”把女儿的手一丢，“我看你敢给我开电脑！”

苗知禾要张嘴争辩，刘梅玉岂容她辩，怒道：“明天一早，我就去把这个网给断了！你休想再挂在网上磨时间！”

“我又不是你的敌人，你对我釜底抽薪！”苗知禾瞪眼大叹，“给人留条活路行不行？”

刘梅玉丈夫蹿了过来，立在门口。刘梅玉没理会丈夫，看着女儿：“少跟我油嘴滑舌！好菜好饭喂饱了你，你学习不使劲，歪歪理一串一串的！不让你上网就是不给你留活路啊？明天我肯定去把网关了，我看你是不是活不下去！”

次日早上，到公司打了卡，刘梅玉抽空跑了趟电信营业厅，果真把家里的网络关停了。苗知禾说她釜底抽薪，她也只能来这一手。

当晚向苗知禾昭告此事，心想她要闹的话，铁定赠送她一巴掌。苗知禾却没闹，只说了一句：“我服了你了！”

刘梅玉追着女儿进她房间，“好好学习呀！”

苗知禾大翻白眼，“你干点正事好不好！”

刘梅玉张嘴就要开训，苗知禾比她快一拍，一下拿起桌上的书竖在眼前，后脑勺丢给她，“我要学习了！”

刘梅玉退出女儿房间。女儿自觉学习就好，她哪愿没事训她、管她？她还想省点口水呢。要不要给女儿报补习班，她仍在犹豫，本来钱就紧，她丈夫的哥哥一个电话来，又要走两万。虽说去了两万之后，并非一分不剩，但操持一个家，总不能没点压箱底的钱。

报补习班的事往后拖一拖？拖到啥时候合适？会不会耽误了自家女儿？

心里举棋不定，晚上睡觉也睡不踏实。夜里，窗外像是起风了，又像是下雨了，窸窸窣窣的。丈夫早已鼾声震天，刘梅玉翻个身，又翻个身，她养的这女儿，到底能不能读书啊？说不能吧，小学时期，语文老师每说起那丫头的作文，夸她夸得跟朵花儿似的；偏偏学个数学，跟登天一般。那丫头口口声声，咬定说对数学没感觉，想着这话，刘梅玉就来气，啥叫感觉？一个小孩子，人都没长成型，乳臭未干的，啥感觉不感觉！说破了，还是没把这丫头箍到位。得让她做题，给她搞题海战术。

对！这两天她就去给女儿买一批练习题册。问题是，该买些什么样的题册？她向谁去做个咨询呢？

屋里黑黢黢的，刘梅玉坐起来，深呼吸一下，再深呼吸一下。窗外，窸窸窣窣的声音密起来，急起来，俄而，有了啪嗒声，重重地，啪嗒啪嗒，啪嗒啪嗒。

30

十二月上旬，一场冷风刮过，通身金黄的银杏叶子，开始了华丽的告别演出，接连脱离枝头，好似黄蝶只只，在风中翻飞着，盘旋着，流连着，最后落到树根处，堆积起来，就给一株株的树，围上了蓬松亮丽的裙。婆娑的黄葛树和朴树的叶子也黄了，黄中带着隐隐的绿，仿佛叶脉里，还驻留着一抹青葱记忆。尖塔形的水杉，染了浓浓锈色。身形纤秀的红枫，平时不显山不露水，此时叶子一红，竟红得昂扬激烈，像静静地，举着一束束火把。

采采第三次月考之后，米颖接到好几个家长的电话。这是因为此次月考，采采成绩相当出色。月考无排名，但老师在班上通报，采采的数学成绩一下冲到了全班第二，仅次于谷励。其他科目，采采同样考得好。好几位科任老师都表扬了采采。

家长们打来电话，多为讨教。采采小学时期，就时不时有家长打电话或登门，向米颖讨教。这个事情，米颖常感费力不讨好。要说教育心得，她不是没有，最大心得就是，让女儿从小养成了好习惯。然而她如实这么说呢，大多家长都不以为然，米颖看得出，有些家长肚子里，还可能认为她有意避重就轻，故意打空拳。这可怎么说！当然她的心得还有一点：你是怎么打发时间的，你的孩子就很可能怎么打发时间。只不过，这个话不好说。

不好说不仅因为很难说得恰当，让听者不多心；还因为，这就涉及人生态度的问题了。每个人都有自己杀时间的方式，哪怕混时间，只要人畜无害，别人就说不着什么。问题在于，你若成天无所事事，要么东一榔头西一棒子，偏要孩子用功，这就不好办了，除非你能说通孩子，让孩子不要跟你比。

米颖记忆里，堂姐跟桃桃就为这个发生过剧烈冲突。桃桃大学毕业后找工作不顺，宣称要考研，在家里闲待了大半年。号称复习的桃桃，一个身子，早晚黏在电脑椅上，跟网络如胶似漆，堂姐看得心焦，一张嘴不免碎碎念，桃桃顿时一跳八丈高，厉声指责自己的妈一贯不读书不看报，“现在你连本《读者文摘》都看不进去，好意思说我！闭嘴吧！”把米颖堂姐气得，母女俩一顿好吵。

可从另一个角度，父母以身作则，勤学不倦，孩子就一定好学么？父母不读书，不学习，孩子就一定不爱学习么？这还真是说不准。人的个体差异，实在太大，所以教育这个问题，须因人而异。就说苗知禾这孩子，米颖听苗知禾说过，她爹妈多少年都不读一本书的，但苗知禾却是个特别爱读书的小孩，无非是，她爱读的书，不是教科书，不是应考的书。

米颖有时挺记挂苗知禾的。苗知禾家离米颖家不远，但苗知禾来米颖家的次数并不多，近一个月尤其少。米颖问采采，苗知禾怎么不来玩了？采采说她妈不让，“她妈要她一放学马上回家做作业，让她奶奶每天给她考勤。”

“考什么勤？”

“记录她每天到家时间，晚了她就有麻烦了。”

米颖夸张地颤抖一下，采采以同样的夸张，也抖了一下，这是她母女俩的小游戏。采采说：“苗知禾天天跟我喊，说她流年不利，说她妈要把她管成僵尸了。今天她跟我说，她妈肯定是更年期综合征。”

刘梅玉多大？有没有四十岁？就更年期综合征了？米颖笑得。问采采，苗知禾小说还写不写？

“写啊，”采采说，“苗知禾跟我说，她就像地下党一样，每天跟她妈斗智斗勇。她妈为了不让她上网，把她家网给断了。苗知禾说，断了网，她就用手机写，她说，她在跟她妈进行艰苦卓绝的斗争。”

米颖忍不住大笑，一面笑，一面心里暗叹。跟采采说：“你在数学上帮帮她吧，给她传授些经验，让她日子好过点。”

“帮啊，传授啊，”采采说，“可她就是觉得数学讨厌，她学不进去。苗知禾说，数学是她的天敌，她玩不转的。”

“你跟她说，不要有这种心理嘛，数学没那么讨厌，没那么吓人的。”

“我跟她说过的，”采采说，“苗知禾说的是：你的菜不是我的菜。喜欢啥不喜欢啥，都是老天爷定的。”

唉唉，这一代小孩，啥不懂啊？从小接纳的信息量大，智商又高，有主见得很呢。

隔数日，采采下午放学回家时，苗知禾也跟来了。米颖正做着晚饭，只顾得招呼一声。炖菜间歇，用毛巾擦了手，到采采房间一看，两个小孩正头碰头看电脑。米颖对苗知禾说，待会儿就在我们家吃饭吧？苗知禾摇头，礼貌地说谢谢阿姨，说不吃了。米颖闲话两句，回到厨房，熄了火，却不把菜盛出，让它在锅里温着；另有一只炒菜一只汤没做，食材是备好了的，她且歇了手，从冰箱取出两只火龙果，切开去皮，再切成小块，插上水果叉，端到客厅，叫两个女孩出来吃水果。

两女孩说说笑笑走出来，刚坐下，苗知禾手机响了。一听见铃声，苗知禾眉头即皱锁，接手机的当儿，神情愈加沮丧，嘴里嘟囔着说，好吧。

米颖一旁听出，打电话的，准是苗知禾的妈。苗知禾放下手机，看一眼采采，看一眼米颖，说要回去了。低着头，拿上书包，走了。

欧阳卫东加班，他只要不打电话回家，一般都是晚八九点以后才回。米颖把他的饭菜留出来，如常和采采按点吃饭，边吃边说苗知禾。采采说，苗知禾现在顶烦她妈，烦得吐血，烦得痛心疾首，复述苗知禾的话：叫天天不应，叫地地不灵。采采叽叽咕咕说着苗知禾的烦，米颖听得直笑，说："苗知禾的烦好欢乐啊。"

采采说："她是苦中作乐。"又说："陆枕涛也烦他妈。"

米颖问为啥？

"他妈不许他画画，逼着他天天学习，时时刻刻都学习，他头痛死了。"

陆枕涛的妈妈任静，前些时候也给米颖打电话。电话里，任静语气十分谦恭十分客气。一般来讨教的家长，言语态度无不谦恭客气。米颖当时听出，任静也是满心焦虑，无非不像刘梅玉那样，把焦虑表达得那么直白。任静认为她儿子画画是耽误时间，这个问题上，任静表现得很固执，听不进别的看法。其实陆枕涛的成绩并不差，米颖听任静说了近两次月考陆枕涛语数英的分数，不错的呀！但任静很不满意。

米颖对采采说："做家长的有做家长的苦衷，只不过呢……"

后面的话她没说，三言两语的，哪说得清楚。

31

时间这个东西，既快又慢。慢的时候，千篇一律的日子仿佛永无尽头；快呢，弹指一挥间。

弹指一挥间，第一学期的期末考试就来了。考完后公布成绩排名，陆枕涛排全班第二十三位。

得知这个名次的当天晚上，任静即给陆枕涛下了命令：从现在开始，不许再画画。

陆枕涛没说什么，他的情绪状态表明，他也是受了打击的。任静心说，知道受打击就好！就怕你吃一堑不长一智！心想，若这个排名能促使儿子警醒，把画笔丢开，就不全是坏事。

她未曾料到，自己是一厢情愿了。

熙和这样的重点中学，对学生抓得紧，试考完，并没立刻放假，学校加了一周的课。

任静当然欢迎！巴不得加课时间更长些。

跟着到来的周六，陆枕涛上午做完作业，下午又坐到了画架前。

任静一看，恼火了，拉过一把椅子，重重蹾在画架旁，一屁股坐下，盯着面对画板挥舞笔刷的陆枕涛。

陆枕涛却像故意要激怒她，挥舞笔刷不停，瞟都不瞟她一眼。

任静没法忍耐了，清清嗓子："你什么意思？"

"我作业做完了。"

"我没说你作业！"任静喉咙紧绷，"你要不要考大学了？你这个样子，不要说211、985，更不要说北大清华，一般的重点大学你都考不起！你、你，你是拿你的未来开玩笑啊陆枕涛！"

陆枕涛面无表情。

任静紧盯儿子的脸，"你今天给我个准话，你还想不想考大学了？"

陆枕涛昂起脑袋，"要考！我要考美术学院！"

任静冷笑一声，"我送你两个字：休想。"

"为什么？！"陆枕涛头发都要竖起来的样子，"美术学院不是大学？"

“你别跟我犟，没用的，今天我把话再次跟你说明白，你记好了：不要想什么美术学院，不可能！没有一点可能性！”

陆枕涛高喊着发问：“为什么？”喊得脸红筋涨。任静母亲急趋过来，“哎呀呀这是干什么？”

任静不理会老妈，眼睛持续盯住儿子，“我说过的，我是为你好。要是由着你，对你放任不管，你以后准保恨我！那时候你恨我也晚了！与其让你将来恨我，我宁愿你现在恨我！这些东西，”她指指画架、调色盘、画笔之类，“今天统统给我收起来，考上大学之前，不许拿出来！动手！”

陆枕涛耷拉着脑袋，根本没有动手的意思。任静再不多说，一冲而起，把画架上的画一把扯下，扔到地上，双手把画架一提，要搬进她卧室。陆枕涛开口了，竟是十分镇定的语气，说：“你把画架搬走，我也要画。”

任静一口气噎在嗓子眼，撂掉画架，“你说什么？再说一遍！”

陆枕涛：“你把画架搬走，我也要画！”

任静立在地上，好一阵才缓过气来，“你是铁了心要跟我作对是不是？”

她咬着牙，“你以为你是跟我作对？你是在跟你自己作对！跟你的未来作对！你将来怎么办？靠什么生活？我问你！”

“我画画！”

“你光画画不吃饭了？长大后你不过日子了？你画得穷困潦倒就高兴了？！”

“我愿意！”

就是这三个字，就是陆枕涛说这三个字的语气，让任静脑袋嗡了一下。也不知哪来一股恶气，她一弯腰，从地上捡起陆枕涛的画作，哗一下，撕作两半，再哗一下，跟着哗哗几下，撕作碎片。撕罢，从书架上，箱子里，筐子里，把陆枕涛的其他画作统统扯出来，下狠劲地，撕，撕不动的，揉做一团。她母亲早扑到她面前，拦她拦不住，喊她喊不停，急得顿足，“你在做啥？你在做啥呀！”

“我在做啥？我在管教这个油盐不进的东西！”任静脸色煞白，胸口起伏得厉害，见陆枕涛站在那里，不动，不喊，不说，心里越发恶气汹涌，“我说过，与其让他将来恨我，不如让他现在恨我！”继续发着狠，撕着画，冲着陆枕涛，“你恨吧！随你怎么恨！从今天开始，你就是不能再画这些狗屁画了！这些让你鬼迷心窍的玩意儿，”她抓过一把笔刷，掷到地上，用脚踩，“你以后休想再碰！”

陆枕涛腮帮紧咬，“你不让我画画，我就去死！”

任静母亲，一把搂住了外孙，叫着陆枕涛小名，颤颤流下泪来，“胡说！胡说！你胡说什么呀！莫吓我呀！”

去死这种可怕的话，陆枕涛竟然嘴巴一张，说了出来。任静只觉一股凉意电走全身，她点着头，“我养你这么大，为你操碎了心，不让你画画，是为你好，你用死来威胁我！可以！很好！你要这么自私，这么绝情，我不拦着你，去吧！你死我也死！我们大家都死了，你就痛快了！说！你想怎么死？你先把我弄死了你再自我了断！”

最后几句话，她是哑着嗓子，声嘶力竭喊出来的。

她母亲大喝一声："任静！你是要逼死我呀！"

她母亲脸都变了形，嘴唇抖抖地说："他是小孩，你是他妈！死呀死的这种狗屁混账倒霉糊涂话，他说你也说？！"

任静悲愤地说："我是他妈！我就这么一个儿子！我一片苦心为了谁！我希望他将来有出息，不是为了我！要是他将来过得不好，我能好么！"转向陆枕涛，"你以为我不想看你高兴？不想由着你爱干什么干什么？我没办法呀！"

陆枕涛红着眼圈，一动不动，他外婆一面摩挲他的肩背，一面哄劝着他服软。好半天，陆枕涛才怔怔地，说了一句："不画画，我觉得活着没意思。"

任静母亲一个"哎呀"没说全乎，电话铃乍然响起。任静惊了一下，任静母亲也惊了一下。电话铃丁零零，丁零零，又脆，又尖锐，震得整个客厅，像是死了一般。任静忽而悲从中来，她和自己儿子，怎么就走到了这一步！按她的本心，她哪里舍得这么强迫儿子？可是现在，不是舍不舍得的问题了，陆枕涛如此之倔，如此之执迷不悟，超出她意料。若现在她拿他都没办法，等他再大两三岁，进了高中，她再想掰他这毛病，更不可能了。

她母亲往电话机走去，还没走到，电话铃声戛然而止。

任静对着儿子，"啥叫活着没意思？你才多大，说得起这个话？你想吓唬谁？你别以为说这种没轻没重的话，你就吓唬得了我！你还没这本事！"

陆枕涛眼眶兜了许久的泪，唰地，落了下来。那泪珠子又大，又重，一颗连一颗，滚滚不绝。任静忍着心，一挥手，"我就一句话：不许再画画！你给我痛快点！有什么拿不起放不下的？等你考上大学，我再不管你，你爱咋样咋样！”

陆枕涛拿衣袖抹泪，老太太一见，忙去找抽纸。陆枕涛哭着说：“那我平时不画，只是周末画。”

任静怒喝：“不可能！不可能！我还要说多少遍！”

“我晚上不睡觉，我用睡觉的时间画，可不可以！可不可……”

“不可以！”这三个字，任静是狂喊出来的。

老太太将着抽纸过来，一脸的急乱，“哎呀！哎呀！这是怎么了呀！”陆枕涛没接外婆递来的抽纸，身子一晃，人到了书桌前。眼错不见间，他手里握了一把美工小刀。眼错不见间，那刀片按在了他右手虎口上。

任静头皮一炸，魂飞魄散，浑身抖得像通了电，欲上前夺下儿子手里的刀，哪有力气，双腿已不是腿了，舌头也不是舌头了，只是本能地，尖声狂叫：“你不要啊！你不要……”

她母亲也在尖叫。

就听见咕咚一声，老太太栽倒在了地上。任静眼前冒出一片金星，不是金星，仿佛是，看到通红的岩浆喷薄而出。

心脏狠狠一抽，感觉身体像一个开了口的沙袋，知觉如同袋里的沙子一样，哗哗一泄而尽。

她也栽倒在地。

32

任静张开眼，第一感觉是身子硌得不舒服，想坐起来，浑身的筋脉仿佛碎掉了。忽听见陆枕涛的声音，陆枕涛半跪在她身边，喊她妈、妈，问她没事吧。她一下想起什么来，一把抓过儿子的手，看这只手腕，看那只手腕。两只手腕好好的。确实好好的。她闭上眼睛长吐一口气，老天哪！

老太太仍在地上躺着，任静忙蹭到老妈身边。老太太眼皮子动动，眼睛微微隙开一道缝，嘴里哎哟哎哟的。陆枕涛拉起外婆的手，“婆你坚持一下，我打了120，叫了救护车了。”

任静鼻根一酸，压不住地抽泣，迅转号啕大哭。陆枕涛跟着哭。母子两人相向而哭，又抱头大哭。

任静自己，没啥大碍，看过医生，没开药，也没做检查。但老太太得住院。老太太原有心律不齐和眩晕的毛病，一住院，又查出了冠心病。冠心病不是小毛病，严重的话可能引发猝死。任静心里焦躁，老妈咋就患上这么个病！马上恨自己：真不是东西！狼心狗肺啊，这些年不是老妈帮衬你，你如何顶得下来！想对妈说几句体己话，却是说不出，心里像压着铅块，恨不能躲到哪里去痛哭一场。

老太太不肯多住院。她是周六下午入的院，到了周二，就嚷着要出院：“开点药回家吃，我要回去给你们做饭。”

“病没好，想那些事！”

“你明天不要陪我了，上班去。”

任静犯踌躇。她今年的年假是用完了的，请假不是请不到，但要扣工资，扣奖金。踌躇不已间，她妈又说：“算了，还是明天办出院吧。”

“不行，”任静一口否决了老妈。老太太还想说什么，嘴唇略动动，到底没说，闭上了眼睛。

任静坐在老妈病床旁，四肢沉，脑袋沉，又沉，又痛，似有簇簇针尖扎着头皮，忽而针扎变为撕扯，痛得她倒吸冷气。这两天晚上，她老是做噩梦，梦见陆枕涛那一刀，狠狠在手腕上切了下去。她眼前一片血雾，发狂似的找那刀子，要切自己的腕。紧找找不到，紧找找不到，浑身大汗地醒来。

下午五点半，任静去医院食堂买回三份盒饭，移时，放了学的陆枕涛来了。

那天下午的事情之后，陆枕涛如同变了个人，变得异常沉默。任静一直想跟他说点什么，又不知该说什么。母子两个，好像都尚未从惊魂未定的旋涡中爬出，都有些不知所措，只好各自躲在沉默的幕后。老太太让外孙把书包放床脚，问他外面冷不冷，公交车上挤不挤，陆枕涛只是点个头，再摇下头。

祖孙三人默默开饭。老太太每吃几口，即微微一叹，不是叹，是鼻腔里吁一口重气。任静心里着恼，却啥也不说，当没听见。陆枕涛也没话。老太太开口了，是对陆枕涛说的，还是那一句，她想明天出院。

老太太这话，其实是说给任静听的。任静慢嚼嘴里饭菜，正待开口，陆枕涛放下饭盒，拉过外婆的手，垂下眼皮道，“婆你安心住院，家里没事的，我——不会跟我妈顶撞了，以后，都听我妈的，你好好养病。”

这是这些天来，他说的最长的一个句子。

老太太手指牢牢扣着外孙的手，嘴唇颤颤，“这就好，这就好，你妈身体也不好，你多体谅她吧。”

任静一旁听着，眼眶就潮了。

当晚他们母子回到家，陆枕涛把画画的那套东西，全收了起来。那天任静扯碎的那些画作，她早已扫拢装进了一个塑料袋，放在了阳台一角。扫的时候，她心里一阵阵犯晕，当时她是怎么了！怎么了啊！哪来的那股狠劲！陆枕涛收拾完毕，把装了颜料、画笔、画纸和画夹的纸盒子，还有那只画架，都搬到了阳台，塞进角落，然后拎上那只塑料袋，下楼去了。返回后，他问任静要一块旧布。要来干吗呢？把画架蒙上。

看着儿子用布蒙上画架，任静内心五味杂陈，有难受，有宽慰；有愧疚，有松快，还有说不出的感动。她为难她儿子了。某种意义上，她是她儿子的恶人。

她深深吸气，把一言难尽的苦楚，往肚子里咽。

从今往后，她和儿子好好过吧。

天晓得，第二天一早，毫无征兆地，她被一阵凶猛的眩晕击倒。眩晕是她母亲多次犯过的毛病，每次犯病，老太太都硬扛，不肯去医院，不肯花钱，任静也不曾为老娘的这个毛病犯过紧张，眩晕嘛，多大的事？

这回，同样的毛病找上了她，她才知道厉害，也站不得，也走不得，坐着、躺着也不行，一个劲儿干呕，难受得死的心都有了。她惦记着上班，挣命地，扶着墙壁挪进洗手间，想勉强梳洗了出门去，却是蹲在洗手间里，再三起不来。陆枕涛吓坏了，又要打120。任静忙阻止，摆着手，强忍着，叫他快去上学。

陆枕涛延俄着不去，任静恼了，“快去快去！上学去！自己在外面买早点吃。我死不了！”

谁知陆枕涛却站在门外没走，过了一会儿，打开门又进来了。

任静见了，叹着气：“上学去吧，你这都快耽搁一节课了，我已经好些了。”又说，“中午你去医院看外婆的时候，别跟她说这个事。”

“你真好些了？”

“真好些了。”

事实上，直到下午，她才略微好受些。但身子虚得很，脑门仍在冒虚汗，手脚则冰冰凉。窗口望出去，铅灰天空被四面高楼的屋顶框住，那铅灰之色，灰得又冷，又沉，又肃杀。三九天了，雪倒没下。此地下雪的时候稀少，雪花自抬身价，不绷足了架子，不肯光临一次。虽无下雪，亦无强风，但寒意笼天罩地，空气都被冻得硬脆了一般，连树叶，也给冻得卷缩起来。

接下来的日子，任静发现，陆枕涛不仅一直没再碰绘画那套东西，也没在她面前表现出对那套东西无奈的怀念。她默默念佛的同时，又不免心疼，心疼的同时，又不免纳罕，一个十二岁少年，有这么大毅力，说不画就不画了？他心里咋想的呢？以她的本心，要是儿子不沉迷于画画，学习看书之余，画几笔画，放松放松，有啥不好？问题是，她儿子做不到啊，一拿起画笔，就五迷三道了，不管多少时间都能砸进去。所以她必须抑制住心疼，哪怕看他没事可做，无聊，也绝不松口允许他再摸画笔。

大年初一，多年未去烧过香的任静，特地去了趟文殊院。单独去的。当日敬香祈福者众，寺庙内青烟腾腾，烛火点点，烟火气里，香客络绎不绝；一只只硕大香炉，被香灰填得满满。任静请了一把香，一把红烛；香，三支一组地烧敬了；红烛也三支地点燃了，念祷着祈了福。

烧完香，出得庙门，左右一张，但见街上走着的，全是一家一家的，有两口的，有三口的，也有扶老携幼的。无端想起儿子的父亲，那个人，现在是个什么状况？马上甩头两下，把一线念头掐掉。一阵风来，卷着街边的落叶跑了一阵，两个空塑料袋在风中趔趄着，一会儿鼓胀，一会儿瘪缩。

回到家才发现，羽绒服的左后腰，被烧出了一个洞。

准是香客的香头烧的。

第三章

33

元宵节过后，风，一日比一日地轻了，眼见着，红梅花开了，白梅花开了，茶花和贴梗海棠，被回暖的地气一烘，也开了。这城里梅树多，尤以红梅为最，街边、街心、绿道两旁、住宅院里，遍植。料峭早春时节，轻风一吹，开得如烟似雾。过几天，嫩黄的迎春花才含着笑，加入盛开的阵营，在长长荆条上，噗，打开一朵，噗噗，再打开两朵，转眼开成一条条鹅黄小瀑布。紧跟着，玉兰、樱花、桃花、梨花、紫荆、杜鹃、垂丝海棠竞相开放。

二月下旬，学生们开了学。

开学两周不到，宋丽华接到儿子班主任于老师电话。

于老师说，杨尊在课堂上和同桌讲话，被点了名。他们不是第一次被点名，而是已被点名两次，一次在政治课上，一次在数学课上，这次是第三次，在英语课上被点名。

于老师说，小孩子课堂上偶尔管不住自己，是有的，她已跟杨尊谈过话，打这电话来呢，目的是让宋丽华了解一下情况。

了解情况做啥？不就是让家长管教么。宋丽华心里，对杨尊的同桌一阵阵冒火。这学期一开学，杨尊班上全体学生调了一次座位，苗知禾成了杨尊的新同桌。苗知禾嘛，宋丽华知道的，偏科厉害，问题学生，公选班干部的时候落选了。上课讲话这种事，宋丽华想都不要想，认定是那苗知禾起的头。宋丽华心说，一个问题学生不知安分守己，想把杨尊带偏哪？

当晚，她审问杨尊，审出来的是，那苗知禾在跟杨尊讲她写的小说。宋丽华一拍巴掌，“她讲你就听啊？你没脑子啊？”跟着问：“你有没有跟你们于老师说，是她在影响你？”

“是我问她的，”杨尊垂下眼皮，“我问她在写什么。”

宋丽华哼一声之后，下达指令：不许再跟苗知禾说话，当旁边没这个人。

“做得到不？”见杨尊没有积极响应，宋丽华追问一句。

杨尊点点头。

谁知道，到下一周，杨尊和苗知禾再次被数学老师点名，还双双被叫到老师办公室做检讨。

宋丽华得知消息，大为恼火。然而见到儿子的时候，她倒是笑眯眯的，笑眯眯问怎么回事。问完怎么回事，就要给刘梅玉打电话，拿起手机，又改了主意。次日中午，她午饭都没吃，直接开车到刘梅玉上班的地方，一个电话，把刘梅玉叫了出来。

这天恰逢降温。原本轻俏绵柔的风，一降温，陡添几分狠劲，又刚猛，又凌厉。从商场走出来的刘梅玉，一头在小店烫出来的难看卷发，被风吹得翻扑。宋丽华也不客气，开门见山对刘梅玉道：“苗知禾妈妈，我们都忙，今天风又大，话说多了会肚皮痛，我就不绕圈子了。你知不知道昨天我们两家的小孩又被老师点了名，还被叫到办公室去做检讨？我儿子以前可没享受过这种待遇。我的儿子我了解，他心善，性格软，容易被人带着跑，我是狠狠批评过他了，我也希望你好好说说你女儿，不能让她再犯纪律，让他们再被老师点名了，光彩呀？”

刘梅玉一张脸沉下来。

宋丽华原是不想得罪人的。刘梅玉这个家长，她是看不上的，又没学历，又没身份，可就算看不上，她也不愿得罪。不过一见到刘梅玉，她忽地有了新思路，那就无所谓得不得罪了，彻底得罪了才好！于是她继续不客气地，对刘梅玉道：“苗知禾妈妈，你之前有没有说过你女儿？是不是说得不够？女孩家话多，你女儿又爱写个小说什么的，准保话更多，我请你转告你女儿，她有话找别人说去，好不好？”

刘梅玉脸色发青，说出来的话叫宋丽华听着刺耳，她说：“杨尊妈妈，课堂上说话不是一个巴掌拍得响的事，我的女儿我会管教，你只管叫你儿子不要说话就好了。”

宋丽华：“说话不要带情绪。这次的事我问得清清楚楚，是你家女儿挑的头，是她鼓捣着我儿子说话，我刚才说过，我儿子心善……”

她话未说完，刘梅玉道：“今晚回去我就问我女儿，要真是她挑头说话，我打烂她的嘴！”

一掉屁股，走了。

宋丽华“欸”一声，兀自讪讪道：“啥态度啊。”讪讪完，打道回府。她之所以对刘梅玉说话毫不客气，就是要给对方压力，让她吃恼之下，去找于老师，要求给两个小孩调座位。宋丽华自己，已向于老师提过调座位的事，但于老师并未痛快下决心。

宋丽华盘算着，等三天，若于老师仍无动作，她就要去找一找她了。那于老师，有点文艺调调，上学期、这学期一开学，都给学生来个什么开学致辞，致的啥辞呢，宋丽华听杨尊复述了一两个句子，听得句子里满是什么风啊，种子啊，还有什么思想啦，独立人格啦这样的词汇。虚头巴脑的。

这天下班她到家，该比她早到家的杨尊却没回来。一等不回，再等不回，杨尊父亲打了他手机，回说，在路上了。

宋丽华下楼去迎儿子。出了院门，往前走几步，见杨尊背着书包过来了，一副垂头丧气的样子。宋丽华心头起疑，待杨尊走近，就问他今天怎么回来晚了，杨尊不答，扬脖子向她问道："妈你昨天去找苗知禾的妈妈了？你对她妈妈说什么了？"

咋的了？

杨尊说："就因为你昨天去找苗知禾妈妈告状，她妈妈昨晚上打了她！"

宋丽华呵呵一声，"她妈打了她，不得了了？天要塌了？把她打死了？看你急赤白脸的样子！又不是我让她妈打她的。"

杨尊急得，一个字也说不出，连跺两下脚。宋丽华恨铁不成钢，这算个什么事儿！正要调教儿子，杨尊又说："就因为你昨天去找苗知禾妈妈告状，苗知禾挨了打，气坏了！"

宋丽华再一个呵呵，"然后呢？"

"她就冲我吼啊。"

宋丽华明白了，这两小孩是干仗了。不用详问情况，宋丽华猜到杨尊会落败。她这儿子，几时会跟人吵架？她冷笑一声，道："那女孩挺泼的呀！你呢，就傻乎乎站在那儿听她吼？"

“后来，”杨尊像做错事，低下头去，小声说，“我也跟她吵了。”

因他俩吵架，放学后被于老师留了下来，这才晚回。宋丽华没问于老师说了什么，怎么处理的，先问：“你跟她咋吵的？”

杨尊咬咬上唇，又咬咬下唇。

宋丽华：“她肯定说了什么难听的话，说了什么？”

杨尊语调里没一点宋丽华期待的斗志，嘀嘀咕咕说：“她说下回要是见到你，她要吐你口水。我说‘你敢！’我们就吵起来了。”

宋丽华拍一下杨尊肩膀，“好儿子，做得对！有人攻击你妈，你就得反击！”

杨尊非但没有受到鼓舞，反而说出一句叫宋丽华气恼的、自灭志气的话：“妈你能不能——能不能跟苗知禾的妈妈，道个歉？”

“胡说！”宋丽华道，“嘿你这小子，倒会拿你妈做文章！你妈又没做错什么，昨天我跟那苗知禾的妈说话，不过口气硬了点儿，并没把她怎么样，你让我去道歉？你妈是为了谁？还不是为了你！”

杨尊眼里猛地含了泪水。宋丽华是了解自己儿子的，正因为了解，她才不会依着儿子，答应他的可笑要求。这㞞小子，总以为示弱就能换来天下太平，傻呀！拽起儿子的手，“走，先回家，先吃饭，吃了饭再说。”

34

宋丽华找上门来兴师问罪，把刘梅玉气得苦。一气宋丽华的咄咄逼人，更气苗知禾的惹是生非。当天回到家，一嗓子把苗知禾喊过来，劈头给了她一掌，打在她颈窝，打得挺重。苗知禾吃痛喊一声，怒问："干吗打我？"

刘梅玉再一个巴掌打过去，打罢，心尖子也疼，却不顾疼，气咻咻道："你妈是个没身份没地位的人，可也是个要脸面的人！你妈几十岁的人了，就因为你，人家找上门来戳鼻子戳脸！苗知禾你想想！都是当家长的，为啥我该被人家家长指着鼻子训？苗知禾你是要气死我呀！"

苗知禾竟一副比她还恼火的样子，扯着嗓子问："杨尊他妈对你说啥了？"

"她能有好话？"刘梅玉怒不可遏，"她专门跑去找我你以为是为了对我说好话？"

"那她来找我啊！"

"你！"刘梅玉大喝，"我是你妈！她不找我她找哪个！"

苗知禾："她不跟你好好说话，不尊重你，你就呸她！"

"你逞什么英雄！在这里厉害！你厉害，考试考好点！你学习差，考试差，你以为我光荣？我在别人面前就低人一等！"

苗知禾哇地哭了，边哭边喊："我考试考不好咋了？不等于低人一等！为啥你不能打直腰杆？这世上人人平等！"

刘梅玉恼也不是，笑也不是，"放屁！啥叫人人平等？你不好好把书读出来，你就是人下人！你妈这辈子就是现成的教训！你妈没本事，那是小时候没条件好好读书，你不一样，就算我们家穷，也没穷着你！你再不好好读书，将来你还得走你妈这条受气路！"

天晓得，转过一夜，这丫头去到学校，不知收敛不说，还跟那个女人的儿子大吵一通，搞得事态升级，被班主任老师叫到办公室面斥。其实不是斥，是严肃的谈话。不管是啥，老师很不高兴是真的，两个小孩是在学校里、在课间时间吵的架，吵得上课铃响了也不回课堂，吵得整幢楼都听到了。刘梅玉得知情况，又气一个怔，再次狠训女儿，苗知禾却不服，“吵他算是轻的，恨不得踢他两脚！”

刘梅玉气得喊：“你少给我张狂！你有志气，学习上咋不争点儿气？再给我惹事情，你试试看！”

话是这么说，对于苗知禾跟那女人的儿子吵架，刘梅玉并不十分生气，相反，还有些暗暗地解气。马善被人骑，人善被人欺，做人就得厉害些。可话说回来，光是气性大有何用？没本事，气性再大，照样吃瘪吃亏。她正想跟女儿讲这番道理，苗知禾鼓着眼睛说：“我不想跟杨尊吵的，主要是他妈坏，我就想骂他妈！”

“你还没完了！你……”

“冤有头，债有主……”

“屁话多！去洗手吃饭，吃了饭赶紧爬回你房间做功课！”

从塑料袋里掏出一摞数学练习题册，丢给苗知禾，“今天的作业抓点紧，做完了做这些题，每天起码做三页。”

苗知禾眼睛一下就竖了起来，“啥呀！”

还给我竖眼睛！刘梅玉倏地，就把眼睛瞪圆了。

苗知禾翻个白眼，“暗无天日啊。”

开了晚饭，苗知禾坐在桌边，吃得没滋没味，筷子头夹几粒饭，要吃不吃的。刘梅玉心里歉疚，她不是没打过女儿，但很多年都没打了。他们小门小户，再是家境寒素，女儿也是掌上明珠。

她从菜盘里，夹了两大片盐煎肉，放进苗知禾碗里，是个道歉的意思。苗知禾却不买账，“别给我夹，不想吃。”

刘梅玉没好气，“好菜好饭你不吃，你要干吗？要升天？”

苗知禾不理，依然懒心无肠的样子，几粒饭送进嘴，牙尖慢条斯理地碾，碾。刘梅玉看不得这样子，张嘴一句训，苗知禾脾气不小，冲她嚷道：“你就知道对我凶！就知道说我！”

“我是你妈，我不说你我说谁！”

“你！”苗知禾一副豁出去的样子，“你们这些大人，是世界上最不讲道理、最可笑的人！”

“胡说八道！”刘梅玉气得，“你是不是还想挨打！”

“有本事你别打我！”苗知禾直着脖子，跟她眼睛对眼睛，“打小孩算什么本事！”

“就是没本事我才打你，打你就是为了叫你有本事！”

“胡搅蛮缠！”

这几个字，刘梅玉尚没笑出来，她公婆、苗知禾的爷爷奶奶先笑了。这天的晚饭，像平时多数时候一样，她丈夫在加班，没回来，只他们四个人吃。苗知禾奶奶一边笑，一边两头劝，叫她不要气，叫苗知禾不要没上没下。苗知禾爷爷也开了腔，对孙女说：“你以后也要长成大人的呀，等你成了大人，你就知道大人不容易了。”

苗知禾道：“就算我以后成了大人，我也绝不生小孩，绝不当妈，我不当一个讨厌的人！”

刘梅玉目瞪口呆。

35

一夜之后，天色放晴。即使不放晴，一夜好睡之后的宋丽华，也会满血复活。

于老师就要给杨尊和苗知禾调开座位了。如此来看，两个小孩一场吵，是坏事，也是好事，所以说天底下没有绝对的坏事。不过，跟苗知禾座位分开后，杨尊又跟谁同桌，跟谁前后桌，这是有讲究的，要是换成跟另一个问题学生同桌，宋丽华觉得，也不好。

若是换到跟林逐月同桌，那就更糟了。

林逐月这个女生，问题多多。早先，她没显露出多大毛病，看上去，普普通通的，也没长三只眼，也没长两只角，时间稍长，全露了馅。迟到，旷课，作业乱写，把老师气得。熙和这样的重点学校，高标准严要求是传统，岂能允许学生乱来。然那林逐月是块牛皮糖，老师办法用尽，收效甚微。宋丽华听杨尊说，班主任老师三天两头把林逐月喊去办公室，喊去是批评她呢，惩罚她呢，还是谈心呢，不知；各科任老师课堂上对她耳提面命，课堂外给她加开小灶；再就是，老师三番五次请家长，可惜，种种手段，皆白费工夫。林逐月的父母是离了婚的，听说她那个妈完全管不了她，她那个爹呢，宋丽华打听过，是个诗人，在本地还颇有名气哪。诗人也算个职业？是不是个职业的，宋丽华并不太关心，她了解到的是，林逐月那个爹基本不管她。

从上学期下半期开始，林逐月考试接连创出新低，上学期期末考试，历史一科的分数，竟然低于一直在班上垫底的龚澄晨。

龚澄晨也是儿子班上的一朵奇葩。自打进入熙和，无论大小考试，几乎所有科目，她都是班上垫底的，垫得死心塌地，垫得不屈不挠，倒数第二名的分数，都要高出她好一截。要考得比她差，还真非易事。据说龚澄晨父母，为女儿延请了三个家教，不是一个两个，是三个！这都过了一个学期了，龚澄晨依然跟不上班上学习进度。

龚澄晨这么拙，倒不是她智商有啥问题，原因只一个，她小学读的是私立贵族学校，那学校实施的是快乐教育，以玩为主，学习为辅。龚澄晨快乐了六年，进了初中，自然要买单。

宋丽华偶也纳闷，龚澄晨爹妈为何不给他们的女儿办转学呢，转到国际学校去嘛，竞争总要小一些。以龚澄晨的水平，除非回炉重读一遍小学，否则在熙和这样的学校，就算爹妈给她请了三个家教，她也难以翻身。国际学校收费高，但对于龚澄晨父母，算个啥！龚澄晨父亲，开药店的老板，开的还不是小药店，人家开的是连锁药店，那是什么身家！龚澄晨，富家女嘛。宋丽华对富家女没意见，相反，富家孩子做儿子的同学，好事啊，何况龚澄晨那女孩，长得洋娃娃似的，言谈举止也招人爱，一点没有富家孩子的跋扈劲儿。但宋丽华心里，儿子跟龚澄晨做同学没问题，做同桌则不行。

昨晚上，宋丽华给于老师打了电话，替儿子检讨，检讨中自然要声明，杨尊是被迫吵架的，“但不管怎么说他都有错！他一个班干部，咋那么沉不住气呢？受点气就受点气呗，一冲动，这不，闯祸了！老师批评他是对的！我也狠狠批评了他，杨尊这一点好：听得进批评，我的儿子我了解，他会引以为戒的，这个请老师放心！

总之，我得替他再次向老师道歉！于老师要给他们换开座位，我特别赞成，坚决拥护！”

跟着问于老师准备怎么换座位，听于老师说还没考虑好，宋丽华马上说，明天她去趟学校，面见老师，跟老师当面交流。

幸而她来了。于老师的主张，还真想把杨尊调换到与龚澄晨同桌。龚澄晨的现任同桌是谷励，于老师考虑的是，谷励不爱说话，让他与苗知禾同桌，正好以他的寡言，制约苗知禾的多话。

宋丽华一听，盛赞于老师英明。赞完英明，又说于老师费心了，当班主任，辛苦啊。说完辛苦，即向于老师请求：能不能把杨尊的座位再调一调？

看得出，于老师明白她心思，她呢，不好直说嫌弃龚澄晨，只得涎着面皮，赔着小心，一味恳求于老师再考虑考虑。

世上的事，功夫到家了，少有不成的。不知于老师是被她缠磨得烦了，是不想跟她耗时间了，还是被她当妈的一片苦心触动了，反正，最终宋丽华如愿以偿，于老师又调了一下，把杨尊调换到与丁昕怡同桌。

宋丽华内心，那叫个得意！回头对儿子说：“往后不要跟苗知禾有任何交集，还有那个林逐月，你也躲远些，班上那么多同学，够你交朋友的了。”

进入三月，植物的气息盛大无边，有花香，有草香，有嫩芽，有新叶，清香滚涌，生机勃勃。这盈动而美好的气息里，宋丽华心情舒爽，她本就是个自带电源的人，干吗心情不好？却不期然发现，这两天杨尊放学回家，状态很不对劲，像被人打了一闷棍，话少了，笑也少了，这是咋回事？宋丽华的脾气，看到就要说，不解就要问，便在晚饭后拉过儿子，问询出了啥事，杨尊回说没事。没事才怪。宋丽华干脆直问：“是不是有同学说你什么了？”

杨尊不点头不摇头，也不说话。

宋丽华：“是谁，说你啥了，讲出来我听听。”

杨尊哭丧着脸，“他们都不理我了。”

“谁们？为什么？”

杨尊又闭口不言。

宋丽华问，是不是苗知禾搞的怪？

杨尊脖子上像挂了秤砣，脑袋半垂着，还是不说话。

宋丽华嗓子里呵呵两下，“她本事大啊！是她煽动同学不理你的？我去找你们于老师反映情况！你们于老师管不了的话，我大不了再去找苗知禾那个妈。”

“你不要去！”杨尊突然吊高了嗓门，“就是因为你去找了苗知禾的妈妈，我们同学才不理我的！”

宋丽华惊奇堆上脸颊，霎时明白过来，笑问：“你是怪你妈给你帮倒忙啰？”

杨尊摇头，再摇头。

儿子这动作，让宋丽华心里舒坦了。她冷笑一声道：“不要怕儿子，你相信我，你那些同学不会冷落你多久，只要你强大，他们就会巴结你。人都是势利眼，欺软怕硬的。你要是显得软塌塌，怕兮兮的，他们越发会孤立你！相反，你要是强硬些，别当回事，他们就没招儿了。你只管走着看，看你妈说得对不对！”

36

春天的气温总是调皮的，忽高忽低，忽冷忽热，忽雨忽晴。近些年，越发调皮了，有的年份，三月上旬的气温会一蹿蹿到二十四五度，这哪是春天呢，简直就是入夏了嘛；有的年份，三月暖，四月寒，好像两个月份彼此错了位；还有的年份，整个三月，气温都在荡秋千，一日冷，一日热，循环不已，故意逗人玩似的，叫人不好穿衣服。

今年三月的气温便是如此，冷热不均，打摆子似的，衣服薄厚得随气温走，几乎日日不同。米颖每天关注天气预报，每晚把女儿和丈夫次日要穿的衣服备好。如今的小孩个子蹿得快，采采去年还能穿的衣裤，今年穿着，就偏小了。

中午一点半，采采上学出门后，米颖靠在沙发上盹不着，干脆打开手机，上网给采采淘衣服，顺带也给自己淘两件。过去跟小安做邻居的时候，小安多次说她，衣裳太简朴了，色调太单一了，名牌太少了，奢侈品一样没有。小安说，又不缺钱，干吗不穿点好的？小安说，高级衣裳即使穿不了两次，也要有；有跟没有，两回事。但米颖给自己买衣服，还是买得少，买的时候，照样走平民路线。她一无什么隆重场合要出席，二无多少社交要扑腾，穿那名牌给谁看。自己穿得舒服，看着顺眼，以她的标准，就很好了。

说到小安，这女子并没如米颖想象的那样，在米颖搬家后，频繁打来电话。非但不频繁，还把她给忘了一般，去年下半年，一个电话没有，直到春节前，才打来个电话，话也没说三两句，只说找时间约茶，却再无下文。

人是念不得的，米颖脑子里想到小安，小安电话就来了。

米颖接起电话，两人一顿说笑。小安语气欢快，米颖问她在忙啥呢，小安说忙啥呀，还不就是上班下班过日子，“我就盼着念着，哪天像你一样，跟朝九晚五说拜拜，啥也不忙。我就是个没用的人嘛，干吗要我忙啊，我天生适合当废物，为啥不给我安排这样的命运啊！”

米颖笑得。米颖说，不急不急，是你的终归是你的。“终归？”小安说，“那是啥时候？未必等我老的时候？那我不等于被辜负了吗？”

两人又一顿笑。米颖待要问一问金妮，小安先说到了金峰。小安说，金峰跟人合伙开的店，看样子是开稳当了，金峰和他那个老大哥，眼下正筹谋着开分店呢。米颖说好啊，这就好，心想难怪小安心情好。小安接着问米颖，有一年采采皮肤上生春癣，用的什么药？原来金妮也生了春癣。米颖说了药名，问金妮现在怎么样？小安语气更欢快了，说金妮状态很好，“那丫头打住校之后，变了个人似的，学习自觉了，以前到了周末啦、假期啦，除非她心情爽，否则不拖拉够了，她哪肯去摸作业本。现在周末回了家，先做作业，还主动要求我给她报补习班。还比过去懂事了，挺会照顾自己的，每次回家来，下个周要穿的衣服，要用的东西，每天的零食水果，自己备得齐齐整整。”小安笑起来，“我真的好惊讶，这丫头是吃了什么仙药么，突然来这么个华丽转身？有两次做梦，梦中我都惊讶，这不是梦出来的吧？”

听小安这么说，米颖也不免惊讶，转念一想，小孩子原本弹性大，金妮肯定是有自我管理、自我照顾的潜质的。把这话说给小安，小安却是一叹："其实我心里不踏实的，总担心这是昙花一现，说不准哪天，那丫头哗啦一下，又变回去了。是不是我灾难心理太重了，过不来太平日子？"

小安说："我这心理也不是空穴来风。小孩们的叛逆期快来了，都说十三四岁是叛逆高峰期，一叛逆，直接成魔王，说不得，碰不得，莫说莫法沟通，还有弃学的、离家出走的，还有乱来的，各种乱来，想想我就头皮麻。"

"不要自己吓自己，"米颖说，"未雨绸缪是好的，犯不着紧张得头皮麻。"

说话间，米颖手机嘟嘟两下，又嘟嘟、嘟嘟好几下，提示有电话进来，米颖看看手机屏幕，是欧阳卫东打来的。她跟小安说完电话，把电话回拨过去，欧阳卫东让她在家里的电脑上找一份资料，给他传过去。

做完这个事，米颖收拾了头脸，换了身出门衣服，拿上购物的布袋子，下楼开车去超市。

开出院门，一上街就吃了个红灯。等红灯时候，米颖眼睛一扫，瞄到左侧人行道上，三个初中生模样的孩子在那里嘎嘎说笑。两个男孩一个女孩，各跨一辆自行车，把一只脚点在地上，三人都没穿校服。米颖愣一下，那女孩子，不是采采班上的林逐月么？

这才下午两点半过点，正是学校上课时候，林逐月非但没穿校服，还涂着鲜亮的口红，还戴着夸张的耳环。这女孩儿在干吗？那两个男生是哪儿的？米颖愣神的当儿，前车动了，她只好松开刹车，慢慢跟上去。

林逐月的情况，米颖听采采说过几嘴，说是挺让老师头疼的。要说女孩子涂个口红，戴戴耳环，也不算什么，换个角度看，小女孩有几个不喜欢这些花花哨哨的玩意的呢。但这样的打扮，得分时候，分场合，还得有个度。这林逐月，装扮得夸张不说，时候也不对，尤其是，她一脸满不在乎的神情，浑身咋咋呼呼的劲头，一望而知，叛逆孩子。才听小安说了叛逆这话题，这就见到一个活例子。这女孩咋回事呢？

当日晚饭时分，米颖问采采，林逐月今天是不是逃课了？采采嘴里包一口饭，“妈你咋知道？”

“饭咽下去再说话。”米颖说，“我今天在街上看到她了。”没跟采采说，那林逐月还跟两个不知哪儿来的男孩在一起。

“下午她没来上课，”采采咽下嘴里的饭，自娱自乐做了几个夸张表情，说，“听说昨天于老师找她爸爸了。妈妈你知不知道林逐月的爸爸？苗知禾说，她爸爸很有名的，报纸上登过她爸爸的照片，她爸爸还在电视里做过访谈嘉宾呢。”

“于老师找了她爸爸，她今天还旷课？”

“今天上午杨尊问林逐月，是不是老师找她爸爸了？林逐月说，找她爸咋了，她说她爸是团狗屎。”

采采说罢，兜着嘴笑。

米颖嗔一眼女儿，采采做个鬼脸，低头刨饭。

37

采采小学二年级时，米颖开始自学画画，图个有事可做，免得天天只靠追剧杀时间。她没拜师，也没报什么班，只由着兴致，素描也学，水粉、水彩也学，插图画也试试。绘画方面的书，甄选着买进，书橱里单辟一柜存放。她原就是个爱买书的，读大学时，专业为工商管理，兴趣却在历史文学方面，只是当年，父母既不许她报考历史系，也不许她报考中文系。米颖早打定主意，将来采采考大学时，她决不干涉女儿选专业。

约莫三年前，她开始试着写画评，写书评。起初，也说不上是个评，不过是些心得感想。渐渐地，有文章的样子了，其中几篇，自我感觉还不错。有意给报纸投投稿，又怕稿子并不好，给人耻笑了去。自己对自己的东西，哪容易判断得准。去年年尾，她才忐忐忑忑地，给本地两家报社投去了两篇文稿。

压根没想到，仅两周，一篇稿子见报了。是一篇书评，关于一部古代园林画画史的书评。把她高兴得。却没跟丈夫女儿说，怕一张狂，再投稿，没运气了；或者呢，那篇见报的稿子，只是撞上了狗屎运。可不是，第二次给那家报社投稿，一月上旬投的，这都两个月了，没一点消息。

这天下午，她随意逛进那家报社的网站，又是一个意外，竟看到，第二篇稿子也见了报，昨天见报的。

米颖决定，还是不给丈夫女儿讲，再多写写。下午便在网上，淘选了十来本新书，丢进购物车。做晚饭时，仍在想，再选些什么书。直到开出晚饭，和采采一块儿坐下开吃，听采采讲起当天学校里的各种事，心思才收回。

饭吃到一半，手机铃响。米颖走去茶桌边，拿起手机一看，是宋丽华。接起，宋丽华的声音浪头一样打过来：“采采妈妈，我们得联合起来去找找于老师吧？”

为何？

宋丽华说：“你家采采没跟你说吗，于老师今天在班上上宣布，从今往后，林逐月座位每周一换，轮番跟班干部同桌，你说这是个什么事儿！采采妈妈我跟你说啊，那林逐月可不是个省油的灯，那女生毛病太多了，会把人带坏的。”

这个事情，米颖方才正跟采采谈呢。她对宋丽华说：“于老师这么安排，肯定是有她的考虑的。”一头说，一头拉开阳台玻璃门，走到阳台上。

方才采采告诉米颖，当日下午于老师召集班干部们开了一个小会，说这是一个临时办法，做如此安排，当然是为了让班干部们带一带林逐月。

“什么考虑，这是欠考虑！”宋丽华倒是直率，直言不讳道：“这不等于是拿全班班干部去冒险么！那于老师，我私下里说一句，还是年轻了些，考虑问题只考虑一面。班干部说来是班干部，实际上就是半大孩子，他们这个年龄，学好难，学坏易，这个风险于老师是不是忽略了？她看不到，我们当家长的不能看不到，更不能不防范是吧！”

宋丽华啥意思呢？宋丽华说，那林逐月现在跟谁同桌，还跟谁嘛；要么是，让林逐月一个人单独坐，谁都不影响。

单独一个坐，不太可能，全班四十八名学生，教室就那么大，学生课桌两两相并，勉强安排下，如何单独？再者说，林逐月单独了，另一个学生也得单独，教室里更安排不了。宋丽华说，那就抽签呗。跟着又说，或者让龚澄晨和那个林逐月同桌。

米颖替于老师感到头疼。安排个学生座位，宋丽华这样的家长也要跳闹。也不知宋丽华自己清不清楚，就因为她护犊子太紧，做事霸道，跑去面斥刘梅玉，为此惹翻苗知禾，导致苗知禾和杨尊一场好吵。采采说，那天苗知禾可凶了，一句一句，逼问杨尊，大骂宋丽华，把杨尊吼得，都快哭了。事后，班上同学无人疏远苗知禾，反都不太理杨尊了。采采说，这是要让杨尊明白，他妈不受欢迎，大家不喜欢他的妈。其实杨尊还是不错的，采采说，杨尊那人嘛，对谁都友好，不只友好，还有点爱讨好，有时有点让人烦，但大多数同学还是喜欢他的。“那杨尊要难受了，”当时米颖对采采说，“他妈是他妈，他是他呀。”采采说：“知道知道，不会一直不理他的。”

米颖对宋丽华说，半大孩子是半大孩子，但他们也有处理问题的能力的。说罢，正想说句收尾的话挂掉电话，听见宋丽华又说：“采采妈妈，像林逐月这样的学生，根本不该在熙和这样的学校待着。我们家长应该联合起来向老师提议，让学校出面，要求林逐月父母给她转学。”

“这样不好吧？”

“哎呀呀，”宋丽华说，“这种事情，对她好，就对我们不好；要对我们有利，对她我们就不能心软。不然到头来，对谁都没个好。”

宋丽华这话，难听归难听，道理似也没什么错。米颖说：“让我想想好吧？”

挂了电话，回到饭厅，采采已吃好，拿了几只橙子，坐在桌边一只只剥出来，再分成一瓣一瓣，放进果盘。米颖回座，饭菜还温乎，凑合着继续吃。采采懂事地不多嘴问询电话内容，米颖接着方才她母女俩的谈话，对采采说："到了跟林逐月同桌的时候，像刚才我们说的，你原来怎么听课，还怎么听课，学习上你该帮助她的，好好地帮助她。但有一点，她要是欺负人呢？"

采采跟米颖讲过，林逐月现在的同桌，就被她欺负得厉害，话都不敢说。米颖有个怀疑，那林逐月或许是个霸凌者。霸凌，就不只是嘴上说话凶，待人不客气，是会动手的。有的霸凌者，还颇有些阴狠手段。米颖看过网传的学生霸凌视频，看得惊心又痛心，都是些没成年的孩子，如此狠心残酷，哪儿学的！要说担心，她最担心的就是这个。只不过目前，林逐月还没对班上同学动过手。当然，一旦到了动手的地步，熙和学校也不会再容这个学生了。

采采头一扬，"她也是看人下菜碟，我才不怕她。"

米颖点点头，给了采采三点建议：善意，理性，强大。

米颖说："首先是不怕，林逐月也是人，没啥好怕的。"

38

放下手机，宋丽华一阵不快。

她找的第一个家长，就是米颖，想的是，说动米颖，两人联袂，号集其他班干部学生的家长，一同抵制班主任的安排。那是个什么没头没脑的安排！按说呢，这个事宋丽华也可不理会，算个啥事？一个差生，将与她儿子同个桌而已，同桌时间又不会太长。只不过，她一想到自己才为儿子解决掉一个问题同桌，这下又要来一个，心头就不快，一不快，就行动了起来。反正她不爱闲着。

跟米颖说电话的过程中，她突又起念，大家该联合起来驱逐林逐月啊。熙和这样的学校，就不该盛着林逐月这样的学生。念头一起，话一出口，她觉得自己是在为民除害，理当一呼百应。哪知米颖却不附和，“让我想想好吧？”说得多好听，四平八稳，滴水不漏的，显摆什么呢？显着你胸有城府？狗屎。宋丽华心里骂，缩头乌龟，糊涂玩意儿，火烧屁股才知道疼！可是，咋说呢，那火就是烧不到人家屁股呢？一念至此，宋丽华又笑了。

笑罢，心里的不快就没了。不快这种负面情绪，在宋丽华心里从来不会存活多久。她原想一鼓作气再打几个电话，不打了，心说，你们这些人不来劲，我还懒得多管闲事，我时间精力不值钱咋的。

她家晚饭也开了出来。这段时间，家里只四口人吃饭。杨尊爷爷元宵节过后，回了老家。老爷子七十不到，腿脚灵活身体好，精神头也旺，在家闲不住，有心去找个工作呢，谁要他一个老头子，除非他愿意扫马路，当然他不乐意。老爷子退休前，好歹是乡镇上的基层干部。去跳坝坝舞呢，跳过一阵；但杨尊奶奶跟他吵，说总有两三个寡廉鲜耻半老太婆，跟他眉来眼去，一把年纪的人，土埋半截了，还想搞出点风流韵事？两个一声高，一声低，一句长，一句短，吵过好几回。宋丽华早跟老公说过，要是钱凑手，他们开个小餐饮店，当作副业，把老爷子用起来。可惜钱不凑手呀。攒钱呢，总要时间的。这几年，他们家的收入还有所降低，这是宋丽华让老公退出了保险公司，另找了一份工作。本来，保险这行做得好，收入是可观的，但是她这老公，脑子慢，嘴头笨，胆子还小，跟她搭档，能出单子，自己去跑，往往跑空。而宋丽华早就升职了，在公司里昂首阔步，一步步升到部门副经理。到了这个职位，她已无须亲自跑单子；协助经理统筹全局，排兵布阵，带队伍，做指挥，才是她的活儿。老公出单少，宋丽华眼睛骨碌碌一转，为他谋划出另一条职业路线。

那是三四年前，在她一手安排下，丈夫应聘进入一家大型连锁超市，做办公室工作，收入不算好看，但稳定，上班时间也规律。一个家，夫妻两口总归要有一个，端个相对稳当、轻闲些的饭碗。这是她宋丽华的运筹帷幄。

小餐馆一时开不起来，老爷子也就用不起来。每年，老爷子都要往老家跑一两趟。老爷子跑不跑回去，宋丽华无所谓，只要杨尊奶奶不走。家里有杨尊奶奶，就意味着有人做饭，有人操持，就意味着她和她家的生活，能够原样运转。

饭吃好，宋丽华拿牙签剔剔牙缝，叫杨尊到沙发上坐了，和儿子闲聊消食。告诫儿子，到了跟林逐月同桌的时候，不要跟她多说话，不要招惹她，当然也不要冒犯她。“你好好学习、好好听课，就是对她的帮助。她能不能变好，不是你的事，是她自己的事！”

杨尊的回复是一个字：“哦。”

杨尊跟苗知禾座位调开已快两周，近一周来，杨尊每天放学回家，没像前些时候那样，快快不乐明显挂在脸上，宋丽华也就没过问儿子，是不是班上的同学仍在孤立他。她不问，就是要暗示儿子别当回事。她确实没想到，那帮孩子会集体对她儿子来这一手，若遇到这事的是她自己，她才无所惧，可现在是她儿子身在难题中。难题就难题，就当让儿子体会一下人心是个啥玩意儿。再者说，她笃定这事迟早会过去，她才不信那帮孩子会坚持多久，小孩子有什么长性！

她问儿子："对了，你班上那些同学，跟你说话了吗？"

杨尊回的，是含含糊糊的一个"嗯"。

宋丽华："嗯是什么意思？他们是跟你说话了呢，还是照样冷落你？"

"说一点。"

啥叫说一点？宋丽华问："是不是对你爱理不理的？"

杨尊嘬嘴，"唔"字吐了半个，忽说，"想喝酸奶。"问她想不想喝，"我给你也拿一个。"

跳起来奔去冰箱处。

这可不像她儿子，以往杨尊说话，哪像这样挤牙膏似的，要说不说，半吞半吐，还东拉西扯整到酸奶上，这小子咋了？转瞬，杨尊拿了酸奶过来，宋丽华接过。"我去帮奶奶收桌子，"杨尊撂下一句，又要跑开，宋丽华喊住他，"过来！"杨尊说，"我要帮奶奶收桌子！"

"不用。"宋丽华喉咙里还有一句，"那是你奶奶的活儿。"压住了没说。何必招他奶奶不高兴，老人家，心眼儿都小。杨尊扭着身子近她坐下，她才低了嗓门道："各有各的事儿。"

杨尊嘴皮动动，要说啥，没说，只把酸奶拿起来吸着。宋丽华承前启后，再跟儿子谈人际关系，说话不到两句，杨尊忽地问："妈你为啥不让我分担奶奶的家务活儿？"

"我不是说了吗，"宋丽华仍压着嗓门，"人和人分工不同，有分工才有秩序，一个公司是这样，一个家也是这样。你现在的主要任务是学习，在学校好好表现，考高中的时候，给我冲进重点！

我不是跟你说过……”

“要是以后我结了婚，不会做家务，成天被媳妇骂怎么办？她要跟我离婚怎么办？”

“啥？”宋丽华笑得喘不过气，“你想得远嘞，咋想到结婚那么远的事儿了，还想到要被媳妇骂？”

她的笑引得杨尊也笑起来，杨尊边笑边说：“不是我想到的，电视里不是天天都在演么。”

那倒是。宋丽华闲闲告诉儿子，家务这种活儿，一无难度，二无技术含量，是个正常人都会做，哪需要专门训练专门学。“到该你动手的时候，自然就会做了。”以自己为例，说自己小时候也没学做过家务，等到成了家，哪样活儿拿不起！皆是个无师自通，“别以为你妈不会做！”却发现，杨尊不在听了，手里抓着电视遥控器，颠过来，倒过去，宋丽华话头刚刚一歇，杨尊说：“我看电视了。”按开电视机。

宋丽华吃了一个没趣，却不恼，也不强着儿子继续跟她聊；虽说她感觉到儿子不太对劲，但她从来不是强人所难的人，撸一把儿子头发，“不想说话啊？行吧，看电视吧。”

周五一早，太阳探了探头，雾霭横亘天地之间，把稍远处的楼宇统统淹没。雾气氤氲中，阳光也就那么点意思。到了下午向晚时分，雾淡了，天空大戏台呼啦一变，浑圆暖红的太阳，顶开四面云层挺身而出，把小半个天空映得红灿灿的。

是时，宋丽华正好从一个机构办事出来，看看时间，快到下班的点儿。不远万里奔来的阳光，金灿灿打在她脸上，又轻软，又明亮，照得她心花怒放。心花一放，她便决定，不回公司了，去接儿子放学。开上车，直奔熙和学校。

平时，儿子放学都是自己回家，上学由儿子父亲陪送。爷儿俩一人一辆单车，父亲先送儿子到校门，再去上班。宋丽华在校外停车点停了车，心想既然来了，何不进学校去跟老师打个招呼？俗话说，礼多人不怪。挨近校门，门口涌出第一拨放学的学生。她又改主意，立在校门外，等着。

少时，杨尊出来了，背着书包，推着单车，跟两个女生一起。宋丽华心头一笑，这就对了嘛。再定睛一看，呵呵，那俩女生，不是欧阳采采跟苗知禾吗？

宋丽华笑呵呵召唤儿子，也招呼了那两女孩。欧阳采采礼貌回应，苗知禾却甩她一个冷脸，一个字没有，扭头走开。宋丽华毫不计较，依然笑吟吟对儿子："走吧，把你车放妈车上去。"

杨尊低头推着车，无声跟她走。宋丽华曾跟儿子交代过，远离苗知禾，不要跟她说话。话虽如此，但天下的事，此一时彼一时，事态总是变化的。她宋丽华又不是死脑子，她可没有责怪儿子的意思，便开口问："你和那个苗知禾，又和好了？"

杨尊喉咙里"嗯呜"着，像在找词儿。宋丽华不为难儿子，笑道："我儿子就是性格好，不记仇。行啊，天下没有永恒的敌人，只要别让她影响你的学习。"

"不会的！"杨尊大大一笑，牵住她的手，进而搂住她胳膊，"我妈就是好！"

"知道就好。"

39

自从做全职主妇后，米颖接触最多的，是女儿的同学和他们的家长。

如今这些小孩子，营养足，发育好；启智早，人聪明，这都不用说。米颖还发现，比起上一代人小时候，现在的小孩更会维护自己的权利。

采采上小学一年级没多久，汪姐进她房间没敲门，她就抗议了：“阿姨怎么不敲门？进我房间先敲门！”说得汪姐尴尬。采采呢，说了还不够，还问米颖要张白纸，拿了记号笔，问着米颖，“敲”字怎么写，“再”字怎么写，一笔一画写出：“先敲门，再进来”，贴在自己房门上。

隔一天，又把这张告示揭下，用记号笔添了几个字：“敲大声！”勾出花边，以示强调，再次贴上。米颖和汪姐，看着告示，相对而笑。

米颖听小安也说过，金妮祖祖动金妮的东西，没先征得金妮同意，一老一小两个，互怼好几回。

几年前，米颖跟一个家长探讨过边界感问题。那是采采一个小学同学的妈妈。当时那妈妈来找米颖，诉说自己小孩的各种问题。说话中，米颖说到边界感，小孩虽是小孩，也要尊重他们的边界意识，只一点，要求他们同样尊重别人的边界。那妈妈当即把边界感理解为客气，说：“我自己生的，跟他客气什么。”再说下去，那妈妈又说：“做爹妈的跟自己小孩说个话，还得左掂量，右掂量，不弄得生分了么！”米颖不好多说什么，只说：“这只是我的个人看法。”

她跟堂姐也提到过这个问题。早先提，堂姐不当回事，或者压根没听进去，或者完全没理解边界感究竟是个啥玩意。近两年，堂姐和桃桃关系紧张到近乎水火不容，虽水火不容，两人还得住在一个屋檐下，尽管家里还有桃桃父亲，但桃桃父亲当不了防火墙。桃桃父亲，即米颖堂姐夫，与米颖堂姐之间的关系、感情，也是一笔糊涂官司。多年来，堂姐两口子过得疙疙瘩瘩，也闹过离婚，也闹过分居，离虽没离，好也不好，只是个凑合。到桃桃大学毕业前夕，堂姐夫摊上了糖尿病，心脏病，肺气肿，高血压，加上老毛病慢性肝炎和前列腺炎，成了个十足药罐子，老婆女儿即便吵上了天，他只管不闻不问不掺和。堂姐气不过，唯有频向米颖诉苦。

前些时候，米颖干脆对堂姐说，桃桃是大人了，能不说就不说，能少说就少说。不再跟堂姐提什么边界意识。不想她这一句，竟又招来堂姐一大通说。米颖感觉像捅了马蜂窝，直接跟堂姐说：“你说这半天，我听得都头痛，桃桃年轻女孩子，哪能不心烦。”

电话那头堂姐咝咝吸气，又哼哼冷笑，“年轻女孩子！三十岁了！”

“桃桃哪有三十，别那么着急把她算成三十岁的人。”米颖放软声调，好言劝慰堂姐，说你成天唠叨桃桃，不是一年两年了，除了发泄发泄不满和愤怒，有什么效果？要说效果，就是你一个人的不满，变成了你们两个的不满，母女关系越来越坏。

堂姐恼火道：“她住在我家里，天天在我眼皮底下晃，看着我就堵心，我还不能说了！”

米颖心说，那你早干吗去了。当然这话不能说，那可相当于直接戳堂姐心窝子了。

堂姐说："催她去相亲找对象，是为她好！好心当作驴肝肺，那女子有点良心没有！唉算了，她那副德行，就是找到人结了婚也得离！我也不催她了，啥人啥命，不管她了！"

话是这么说，周五这天傍晚，米颖和采采吃完饭散步回来，堂姐电话又来了。米颖看到来电显示，心头先一阵发怵，接呢，头疼，不接呢，不好。心里想，她这堂姐，别说尊重自己女儿的边界，对别人，也着实欠点分寸。

硬着头皮，还得接。

这一次，堂姐说的不是桃桃相亲之事，而是一个老问题：桃桃的脏和懒。桃桃这老毛病，米颖不知听堂姐抱怨过多少遍。几年前，米颖曾特意请桃桃吃饭，有意劝劝桃桃。桃桃则一肚子气，"我知道我不勤快，可颖姨你不知道她念叨得我多心烦！她越念我越烦越恨，就不顺着她的来！我脏我的，就算我房间成猪窝狗窝，关她什么事！"米颖说，你的房间，是全家房子的一部分，你房间脏乱，影响全家卫生环境，你妈当然看不下去。"那她说一遍两遍就够了嘛，大不了，说十遍八遍，"桃桃恨恨，"她可以循环往复，一遍一遍，何止说千遍万遍！"米颖说，她说千遍万遍，你动手收拾了吗？桃桃说："就因为她说个没完没了，我就不做！"

那次，米颖很想提议桃桃：要不考虑一下租个房子自己住，搬出父母家。然则，一来，那是别人的家事；二来，桃桃挣的几个薪水，付房租恐怕够呛，让父母帮她贴，又增加堂姐两口子的负担。念及这些，便没提。

堂姐很有一阵子不曾专门说桃桃的这毛病了。电话里，堂姐说，上月她自发毒誓，再不管那女子房间，垃圾遍地就遍地，脏衣服发臭就发臭，乱成猪窝就猪窝，可今儿下午她打扫卫生，忍不住还是推门进去，想的是，帮她把垃圾倒了。一提起垃圾筐，筐底污水横溢，那污水黄黄褐褐，恶心死人，再看垃圾筐，里外皆花花点点的霉斑。再看床铺，床单被套染了经血，颜色都黑褐了。桃桃下班回家，堂姐就跟她打燃了火。

"你还让我尊重她的什么边界，"堂姐恨道，"这叫我怎么尊重？"

米颖暗笑，堂姐居然主动提到"边界"这个词，正要说话，有别的电话进来。米颖安抚堂姐几句，答应找时间跟桃桃谈谈，挂了堂姐电话，回拨刚才打来没打进的号码。对方是林逐月的妈妈汪曼露。

汪曼露声音细微，好似中气不足，又像是病后初愈没精神。汪曼露说，下周她女儿要跟采采同桌，打电话来，是想拜托采采多加担待。米颖说逐月妈妈客气了，话未说全，对方一阵咳，米颖问汪曼露是否感冒了："注意身体啊，这个季节容易感冒的。"汪曼露说受了点凉，马上添一句："林逐月没感冒，不会传染采采。"

米颖笑道："逐月妈妈想得周到，谢谢啊。"

汪曼露说，她原想登门拜访一下，于老师建议过，让她向米颖和赵纯取取经。米颖说取经不敢当，欢迎她来坐坐，大家交流一下。汪曼露便问，不打扰么？最后说定，周日下午，她过来一趟。

周六下午，汪曼露又打来电话，说她想了想，还是不登门打扰了。米颖寻思她可能感冒未愈，没精神见人，便说，行的行的，以后啥时候想来坐坐，随时欢迎。汪曼露又问一句：不打扰么？米颖说，不打扰。告诉对方，采采父亲这段时间出差在外，不出差的时候，他也是成天忙得早出晚归。汪曼露说："采采妈妈，听你这么说，你女儿主要是你在照管吧？"

米颖说是。

对方微微一叹："采采妈妈，你女儿很听你的话是吧？"

米颖想了想，道："我们相处得还好。"

"你和你女儿……"后面的话，汪曼露斩断了，替以一声叹。

米颖说，逐月妈妈，有话但说无妨。听她这一说，汪曼露才又问："你说什么，你女儿都听的吧？"

米颖揣测到什么，斟酌道："这个，如果是要给她讲道理、提要求，是要指出她的问题，说话之前我会先想一想，怎么说她才听？另外，我个人觉得有两点是我们做家长的应该注意的，一是不能说得太多，许多时候，多说不如少说；二是，说话要平等地说。"

她没再往下说，这番话说出来，容易让人误以为她自命不凡，上赶子地，要给人指点江山。暗自惭愧自己说话艺术欠火候。果然，就听见汪曼露淡淡说："谢谢啊采采妈妈。"把电话挂了。

40

汪曼露放下手机，心想，这话说得，牛头不对马嘴。

有些话，她没法对人说透，有些事情，她没法跟人兜底。眼下她的处境是，只要跟女儿一说话，女儿就要跟她对抗。母女间的关系早已不是小摩擦小冲突，几乎成了无法收拾的大型翻车现场。

根本不是那米颖说的“不能说得太多”的问题，也不是她有没有跟小孩平等说话的问题，平等？现在是林逐月对她这个妈不平等，还敢跟她动手干仗。

多少次，汪曼露心里恨得不行，又恨又苦，又苦又涩，只一个念头：不管了，让你那个爹管你去吧。

可林逐月那个爹，成天忙着追名逐利，忙着当名人，出风头，一年四季，做活动、开讲座、当评委、上电视，四处流窜，东奔西走。当然，还忙着跟那些莺莺燕燕、狂蜂浪蝶你追我逐，你飞我绕，岂能顾得上林逐月。

林逐月小学四年级那年，成绩滑坡，刺头炸毛，汪曼露百计用尽，只得给林风打电话。彼时，他们离婚不足一年。电话里林风竟一副谴责口气，意思是她没尽责，没把女儿管好。汪曼露大怒，一串恨声砸过去，收到的是林风硬邦邦冷笑：“现在离婚家庭多了去了，父母离了婚，小孩就一定变成问题儿童？你找的这个借口不成立！多想想自己的问题！”

又说：“我怎么可能不关心她？她是我女儿！但现在我确实没精力。”

你四处招摇有精力，你跟那些不要脸的女人打情骂俏有精力！

林风把她当不讲理的泼妇，一句“跟你说不清”之后，又说：“跟你说过多少遍，我这个年龄了，得加把劲再往上走一走，时间不等人，年龄不饶人，要么我冲上去，要么就是现在这个不上不下的地位，那就啥都不是。”

汪曼露把电话挂掉了。随便你吧，你冲到天上去吧，好好地待在天上，享受你傲视天下的荣耀，享受你万众瞩目的光环。

她汪曼露也曾是个文艺女子，当初嫁给林风，就因被他才华的高光晃昏了头。她和他，是她有了身孕之后，才去办的证成的家。他俩的婚姻能维持到女儿八九岁，真算个奇迹。也不叫维持，那是她闭着眼睛，哄着自己，过一天算一天的结果，直到，压死骆驼的最后一根稻草飘下来。

离婚后，她一度想尽快跟人再组家庭。她也有爱慕者，有暗恋者，未必离了他林风，她汪曼露只能像被拍上岸的鱼，干等着枯萎？笑话。却没料到，正当她与爱慕者准备翻开关系新篇章时，林逐月跟她闹起来了。

林逐月这丫头，长相、脾气都随她那个爹，喜欢被人哄着，夸赞着，高兴的时候，百般可心，一不高兴，秒变混球小魔王。汪曼露意识到，林逐月不乐意她跟别的男人往来。为了女儿，她请求爱慕者给她时间，两人交往放慢节奏。放慢节奏不等于斩断关系，问题是，只要她一出去约会，甚至只是跟对方打打电话，林逐月就要给她惹事，旷课，迟到，不写作业，欺负同学，顶撞老师，跟她对骂。

到了林逐月小学五年级，汪曼露跟那个爱慕者，那个最有可能再给她一个家的男人，连偷偷摸摸的关系都难以为继。哪怕三更半夜她躲在自己房间，与对方短聊几句，或者彼此发发短信，林逐月都会像个精怪似的，嗅出异样。然后，她汪曼露就别想消停了。

终止了与爱慕者的往来，汪曼露开始全力以赴管束女儿。她断送自己的幸福，不就为了女儿么！却是，越管束，越管不住，非但管不住，林逐月跟她的对抗日益激烈。有一次，汪曼露太灰心也太伤心了，给久未联系的爱慕者打了个电话，话说一半，林逐月冲进她房间，夺过她手机，嘭咚砸地上。

那是她们母女第一次打架。互拽头发，对抓胳膊，互拧手指。林逐月大了，小学五年级的孩子，个头过了她的肩，力量又生猛，身子又灵活，跟她哪是势均力敌，分明盖过她一头。汪曼露嘤嘤哭了。

第二次打架在不到两个月后。汪曼露看着这个一下变得浑身长刺、油盐不进，甚而敢跟她对打的忤逆东西，心头火油乱溅，一出手，林逐月当即反弹，两人又打得披头散发。

林风来看他女儿，汪曼露说："你的女儿你领走，我当不了她的妈。我还想多活几年呢。"

林风说他现在没条件。他连房子都没有。离婚时，房子归了汪曼露。汪曼露掩面痛哭。林风又劝她，说女儿跟他小时候一样，叛逆得早，要她莫太紧张性急，要她平心静气找对策。他说，女儿只是需要时间跟自己和解，跟自己和解了，就跟这个世界和解了；跟自己和世界和解了，她起码知道该做什么，不该做什么。

说得好听！汪曼露抹一把泪，对前夫说："你赶紧结婚！找个有房子的女人结婚！不是那么多女人围你转么，不是那么多女人想嫁给你么，你赶紧！算我求你了，成家吧，安顿下来吧！把你女儿领走！"

林风回复给她的，是一个苦笑。那苦笑中，汪曼露看到，林风眼角皱纹深了，鼻翼两侧八字纹路重了，脸颊也有些瘪了。林风比她大了近十岁，跟她结婚前，他有过婚史。汪曼露从未想过，这个精力旺盛野心勃勃的男人，这个多年如一日，在名利场上披荆斩棘开疆拓土的男人，会这么快显出老相。

人哪。

林逐月小升初的暑假，林风去外省某地做活动，做讲座，顺带拜访什么朋友，为期十来天，他把林逐月带上了。汪曼露心情复杂地发现，女儿出生以来，是她一把屎一把尿把她带大，是她与她朝夕相伴，是她为她不计代价地付出，结果呢，这小白眼狼对她那个自私自利没心肝的爹，比对她这个含辛茹苦做牛马的妈，明显要亲热，要顺从。林风偶尔来看看女儿，带她去吃个饭，尤其是，带她出去旅行一趟，回来后，林逐月总要表现好一些。汪曼露气不过，不止一次对女儿说："找你那个爹去，叫他把你带走！"

每说一次，林逐月就会跟她大闹一次。有一次，那丫头竟闹得涕泗横流，"滚！"她眼泪鼻涕涂了一脸，"你们都滚！我谁都不要！"

且不说那林风，不知是没晃荡够呢还是怎么着，一年年地，始终没抵靠下一个婚姻码头；即便他再度成了家，他那个新家，也未必是林逐月的温馨港湾。想必林逐月心里是明白这一点的。那女子，说来小孩一个，说来又乖张又浑噩，但一点不傻。汪曼露时常想，她和她女儿，处境都怪可怜的。

那些风平浪静的时段，给汪曼露的感觉，就好似短暂的海市蜃楼，又好似，往昔时光的稀薄倒影，总让她感到恍惚。她何尝想说她！然而，不可能不说啊，她是监护人啊。她实在想不通，她这女儿，这个曾也乖萌得叫人心疼，可爱得万般讨喜的女儿，咋就摇身一变，变成了这么个一说就炸毛，不说也炸毛的东西。

昨天吃晚饭时，林逐月坐没坐相，吃没吃相，汪曼露瞪她，白瞪；皱眉，白皱，只得开说：吃饭不要吧唧嘴，吃完一口，再吃二口，不要嘴巴塞得满满的，没点儿文雅样子……

她尽量和颜悦色，尽量细声细语，如何呢，林逐月眼睛一鼓，“我警告你，别惹我！”

看看吧，做女儿的还警告起她当妈的来了！这种大逆不道的话，林逐月可不是头一次说。那米颖说什么“要平等说话”，汪曼露倒想平等，是谁跟谁不平等！她女儿这样的小孩，不管她，她要骑到你头上来；管呢，难免又弄成一场事故。

昨晚她们倒没吵起来，不是没吵，是没有凶猛地吵，没有可悲地互相扭打。林逐月不知哪儿学来的油滑，说了那句“我警告你”之后，立刻说：“啊我错了，妈你别生气，别骂我，一二三，闭嘴！”

“啊我错了”几个字，那丫头说得，毫无感情，明显做戏，还跟她来“一二三”！汪曼露真的是，想笑吧，气得心肝疼；想气吧，气不动了。

挂了米颖的电话，她随即拨林风电话。她知道他不爱接她电话，不爱接你也得接！

电话通了，汪曼露直接丢给他一句话：“我明白跟你说，你要再不管你女儿，这个学校铁定把她开除！”

41

清明时节雨纷纷。

每到清明节，帛州平原一带必然飘一场雨，年年不爽。那雨，绵绵的，密密的，说凄清呢，却带着些欢快，飒飒洗涤着天地万物；说欢快呢，又带着些愁思，似一个苦吟诗人，吟哦着，惆怅着，徘徊着。

陆枕涛曾画过好几幅清明图，蒙蒙烟雨中的山峦河流，被雨丝洗得发亮的树叶草尖，雨中的狗，雨中远行的人，还有，雨过天晴的街心花园和立交桥。

任静不曾想到，自己会回忆起儿子的画作。

陆枕涛好几个月没画画了。

上学期期末考试，他的成绩排名提升了两名，虽然幅度不大，但任静是欢喜的。料不到，进入这学期之后，这孩子的状态就有些不对劲。其实在寒假期间，他就显得蔫不唧唧的。任静琢磨着可能是儿子没啥玩的，去同学家玩，跟同学约着玩，次数总归有限。现在的人家不像过去的人家，大人、小孩想串个门，一抬脚的事儿。现在各家有各家的事，各家有各家的习惯，再说了，现如今是，门对门的邻居都不往来，最多点个头，笑一笑，能闲聊两句，都算亲热的了。

她提议过，陪儿子去逛逛博物馆，去打打羽毛球，还提议过，买三张电影票，全家去看场电影，陆枕涛并无积极响应。她母亲不知从哪个角落，把一副旧围棋翻了出来，寒假里的一些晚上，老太太拉着陆枕涛，下下五子棋。

陆枕涛开学没两天，老太太又犯了一次猛烈眩晕。任静这才清楚意识到，老娘衰老了，身体朽坏了，已有的、潜伏的各种毛病，开始欺负她这上年纪的人了。任静对老妈隐隐愧疚，这么些年，老太太何止帮衬她家务，还年年岁岁，用退休金贴补这个家的日常开支，她呢，带老妈出门旅游都没两次。老妈号称不愿出门受累，说到了外面，吃不好，睡不好，人挤人，活受罪；只叫她带儿子出去开眼界。其实呢，老太太就一个心思：省钱。

任静想给老妈买点营养品，老太太抵抗得都生了气，“你买来我也不吃！”“吃什么营养品，粗茶淡饭最养人。”任静也就不坚持了。只把更多家务事揽到自己身上，让老妈多休息。不过，上班日的餐饭，还得依赖老太太做。

新学期开学后，第一次月考在三月开初；清明节前，又是第二次月考。考完，任静没有像以往那样，给儿子算排名。

她希望儿子能尽快过渡到正常状态，也就是，不画画也能高高兴兴的状态。她相信，小孩子记忆浅，忘性大，心情翻新快。她观察儿子，有时候，陆枕涛也说说笑笑显得挺开心的，好像发生过的那些不好的事情，全被他抛诸脑后。只不过，她若对他多说几句话，即使说的全是家常话，无关他的学习，无关他的考试，也容易引发他的不耐烦，把他招惹到了似的。

任静克制着，不责备儿子。发现儿子做作业越做越晚，她依然克制着，不多说什么。嘴上不多说，内心里却牵肠挂肚。儿子作业做到几时，她会等到几时，一边等，一边犯嘀咕，这学期作业特别多吗？若是作业特别多，为何家长群里没有家长叫嚷？她记得上学期，不时有家长在群里抱怨，作业多，小孩做得晚，或者小孩做作业太慢，苗知禾妈妈就是一个。这学期，倒没人说这话了。如果并非作业多，儿子在磨蹭什么？他是在做作业，还是在复习？他作业做这么晚，是上课没好好听讲么？上学期期末和这学期开学不久，陆枕涛两次提到，他上课有时走神。第一次提，任静没太警觉；第二次他再提，任静就不安了，想多问几句，问详细些，陆枕涛却不愿多谈，后脑勺对着她。

晚上做完家务，陪着老妈看电视时，任静隔一时，要去看看儿子。轻轻推开儿子房间虚掩的门，探头看一眼。不管她去看多少次，陆枕涛总是背对着她，伏在书桌上，不回头，不动弹，也不出声。

第一次与第二次月考之间的一个晚上，陆枕涛在书桌前坐到很晚，十一点了，他不起身，十一点半了，他不收拾。时针快指向深夜十二点了，他才站起来。恰好任静又从他门缝间悄悄探头去看，一看他在收拾了，便问："今天的作业特别多么？还是题很难？"

陆枕涛头也不回："又多又难。"

收齐书本，塞进书包，眼睛不看她地往门边走来，又硬生生，从她身边挤出门，到卫生间洗漱去了。

那天夜里，任静一夜乱梦中，梦到了儿子父亲。她和他，是在陆枕涛三岁那年离的婚，多少年，她没梦到过那个人了。而离婚头两年，他频繁造访她的梦，在梦里对她拳脚相加，声称要把没打够的补足，一张暴躁得变形的脸凑过来，凑拢她鼻子喊：你以为离了婚我就打不着你了么！你个烂人！一次次把她吓醒。

当年，她脖子、手腕、胳膊、腰腹和腿上，常有瘀青；头发被他扯脱过大把，右额角还有一处瘢痕，是他用杯子砸伤后留下的印记，消除不了，她用一绺额发遮盖着。

她怎么就梦到了他？

梦里，他孤坐一根悬浮圆木上，瘦骨嶙峋，神色哀戚，一双眼睛向她看过来，喊她的名字，乞求她原谅。她糊涂了一下，猛地记起他们离了婚的，同时记起他多次找她复婚，不可能的！她把这话又说一遍，他一点不怒，脸上哀戚不变，那哀戚如一口深潭，他的脸浸在潭底，他说："我好了，让我回去帮你吧，我们一起培养儿子。"

帮？一起培养儿子？当年他打她时，把儿子吓成过啥样！幸好他们离婚早，儿子对以前的事没记忆。他还在央求，她转身要走，脚下一绊，身子一跌，醒了。

做了这个令她不喜的梦，任静心里七上八下，总觉得不是好征兆。转天，晚饭之后她在厨房洗着碗，似听见手机响，走出来，正撞见陆枕涛从冰箱里取出制冰块的冰盒，拿着快步返回他房间。任静奇怪，走过去问一句："拿冰块做什么？"

陆枕涛很不愿意被问的样子，回一个字："热！"

当天气温是比较高，最高达到二十二摄氏度，却也说不上热，何况节气管着，这才三月份哪，而且还是晚上。

任静问："你是想喝冰水啊？"

那也用不着把整盒的冰块拿到屋里嘛。

"你别管了。"

任静哪能不管，隔时，悄悄去看，却推不开门。

清明节一场酥雨下过，真有了几分天清地明的素净，从秋冬绵延入春的雾啊霾啊，收到天边去了，天空显出纯净的蓝色，云呢，一层一层的，翻出了细浪，清风徐徐，气温也舒爽，最是一年好时节。

下班路上，任静买了几斤丑柑。晚上拾掇完家务，拿丑柑剥了两只，一只给老妈，一只用盘子装了，端给儿子。

盘子端着，她轻手轻脚走进儿子房间，隔三五步远，看到陆枕涛伸手抓了一只冰块握在手心。冰盒放在他左手边，那手下垫着一块毛巾。他这是在干什么？陆枕涛却不说冰块，说丑柑："我说了不吃的！"

"我给你放桌上，你想吃的时候吃。"任静顿一顿，还是问他，为啥把冰块握在手里。

陆枕涛的回答凶暴暴："我热，我烦！"

这个天气，热？任静没说话，但觉心凉半截。

第四章

42

苗知禾从没想到过，自己的中学岁月，这么难对付。

第一学期，好歹过了；第二学期，第一次、第二次月考接连考过，她考的结果，没啥好说的，还是那个字，差。她妈又是气急败坏的样子。苗知禾顶烦妈那副模样，好似遭遇了难以言状的重大损失，陷入了难以自拔的无底深渊，多可厌！她妈要训斥她，她给顶了回去："不要说了，你要打就打，要罚就罚！"

要不是她爸在场，她爸给拉着，她妈可能又一个巴掌喂过来了。

她心说，你要再敢打我，我就离家出走！

有时候，她真怀念她妈不太管她的小学时代。可惜，那个自由美好的时代，一去不复返了。

依她的心愿，她宁愿自己一个人住，没得吃也好，没得穿也好，都比被她妈成天管束着强。可惜，那只是黄粱美梦，不作数的。她也想过，努把力，各科测验考个好看点的分数，争取点儿天下太平。问题是，拿着数学题，她就头痛；拿着那些面目可憎还没个穷尽的作业，越做越心烦。更可恶的是大小考试前赴后继，一波一浪地，扑来给她雪上加霜。

只有写东西的时候，她才觉得来劲，畅快，如鱼得水。

为什么喜欢写？她没想过，喜欢就是喜欢。就像很小的时候，她喜欢泡书店一样。爹妈带她上街，爷爷奶奶带她买菜，看到书店她就要进，进了书店就不走了。最早看图画书，往后进军文字书，多少字不认识，多少句子不明白，就因不认识，不明白，她越发入迷，越发起劲。那时候她妈还说过一句，说："嗬，我们家还出了个读书种子呢！"

她是两三年前开始写故事的，由几百字，到上千字，再跃升到几千字；由童话故事，幻想故事，到玄幻小说，狼人小说。写好一截，到网上贴出一截。

升入中学，她的写作受到她妈的强烈干扰。本来她摩拳擦掌，打算一鼓作气写个大东西，一个大的玄幻小说，结结实实写它几万字，却迎头撞上她妈的粗暴拦阻。她妈好似基因突变，成了老虎，日日对她虎视眈眈，关她的电脑，断她的网，罚她面壁，罚她做题。

关了电脑，断了网，她用手机写。没法堂而皇之地写，她跟妈打着游击战，偷时间写。恼人的是，流量用用就光，用用就光，她的零花钱和稿费消耗迅速，她开始面临弹尽粮绝的危机。

最烦心的是，她妈的念叨，她妈的吼。苗知禾早就不爱听妈说话了。她妈说话，经常的自相矛盾，前一句说，"我们家哪有这个钱，能吃饱饭就不错了。"隔一时又说，"别看那些出入高档写字楼的白领，穿得周周正正，走路鼻孔朝天，其实挣的钱未必比苗知禾的爹多，有啥神气的！"诸如此类。明明说话四分五裂，她妈还毫无觉察，一次次毫无觉察不说，还总说得理直气壮。说话这水平，还要管她！

她爸以及爷爷奶奶，都出面安慰过她。明里是安慰她，暗里是为她妈说话，说打是亲骂是爱，说她妈是为她好，一片苦心皆为她。她心说不用不用免了吧，我受不起。他们又一句一句，要她体谅她妈的不容易。苗知禾哪能不晓得妈不容易，她知道，妈辛苦，节俭。要是有节俭标兵评选，她妈准保轻松入选；要是还有排名，她妈准保高居前三。可是一码归一码，你不容易，干吗对我凶啊。

上学期，她那玄幻小说写到两万多字的时候，中断了。在她妈疾风暴雨的威逼下，她只得一面敷衍着妈，一面用零碎时间写点小东西。寒假里，才又继续。转入这学期，杨尊那个大惊小怪的讨厌的妈，为一点小破事，找到她的妈一顿声讨，气得她跟杨尊大吵一架，闹出一场风波，风波之下她能有啥好日子过？直到三月下旬，才又偷偷摸摸继续写。

这个玄幻小说，是一个除妖故事。在苗知禾，这是她迄今构思出来的最荡气回肠的故事，她笔下的主人公，最终要对决的最厉害、最可怕的妖怪，是他的亲生母亲。而在跟亲生母亲对决之前，他还要斩除一串串大小妖怪，包括他的妖怪兄长；他更要面对一个天大的哲学难题：他是谁？如果他最终要斩除的王牌老妖，是他的生母，那么他自己，不也有妖的血统？不就是半人半妖？而他这个半人半妖，该不该亲手拿掉自己亲妈的性命？

清明节后，她的故事正推进到了一个关键阶段，主人公即将与妖怪兄长遭遇。兄弟俩首战的惨烈场面，在苗知禾脑子里，画卷一样清晰，广袤荒原，残阳如血，阴风乍起，百兽奔逃，主人公和他的妖怪哥哥，一个一身白，一个全身黑，各自提刀，肃穆相对。这个扣人心弦的画面召唤着她，写呀，快写呀！

她当然想快写了，她的读者也在催她快写快更新。连日来，下午放了学，她总是一溜烟往家跑，来不及等欧阳采采一道。她要趁着妈下班到家之前，抓紧写一两段。

是日，朗朗地出了太阳。回家路上，苗知禾一抬头，但见太阳西沉到高楼后面去了，湛蓝如洗的空中，大团大团的云朵，一朵比一朵透亮，仿佛空中有双看不见的手，在擦磨它们，擦得亮亮的，亮成了玉。快到家时，仰头再看，云朵们牵牵连连到西天，挨近西沉的夕阳，像是跌进了颜料盒子，浅红、酡红、橘色、紫色，甚而还有，乌蓝色，五彩斑斓的，那叫一个热闹！

这么美妙的景象，她却舍不得花时间流连观瞻，急急进了院门，进了家，躲进房间帘子后，摸出手机开写。正写得飞沙走石，听见她妈进门的声音，连忙把手机丢过一边。丢过了一边，心里还惦记着，吃饭也吃得食不甘味。

要是上个学期，她吃饭时想心事也要被妈说。她妈好似突然开了天眼，她一点点“不正常”都会被她捕捉到。到了这学期，谢天谢地，平时她妈说她吼她的次数要少些了，次数少，不是她妈不爱管她了，而是她妈一门心思要换份工作。元旦节过后，她妈见天地，看招聘广告，打电话咨询，还出去面试。但始终没把这事搞定。苗知禾恨不得妈这份工作永远换不定，永远忙乎去吧。可是换不定也不好，她妈心情不爽，又要拿她磨牙。

可不就是，稍晚，她父亲收工回到家，苗知禾即从自己屋里蹿出来，跟爸黏糊一阵，说说话。话没说两三句，她妈从厨房出来，脸一沉，喊她回房间做作业。苗知禾不理，她妈嗓门往上一提，再喊。苗知禾恼道：“不用你喊！”

“不用我喊？那你考试给我考好点哪！”

“你说话有点新意行不？”

她妈不管什么新意不新意：“马上四月份的月考就来了，这是期中考试，你要是考不好，什么后果你自己清楚！”

苗知禾差点就大喊：“拜托了，你别管我了，让我自生自灭吧！”

没喊出来，眼泪崩了盘。也不知咋的，眼泪簌簌飞流直下。她妈铁石心肠吼：“哭什么哭！你还有理了！你这段时间装着在学习，其实磨洋工，你以为我看不出你那些小把戏！”

她爸忙出来打圆场，和稀泥，把妈劝开，又对苗知禾说些安抚的话。那些话在苗知禾听来，一点意义都没有。她抹着眼泪，特想冲爸一通发泄：你有点立场行不行？要不就帮我，要不就帮她，稀罕你两头说好话！却看到爸的一张笑脸，这脸上，皱纹都那么多、那么显眼了，鬓角都有白头发了，这张脸笑着笑着，打了个大呵欠。

她奶奶递给她一条毛巾，说：“女子，你学习上就攒点劲嘛，免得你妈老说你。”

苗知禾攥着毛巾，没擦眼泪，也没再哭了。要不，她真的，离家出走吧。

客厅里，电视机开着，奶奶进了厨房，给爸热饭热菜，爷爷在小阳台上，不知在摆弄什么，哐当哐当的。她妈不知去了哪儿，她爸呢，坐在沙发上等饭，靠着沙发背，脑袋一栽一栽的，盹着了。

43

转天，到了中午，苗知禾低落情绪没清零，午饭不想回家吃，独自出了校门，向与家相反的方向拐过去，闷头往前走。

要去哪儿，她没谱。穿街过巷走了一阵，来到紫荆大道。

紫荆大道是一条宽绰八车道，路面宽，人行道也宽。街道两边，充满设计感的富丽堂皇的写字楼、综合体、商业大厦，一幢挨一幢；这些楼的楼体，或玻璃幕墙，或大理石墙面，傲然矗立着，俯视脚下世界。人行道上，装饰以壮硕行道树和绵长鲜花带，又有休闲长椅和木条长凳，钉牢在地砖上。

中午时分，那些长椅和长凳上，坐满了小憩的人，有喝东西的，有吃东西的，有打电话的，有说笑的，也有发呆的。行人来来去去，车辆穿梭不停，阳光一会儿暗，一会儿亮，亮起来时，街上奔跑的车辆和两边楼体的玻璃幕墙，便闪烁出嚣张光芒。

这世界，处处一派雷打不动的繁华与忙碌，并浮出一层雾气般的祥和气息。苗知禾半低着头往前走，感觉自己像一只孤单的犁，在这片莫名其妙的祥和中，犁出一道深深的黯然印辙。

前面支出一条小街，她走进去，想找个小吃摊买点吃食填肚子。一路走到头，没找到中意摊铺，拐进下一条小街。走了两步，她不由纳罕起来，这小街居然僻静得像条荒街，也没有开门的店铺，也没有行人，街道弯曲，像被遗弃在紫荆大道背面的一截废肠子。想着要退回去，就听见一种古怪声音，说不清是种啥声音，她又往前走了几步，猛然看到了几个人。有事情！

前面不远处，几个学生模样的人围成一团，不是围着，是两个男生在推搡另一男生，被推搡的那个，是谷励啊！旁边还站着个女生，那不是林逐月么！

但推搡谷励的那两男生，苗知禾不认识。

她愣怔着，下意识掉转脚尖，欲撤未撤之间，又伸脖子看了一眼。这一看，就跟林逐月瞟过来的目光对上了。

林逐月嘴角一咧，把一个古怪轻慢的笑，隔空飞给她。苗知禾又是一愣。这时候，那两个推搡谷励的男生停下了动作，向她转过头来，其中一个冲她喊了一声："喂，你！"

跑还是不跑？刹那间，脑子里挤进一连串问题：那两个男生是谁？他们跟林逐月啥关系？跟谷励啥关系？为啥推搡谷励？看他们动作，可不是什么亲热友好的表示。谷励招惹了他们？谷励这种人会招惹谁呢，在班上话都很少说，跟谁都不亲近。脑子里忙碌不停时，苗知禾的眼睛，又跟谷励的目光对上了。

正午日头下，谷励鼻梁上的黑框镜片，反射出纷纷乱乱的碎光。

事后回想，苗知禾也想不清，她是如何从谷励乱光闪闪的镜片中，看到他的眼神的，那眼神里，有狼狈，有惊恐，更有一种失去抵抗、任人宰割的听天由命。

她笔下的除妖主人公，忽地就从她脑门下，冒了出来。

那头，那个冲她喂的男生，又冲她招手。苗知禾吸一口气，也不知哪儿来的勇气，一步一步，竟就走了过去。走到离他们几步远的地方，站住。

林逐月先开了口："姓苗的，想去告密么？"

苗知禾赶紧摇头，摇完头，指指谷励，问林逐月：“他得罪你们了？”

那两个男生喔喔笑了起来，笑得怪腔怪调。林逐月似笑非笑，“是啊，他得罪我了。喊他他不理，当我是空气。”眼睛一瞟谷励，“一个小四眼儿，算老几？有啥不得了的？一副吃不完要不完的德行。今天他走背运，撞上我们了，姑奶奶要给他点儿教训。”

“他可能是没听见吧。”

“没听见？”林逐月嘴巴一扯，笑了一下，“耳朵废了？既然废了，就该修理修理。”

“他不是故意的！”

“狗屎！”林逐月口气凶了起来，“你咋知道他不是故意的？是不是故意的他都叫我不高兴了，就得挨修理！”

“你们这是欺负人！”情知这话要招祸，苗知禾还是说了出来。吃够了她妈霸道的苦头，看到霸道的事情，她忍不住。

“嗬！”林逐月脸上风云突变，“要你来管闲事！我看你是皮子痒找打吧！”

一边说，一边向苗知禾靠过来。

苗知禾头皮一炸，大喊一声：“采采！欧阳采采你们过来呀！”

喊的同时，倏地转身开跑。

一个劲儿跑，跑跑跑，跑得耳边呼呼生风。跑到了紫荆大道，人多了，路宽了，方觉安全些个。回头看看，并无人追来。

她放慢脚步，大口喘气。那拨人会不会在前面某个地方恭候她？林逐月在跟什么人混哪！那两个男生，看着也不高壮，他们是什么人呢？他们要把谷励怎么样？她要不要找谁来，解救解救谷励？找谁？本能地，不想找老师。那还有谁？警察叔叔？欧阳采采？中午待在学校不回家的同学？这些同学谁有本事替人两肋插刀啊。

算了，她跟谷励又没交情。可心里毕竟放不下，放不下又能咋样呢，缩到街边，闷头坐下。

眼前的行道树，她不认识是啥树，枝繁叶茂的，一阵风来，从树冠上飘落几片叶子，再一阵风来，又飘落几片叶子。是去岁秋冬未落尽的老叶。这些叶子死了，也就自由了。她一时有些发呆，呆呆抬起头，一架银灰色飞机，在云翳中缓缓地、稳稳地移动，稳得来，像是满肚子小心翼翼。忽又出现一只飞鸟，慌慌张张在她眼前飞过，再一看，不见了。风突然来了劲，呜地一叫，一抽，把一粒沙子，端端送进她的眼睛。苗知禾揉眼睛的当儿，一个身影进入她的视线，她心里呀一声，嗓子里冲出一声喊："喂！"

正默然往前走的谷励，闻声站住，向她侧过脸，脸上却没任何表情，对她视而不见，头一转，又一声不吭往前走了。

呵！呵呵！这是什么个意思？苗知禾四面一望，没看到林逐月那拨人。这是啥意思呀！

44

谷励不是有意冷淡苗知禾，而是，他还没从刚才的事情里摆脱出来。

今天是他父亲的生日。昨天他爸给他打来电话，说儿子，明天中午我们一起吃个饭？他回绝了。他爸又说：那后天中午吃？他还是回绝。

他不是第一次这么做，回绝他爸，让爸失望，为何要这样，他说不清。

他也不是烦他爸，也不是不烦；也不是恨他爸，也不是不恨。真的说不清。小时候，他爱跟父亲玩，他爸是个好玩的人，一张圆脸，皮肤细白，爱跟他打闹，愿意陪他做游戏，每当爸捉住他，在他脸蛋上一亲一咬，他就能闻到爸口腔里轻微的酸味。有时他跟爸玩得疯起来，扯爸的耳朵，踢爸的肚子，他爸嘻嘻哈哈地从来不恼，倒是他妈，要呵斥他。

曾经一度，他心里恼恨他妈，恼恨得心潮起伏。再往后，他对他们两个都恨。

他被辜负了！他清清楚楚记得，自己四岁到七岁生日，年年一个心愿：爸爸妈妈不要怄气，爸爸妈妈相亲相爱。只要他们和平相处，他愿意满足他们的任何要求和期待。他是尽了力的，自觉自愿做个乖孩子，想方设法逗他们开心。又怎样呢，他七岁过了不多久，他们还是铁青着脸离了婚，他爸被他妈从这个家里，坚决地删除了。

春去秋来，寒暑更替，他是死了心，他爸是不可能再回到这个家来了。不知啥时候起，再看到他妈愁眉苦脸，听到她长吁短叹，他就开始烦了。天知道，他越不愿听他妈说话，他的妈越是爱抱怨。

他爸又结了婚。爱结不结，跟他有啥关系。他爸再婚之前，他见到他爸，已不觉得亲了，比不亲还糟，有时他脑子里弹出父母当年争吵的画面，他爸的神情、言语、身体姿势和动作，让他觉得，还真是他妈说的那种，没自尊，没脸皮，令人生厌。

他不想见到他。

正如很多时候，他不想跟妈面对面。

他是不是真有点没心没肺？他不知道。没心情想这问题。

上午课毕，他没去学校食堂吃午饭，打算到银茂中心的肯德基店吃个肯德基，然后逛逛书店。谁知，刚走到紫荆大道，就被人把住了肩膀。

林逐月那伙人，是把他挟持到那条小街的。两个他不认识的小子，一左一右勾住他的肩，说走吧。他们是谁？要干吗？他挣不脱他们。那两个不比他高的男孩身上，有股让他陌生又害怕的气息。林逐月两手抄在裤袋里，一路走，一路吹口哨。昏头昏脑中，他们把他掠到荒僻处，他惊讶自己咋就没个反抗，竟容许自己被劫持时，他们开始推搡他了，两个男生，把他当皮球似的，推过来，搡过去。他当然要恼，喊一声："你们干吗！"

两个男生和林逐月，一齐吱吱笑了。林逐月把胳膊往胸前一抱，"咋了？姑奶奶看不惯你，就要灭你，你不服气？"

姑奶奶三个字，让他好不震惊，感到害怕，想不到他没正眼看过的林逐月，这般凶神恶煞。那两个男生，嬉皮笑脸地推他，推他不足，还踢他，踢他不足，还把脸凑近他："牛逼啊！再牛一个来看看！"

他敢怒不敢喊，敢怒不敢动。他们会不会把他打死？打死就打死吧，死了，就不用成天郁闷了。他一记一记吃痛，猛地恐慌起来，真被打死了，就活不过来了呀。又是一个想不到，苗知禾突然出现了。

这天中午的事情，就好似一幕戏。是苗知禾救了他。她那一喊，一跑，让他受到的围攻中断了。苗知禾跑掉后，林逐月他们几个，又推了他两把，摇摇摆摆走掉了。

事情来得太突然，事情又去得太突然。他整个人都是蒙的。

下午最后一堂课结束，他发了个短信给苗知禾，“明天中午请你吃肯德基。”

发完，拎上书包出教室。还没走出校门，苗知禾追了上来，“喂！”

他眼睛看向前方，说：“谢谢。”

苗知禾一面随他步子走，一面问：“中午的事情，你不告诉于老师么？”

“中午啥事情？”

苗知禾挑眉鼓眼看他一眼，说：“好吧。”

他没跟老师也没跟家长说这个事情，看来是做对了。次日上午头一节课之后，林逐月走过他身边，说了两个字：“识相。”

他明白，因他没报告老师，林逐月算是放过了他。问题是，他究竟做了什么把林逐月招惹到了？他不会去问她的，离她越远越好。

中午，他该履约请苗知禾吃肯德基。他往紫荆大道走去的路上，苗知禾赶了上来，喊着他说：“哎！你咋不等我一块儿走啊？”

他没说话。

“真请我吃肯德基啊？”

“请。”

苗知禾走路，带一点弹跳。苗知禾说：“要是晚上我妈问我谁请我吃饭，我说是你，我妈肯定不信，肯定要问我为什么，我咋说呢？”

那是你的事情。他没把这话说出口，说的是：“你妈管你这么严？”

“我运气好嘛，”苗知禾的眼睛向上一翻，“遇到个天下无双的老妈。”

苗知禾告诉他，昨天她没回家吃中饭，撒谎又没撒圆，晚上挨了她妈一顿臭训。她妈管她，那可是废寝忘食，只争朝夕，不遗余力，不顾一切，眉毛胡子一把抓，周而复始无止境。

谷励不由得笑了。

他大方地点了一个鸡翅桶，汉堡、薯条、可乐各两份。苗知禾两眼发光，说太好了，爽呀！一连啃了三个鸡翅，边啃边说，她好久没吃肯德基了，好久没喝饮料了，今天就当过节。他问为啥？苗知禾说：“我要省下钱买流量。”

把为何要买流量的事情告诉他。

做同学这么长时间，他不是没跟苗知禾说过话，但这一次，感觉不一样，苗知禾说话，让他感到挺有意思的。他问：“你妈把网停了，那老师布置的要在网上完成的作业，你咋做？”

“是啊！”苗知禾咬一口鸡翅，嚼两下，说，“我就是这样跟我妈说的啊，我妈就让我爸把电脑搬到客厅，我要上网，非得在他们眼皮子底下。我也是服了，”做个怪相，“一条小命，都快被我妈捏死了。”

说得他又笑了。苗知禾说呀说呀，她说了那么多的话，竟不叫他觉着烦。“你很厉害的。”他说。

“啊？啥厉害？”

他想说，你妈那样压你，你还谈笑风生的。又不想说了。

他说：“以后你买流量缺钱的话，找我。”

“啊？”

“我借给你。”

苗知禾眼睛一转，又一转，“为啥？”

他该咋说呢，没想好咋说，苗知禾摇摇头，“算了。”

这回，“为啥”两个字从他嘴里蹦了出来，他说：“我又不催你还。现在就可以借，你想要多少？”

苗知禾踌躇着，喝可乐，咬薯条，最后还是摇了摇头，“我妈说过，不要轻易跟人借钱。自己有多少，花多少，没有就不花。”

他扑哧一下，又笑了。苗知禾凑向他，夸张地“嘿嘿嘿”三下，说：“你会笑的嘛，以前咋那么严肃？又不说，又不笑，我还当你是机器人呢。”

他没介意苗知禾的取笑，继续笑。苗知禾问他笑啥？他说：“你烦不烦你妈？”

“烦哪，烦得我吐血。”

“那你还把你妈的话当圣旨？”

说得苗知禾愣一下，愣完，笑了，笑罢，说：“也不是当圣旨，我妈这话，还是有道理的。”

他俩互相看看，一齐笑了。

45

陆枕涛是上学期接近期末的时候，发觉自己容易走神的。

那时候他没太在意。彼时他仍处在一种类似轻微晕眩的状态中，也不是晕眩，是有点飘；也不是飘，是有点魂不守舍；也不是魂不守舍，而是对自己感到奇怪，他居然真的跟画笔画板一刀两断了，断了之后，天也没塌，他也没死，末日也没降临。一切都在照常运转。

在班上，他依然跟同学有说有笑。班上那么多同学，每天总有些好玩的事、吸引注意力的事；每天跟同学们一道，上课下课，上学放学，讲讲话，斗斗嘴，打闹一下，就好似，置身一条平稳的河流中。浪舒浪卷，云起云落，日子就这么过下来了。

有一次陈黛眉问起他的画，问他有没有新画作？他说没有。陈黛眉跟着问，没画吗？是你妈不让你画了吧？他回说："我自己不想画了。"陈黛眉问为啥呢，他说："不为啥。"

他已经不画了，有啥好说的呢。

既然他妈那么渴望他拼死学习，他就学吧，就当把这几年抵押给她了，就当为了她高兴。

他是该让妈高兴的。他妈一个人抚养他，多少年了，他父亲始终不曾露个面，也不知人在哪里，也不知，有没有按时把他的抚养费打给他妈。他估计是没有的，不然他妈怎么过得那么省？

他曾想过，以后长大了，要挣很多钱，孝敬自己的妈。

好吧，学习吧。

奇怪的是，他安了心想用功，脑子竟不给力了。作业越做越慢，不知不觉就走神。说不清在想啥，似乎啥也没想，又似乎，脑子里闪闪烁烁地，在构图、造型、调色、涂抹，要么，在生气。生自己的气，气自己什么呢？又感到难过，难过得不明不白，昏头涨脑。

到了这学期，走神的情形严重了。陆枕涛不敢再在脑子里画盲画，狠狠责备自己。骂了自己，批了自己，照样管不住自己。

心烦意乱中，他喝冰水，抓冰块，想冰镇自己，却没冰镇住。

走神的后果，不单是做作业慢，学习没效率，关键还是考试成绩上不去，上不去不说，更为可怕的是，成绩随时可能滑坡，塌方。尽管，他妈不像上学期前半段那样，天天对他扬鞭，催他奋进，每考一次试，重敲他一记；但他咋能不清楚，他妈最关切最在乎的主题没变，依然是他的学习，他的考试。

他问欧阳采采，问她学习时是怎么集中注意力的。

这学期开初，全班座位来了一次大调换，他换到了欧阳采采的身后。

欧阳采采疑惑地“啊”一下之后，笑说：“你问了一个没法回答的问题。那我问你，一加一为啥等于二？”

陆枕涛笑起来，说这个问题跟他说的那个问题，不是同一类问题。两人你来我往地争辩，说得兴起时，欧阳采采又问起他画画的事，为啥不画了呀？

这事欧阳采采问过他的，当时他回的是：“不说这个了吧。”此时，欧阳采采再次问起，他仍不想说的，却又改了主意，简略跟她说了。欧阳采采大为不解，说：“你妈妈为啥那么反对你画画？”

他也想知道为什么。是，他妈说过理由，但那些理由在他听来，不说强词夺理，也差不多了。然而他掰不过他的妈。

欧阳采采叹气，叹完气，说：“你妈妈是不是有什么心理阴影啊？”

他听得笑了，哈哈哈，嘿嘿嘿。

采采又说：“你别灰心啊。画画的事，以后吧，只要大难不死，对吧！”

“大难不死”几个字，让陆枕涛又哈哈笑起来。

他们班上，每周有班会，每次班会上，各小组要推选一名组员，上讲台向全班推介一本书。采采提议下次班会上，他去推介一本绘画方面的书。采采说，可以推荐一下高居翰的《图说中国绘画史》呀。采采竟然知道高居翰和他的书，陆枕涛意外极了，又高兴极了。采采说，她妈妈书架上有那本书。随后，采采又说到他的妈，采采说，你妈肯定是心疼你的，只是她不懂你，对待你的方式不对。

他领采采的情。

白天在学校里，上课，做题，都还好，可是回到家，晚上往书桌前一坐，他的注意力就不老实了。有时候，欧阳采采白天跟他说过的那些话，会在他脑子里自动播放，播完一遍，重播一遍。有时候，他一心做着题，做着做着却发现，心里在给欧阳采采勾画像，勾了采采的像，又勾其他人的像。他的注意力好像一团活泥鳅，咋抓抓不牢，盘不定。他甩脑袋，揉眼睛，深吸气，盯着作业，可做题速度慢得像乌龟爬。

他妈对他的态度变了，他对妈的态度也变了，好像他俩调了个个儿。他对妈的不耐烦渐渐按压不住，变得张牙舞爪，他妈竟不像过去那样，听不得他冒犯，也不厉声说他，也不要他道歉了。妈这样的姿态，愈发让陆枕涛不自在，不自在中，掺和着惭愧，惭愧中，充塞着烦乱。心里面，如同塞着七歪八倒的乱草，还隐隐的，危机四伏。

四月中旬，有一次数学小测验。虽是小测验，陆枕涛仍不免紧张。考试头天，欧阳采采宽慰他，叫他不要紧张，“你就当平时做作业呗。”

“我感觉像过鬼门关。”

“放心吧，鬼没有那么勤快，不会动不动跑出来吓人。”

陆枕涛听得大笑，笑了又笑，笑了又笑。采采说：“你疯了呀？”

晚饭后，还没进自己房间，他就预感自己要走神。当他发现注意力果然走失时，他傻子似的，自己嘿嘿嘿，嘿嘿嘿，笑了好一阵。笑罢，又想哭。

小测验成绩出来，他的分数很不好看。拿着这个分数，想到他妈这么长时间忍着没对他发脾气，陆枕涛忽觉头皮发麻，这下，他妈蓄积已久的火气，要对他集中爆发了。好吧，来吧，他早就等着挨这一刀了。

这日天气也不好，阴云低垂，摇摇欲坠，坠又坠不下来，悬在半空中。放学后回到家，陆枕涛直接进了自己房间，房门一关，锁一拧，把自己反锁在了屋里。

他坐在地上，背靠着桌子腿儿，听到外婆敲他的门。他不应答。

后来，他妈下班回来了，也来敲他的门。他仍不吱声。

窗外，天色咕咚一下，黑了下来。他妈在门外说话，说几句，敲敲门，问几句，再敲敲门。他提起嗓子说："不要敲了，不、要、敲、了！我没考好，今晚不吃饭！"

他听到，他妈央求着，要他开门。他想着他妈就要光火了，就要光火了，却是没有，他妈走开了。

过了不知多久，他妈又来了，他妈在门外说："考得不好，也要吃饭哪。"

他妈又说了些什么，他听着，但啥都没听见。他的思绪，滑进了茫茫大雾中。

恍惚间，他妈的声音破雾而来，他妈喊："枕涛！儿子！儿子！"

就是这两声儿子，他眼眶一松，嗓子一热，涕泗滂沱。

46

新的一个礼拜，林逐月换到了欧阳采采身边的座位。

林逐月换过来前，采采听苗知禾说了林逐月率人围攻谷励的事。原因未解。林逐月伙同的两个男生是什么人，也是个谜。苗知禾说，他们不像熙和中学的，也没穿校服，不知哪所学校的。

这个事，苗知禾说谷励不想跟旁人提，包括老师。采采猜测谷励是想以自己的方式解决问题——如果他和林逐月之间真有什么过节的话。她不认为谷励是对班主任有何不满，于老师在班上，很受同学喜爱的，上课上得好，讲话不啰唆，待同学像平辈人，又得民心，又有威望。不过呢，老师亲民归亲民，他们做学生的，到底不是件件事情都愿意让老师知道。用苗知禾的话说，这叫各有各的空间。

谷励那人，确实性子怪，是采采见过的最别扭的人，仿佛安了心，要做个孤魂野鬼。但采采对此没啥意见，他有权利怪嘛，只要不妨碍别人。

林逐月就不一样了。上学期，采采跟林逐月交道不多，只觉得她说话有点凶巴巴，脾气大。这学期，采采做了副班长，跟班长一块儿，组织班会和活动的时候，林逐月压根不买账，让她做一回书籍推介主讲人，她说没啥可推介的，“别烦我”；让她参与活动，她不肯恩赐兴趣，“小儿科”。至于她频频违规，诸如迟到，不完成作业，乃至旷课，班干部是不敢管她的，谁管谁挨她的骂，反正她不怕受处罚，也不怕老师找家长。

采采不清楚林逐月怎么想的，她就不怕被学校开除么？

林逐月坐过来的第一天，是礼拜一。一早升完旗，回教室归座位，林逐月乜斜着眼对采采道：“提醒你，不许打我的小报告。”

“谢谢你的提醒，”采采说，“该怎么做我自己知道。”

“识相就好。”

这话让采采听得不舒服，想抗议，忍耐住了。

周二早晨，林逐月走进教室，屁股一沾椅子，即向采采凑过脸来，要借数学作业，“借我看看。”

“借可以，不许抄。”

“让我抄抄呗。”

“我给你讲一遍吧。”

林逐月不屑，“别那么多事，赶快！”手心伸过来。

早自习铃声响了，采采不再说话，也没把数学习题本给她。林逐月小声对她说：“你给我记着！”

采采当没听到。

整个早自习，林逐月趴在桌上赶作业。采采瞄了一眼，她的作业不是没做，是没做完，英语没做完，数学没做完。林逐月先把英语作业对付完了，接着啃数学作业。早自习下课铃响，她仍没啃完。采采转向她，“要不要我给你讲一下啊？”

“去一边儿去！”

采采笑了，伸胳膊搂了搂林逐月的肩，“不要那么大脾气，我很快给你讲一讲，不费时间的。”

林逐月没说好，也没说不好，眼睛斜一斜，眉毛挑一挑，却没再说狠硬话。采采拿出自己的草稿本，把林逐月的习题册拖到两人中间，把上面空着的两道题给她讲了一遍。

上午课毕，采采和苗知禾一道回家。刚出校门，只见走在前面的林逐月，一径走向站在街边的一个中年男子，那男子身穿浅啡色夹克，牛仔裤，短筒马丁靴，头发中长。下午返回教室，采采问林逐月，中午那人是你爸爸吧？

“干吗？”林逐月把眼睛一瞪。

采采一言不发，转回脸，不理她了。少时，林逐月“欸”了一下，采采仍不理，林逐月再“欸”一下，“咋不理我了？”

“你好好说话我就理你。”

林逐月“嗤”一下，“你挺有脾气的啊。”

采采笑道："是你脾气大好不好？"

林逐月挑衅的口气："不可以啊？"

"可以。"采采再次转回脸，不说话了。

一堂课后，林逐月主动说："那个男的是我爸。"

采采"哦"一声。

林逐月："他来找我吃饭。昨天中午他也来了，上周也来过。他是在讨好我。"

"你这么想？"

这一句问，让林逐月不高兴了："你啥意思？"

采采眨眨眼睛："我的意思就是刚才那个问题，你觉得你爸爸在讨好你？"

"不然他一次二次三次地，跑来请我吃饭干吗？"

"他是你爸爸啊。"

"那他以前死哪儿去了？"

"他以前从没有来看过你？"

"那倒不是。"

林逐月噘起嘴，要说什么又无从说起的表情，"算了不说了。"

不知是不是她父亲给她做了什么工作，上周开始，林逐月没有再犯纪律，作业也都做完了交。于老师在班上表扬了林逐月。表扬的时候，采采冲林逐月笑，林逐月只撇撇嘴。

不管怎么说，对采采，林逐月明显有了几分客气。虽不是说话再不带刺，但确实不那么冲那么凶了。苗知禾见林逐月跟采采说得着，让采采得便时问问林逐月，谷励究竟哪里得罪了她。

采采看出，苗知禾最近跟谷励挺说得着的。谷励像是孤魂野鬼当够了，有意按下云头，到凡间交个朋友。苗知禾原是跟采采话最多的，这些日子却时不时撂下采采，去跟谷励凑合。采采也不嫉妒，既然苗知禾有求，她便答应下来。

下一天，课间与林逐月说话时，采采问到了这个问题。林逐月脸色一变，“你咋知道这个事的？”采采说，苗知禾说的，林逐月马上问：“还有谁知道？你们想干吗？”采采说，就我们几个知道，我们也不想干吗，“我想，谷励是想搞清楚他哪里冒犯你了，也许他想解释一下，把事情说清楚，大家还做好同学。”

林逐月的神情，好像采采，连同不在眼前的谷励、苗知禾都是一干神经有毛病的人，“我那天不是跟他说清楚了么，就因为我喊他他不理我。”

“就为这个？”

“就为这个。”

“你喊他有啥事么？”

“记不得了。”

“那……”

林逐月手一挥，“都过去多少天的事情了还翻出来说，没劲。”

“那你对谷励没意见了？”

林逐月好笑地看着采采，“叽叽歪歪的真烦人。”

“我可没叽叽歪歪。”采采想了想，又问，“那天跟你在一起的两个男生是哪儿的？”

“干吗？”

采采听她语气不善，便耸耸肩，不再多说。

47

那两个男生是哪儿的?

他们是另一所中学的学生。其中一个叫沈默，是林逐月小学同学。小学四年级时候，沈默被林逐月打过。那时候的沈默，成天神经兮兮的，爱接别人话茬，爱编些鬼都不信的故事，说他被绑架过，给什么人塞进了一条麻袋；说他在一座荒岛上独自待过一周，吃野果，逮野兔，还杀了一匹狼；说他识别草药，会观星象，看到过宇宙黑洞，还差点坐上宇宙飞船呢。宇宙飞船没坐上，但他坐上了游轮。那艘在他嘴里四处驰骋的游轮，载着他到过日本、美国、英国、埃及、澳大利亚……七大洲，四大洋，没有他没去过的。

说这些不着四六的玄话时，沈默永远一脸郑重，别人哄笑也好，抢白也好，当面揭穿他也罢，啥都阻挡不了他。他遇难不退，受压不屈，顶着周遭的嘈杂，顽强继续，好像冒到喉咙眼的话不能够被咽回去。

有一次林逐月跟一个女生说话时，沈默挨过来，插她们的话，林逐月话不多说，只管一胳膊肘撞出去，沈默踉跄后退，未及站定，又要开说，林逐月当即赠送他一顿踢打。

沈默却也不告状，不记仇。

去年秋冬之交一个无聊中午，林逐月在紫荆大道那边胡乱闲逛时，不期然遇到数月不见的沈默。沈默跟同学李星野在一起，林逐月也就认识了李星野。

第一次见面，林逐月对李星野没啥兴趣，那家伙像个半哑巴，除了“哦”“嗯”，嘴里没两句话。林逐月不耐烦，一挥手，走开了。

他俩来找她，是一周多后。也是一个无聊的中午，两人跑来她学校门口，发短信召唤她。不久后，他们又来过一次。再后来，她也去他们学校找过他们。按林逐月理想，这俩家伙其实算不上称心玩伴，尽管沈默不像小学时期那么神经，话那么多，终归还是神道道的，李星野相反，多数时候无话。这两人的组合有点奇怪。对林逐月而言，他二人再不理想，也比班上那些同学对她胃口。

她和他们一块儿，骑车闲逛，吃肯德基麦当劳，打电玩。一来二去玩熟之后，林逐月只恨不能日日跟他俩裹在一起玩。却没等她这遗憾膨胀发酵，她跟李星野打了一架。

李星野那家伙，暴躁起来简直赶超她林逐月。那是上学期期末的一个周六，他们三人骑车一路向东，出二环，出了三环，闯到一片静寂商务区。十来幢崭新写字楼默立在那，处处锃光发亮，却不见几个人，有些楼看着，好似修成之后就没开过封，一无灯，二无声，犹如鬼楼。他们甩开单车，呼呼喝喝玩了一阵，说话间，李星野说起他曾喝过自己的尿，“味道像啤酒，不信你们自己喝。”林逐月问他为何要喝尿，李星野却不肯回答，林逐月推他一记，“讲啊！”李星野变脸，“推我干吗！”“就推！”又一掌推去，秒吃李星野回敬的一拳。林逐月大怒，一跳而起，跟李星野打作一团。

转瞬三五个回合，林逐月一不留神，被李星野摔倒在地。她一倒即起，李星野却扭身要走，不打了。林逐月安肯罢休，待要追过去打，被沈默拽住。她转而踢打沈默。沈默简直是头猪，被她打得龇牙咧嘴直哼哼，就是不还手。

那场打，终结了他们的往来。直到这学期开学，进入三月，他俩才又跑来找她。在他们断交的日子里，林逐月多少次，在心里把李星野骂了个底朝天，骂了李星野，再骂沈默，骂完又发誓，发誓以后只要见到他俩，必定拳脚相送。不想，当他们踏着自行车，再次出现在她校门外，她眼睛一瞄见他们，霎时就笑了。

他俩帮她收拾了一顿谷励，其实就是个玩儿。

接下来，她爸频频来找她了，又是带她吃饭，又是带她坐咖啡馆，大异于从前。林逐月当然明白爸所为何来，骤然见到爸的第一天，她翻翻眼睛说："是她叫你来的吧？你是不是要领我走？不领的话，没啥可说的。"

"带你去吃饭，想吃什么？"

吃饭时，她爸只把些闲话来问她，渐渐说到她妈，林逐月不爱听，不理也不答。不多会儿，她爸又说到她妈，林逐月握紧筷子，"你要再说她，我走人。"

对这个她从来不曾有过熟悉感的爸，林逐月没啥好感受。以往见到他，之所以还对他表示亲热，纯粹是为了气她妈。不过老实说，比起她妈，她爸多少要让她感到愉快些。

她爸第三次来找她，带她去了一间咖啡馆。她点了一盘卤汁排骨饭，一份甜点，喝了一杯果汁，又要了一份冰激凌。冰激凌吃完，再要一杯咖啡。

她要什么，她爸给她点什么。她吃喝的当儿，她爸抽烟，一面给她讲他最近忙的事。林逐月根本懒得听。少在我面前显摆，心里说，你多不得了啊，地球都是你推着转的，关我屁事。

吃完喝完，她抹嘴要走。"再坐会儿，"她爸说。她心知爸要教育她，饭不是白给她吃的，她这个难得一见的爸，不是白在她身上花时间的，可她偏不想听任何训导。见爸的烟抽得一支接一支，林逐月肚里一股戾气一翻，掌心朝天伸向爸，“给我一支。”

意外的是，她爸倒没惊诧，也没变脸作色，却是呛了口烟似的，咳两下，笑一下，问：“你会抽烟？”

“跟你学。”

她爸伸出一只手拿住她的手，叫了声她的小名，不知是感叹，还是无奈地说：“你比你爸当年还叛逆啊。”

林逐月把自己的手抽回来。心说，要你碰我！

不过次日，李星野约她去打电玩，她没去。

那天，她爸跟她说了一席话，那些话，她先是没怎么听的，后来，似听非听听了几句，磨皮擦痒又听了几句。但离开爸之后，她爸说的那些听着好像很漂亮的句子，她几乎一句也记不完整，仅有三两句大概记得，她爸说：“那些不好的冲动和情绪冒出来的时候，你试一试，不要听凭它们摆布，你试着跟它们做一做切割，保持点冷静，行吗？”她鼻嘴喷冷气，“我干吗要冷静？对我有什么好处？”她爸：“你不去试，怎么知道有没有好处？”她没好气：“咋试？”她爸说了一些办法，建议她寻找适合自己的办法。废话屁话，她心说，真没劲。懒得再问“啥叫不好的冲动和情绪”。

周五傍晚，她爸把她带到了一个聚会上。林逐月不明白爸为何把她带到那么个场合，一帮子男女，坐在那里吃吃喝喝，吱吱哇哇，无聊废话说了一轮又一轮，一个赛一个像神经病。林逐月惊讶这帮一把年纪的成年人，无聊话说那样起劲，催她爸走，她爸不抬屁股，那些人呢，假意说几句关切她的话，又自顾说成一团。她要自己走，她爸则让她等会儿，再等会儿。她以为是要让她等着见他女朋友，在座的三个女人，她看出都不是爸的女友。可是等了又等，等了又等，最后也没等到她想瞄一眼的人。感觉上了个当，气得她差点发作。

转入下一周，她发短信给李星野，约他俩见面，却意外得知，沈默被他爹妈管控起来了。沈默父母收回了他中午不回家吃饭的自由，还勒令他每天下午放学后，必须立刻回家。

48

这学期开学不久，发生了与苗知禾的那场风波之后，杨尊过了一段很窝心的日子。

大家都不理他了，他岂能不窝心？他天性热爱皆大欢喜的温暖世界，喜欢被别人喜欢，也愿意看到别人高高兴兴的。他妈要他表现得强大，强硬，难办哪，他如何做得到以一对多地，跟大家伙对抗？莫说对抗，想到被大家划拉到一边，他就难受，一遍遍地，孤独地舔嘴唇。

好在不多久，同学们又跟他正常说笑了。连苗知禾，也跟他恢复了邦交，苗知禾主动对他说："算了，你这家伙，不跟你斗气了。但是我跟你说啊，我不会原谅你的妈！"

杨尊说，他替自己的妈赔礼，"让我去跟你妈妈当面道歉也行的。"

苗知禾看他两眼，"免了吧。"

杨尊说，他真心愿意道歉，只要苗知禾妈妈心里痛快。苗知禾倒笑了，“我说算了就算了，我妈也挺讨厌的。”

杨尊心里感动，一感动，就对苗知禾说：“你妈其实挺好的。”

“屁，”苗知禾说，“你跟我妈又不熟，你了解她什么，从哪儿知道她挺好？乱拍马屁！”

杨尊呵呵呵，嘿嘿嘿，笑得十分卖力。

跟大家恢复了和平关系，杨尊脚底心都感到开心，看谁谁好。甚至林逐月，他也觉得好。林逐月有问题归有问题，但她也有个性，胆子大，全班，乃至全校，她的桀骜独一份。

这一周，林逐月座位换到了杨尊身边。杨尊没有听从妈的告诫，同桌第一天，他就对林逐月说：“我觉得你很潇洒。”

之所以要跟她说这话，一是他妈总说，好话要说出来，要让人听到，不然烂在肚子里，等于白白浪费；再者呢，他真心想跟林逐月友好相处，友好的世界，才是美好的世界。

林逐月的回复是对他眼睛一斜，“啥意思？”

他把刚才那句话重复一遍，招来的回敬是：“神经病，去一边儿去！”

说好话没招来好报，杨尊并不沮丧，好话说了，他心里就舒坦了。第二天，他又对林逐月说：“你这学期有进步的，老师都表扬你了。”

林逐月仍把眼睛一横，还是那句话：“你啥意思？”

杨尊就把林逐月最近进步的表现说给她，相当于重复一遍于老师说过的话，林逐月脸上的神情，又是惊奇，又是不屑，还夹杂着几分好笑，她说：“你倒会管闲事，关你屁事！”

“你有进步是好事呀！”杨尊放低了声调，“你不像龚澄晨底子那么差，你只要用点功，成绩马上会上升的。”

林逐月嘴里“嘶”一下，“我看你神道道的，有病哪？少管我的事。”

可是隔一天，林逐月又主动跟他说话了。课间她打开手机，问他觉得哪种口红颜色鲜，哪种指甲油色泽艳。杨尊回答后，小声问：“你用啊？”

林逐月不遮不掩，回一个“是啊”，啊字声调上扬，扬出几分挑衅和威胁，意思是，不可以啊！

杨尊怎敢说不可以，但看她嘴唇是自然色，指甲光光生生的，也没涂抹个啥。他问：“你啥时候用？”

林逐月瞪他一眼，甩来一句“关你屁事”之后，加了一句，“我爱啥时候用，就啥时候用。”

杨尊发现，林逐月脑子很好用的，她记性好，反应快，只要上课认真听了讲，作业一般难不倒她。英语课上老师讲的句型，地理课上老师讲的坡度计算公式，她记得杠杠的；数学题型，她轻松触类旁通。只不过她爱开小差，经常上着上着课，她就玩起来了，玩手指，玩笔，要么在草稿纸上画时髦女郎。那些昂首叉腰的时髦女子，有的穿皮短裙，马丁靴；有的穿吊带衫，小短裤；有的眼睛倾斜，有的牙齿外露，一律戴着大耳环。

林逐月喜欢带时装杂志到班上看，看手机也主要看时装、化妆品。

与林逐月同桌的那个礼拜，杨尊被妈问过好几次，怎么样啊？那个林逐月，有没有打扰你上课？有没有找你什么麻烦？你们说话没有？说了什么？

要是过去，杨尊看到了什么，想到了什么，都会一五一十说给妈，妈不问他都要说。这回没有。他说给他妈的，全是好话，林逐月还不错；她没有打扰自己上课；她有进步的，老师都表扬她了。

他妈好像不信，却也不深究，“不影响你就好。反正下个周她就移开了。”

和林逐月同桌的最后一天，下午第一堂课后，他没话找话地，问林逐月周末怎么过。林逐月嗤一下，“你想跟我约会？”

杨尊吓一跳，拨浪鼓似的紧摇头，随即又感觉不对，会不会惹林逐月生气？只见林逐月嘻嘻一笑，“想跟我约会你也没门了，我有男朋友了。”

这话，杨尊没把控住，过了几天，还是告诉了他妈。

49

苗知禾发觉，谷励并非想象的那么不好接近。

没错，他的人设是冷傲标杆，学习上称王称霸，对同学不施青睐。可是，一旦他放下架子，跟别人也没啥大不同，他也会腼腆，会笑，有各种细微神情；他同样不喜肥肉，爱喝冷饮；他也养过小动物，养的是一只小鹩哥，病死了；又养了一只麻雀，树下捡到的，受了伤。他说麻雀脾气犟，脑子不拐弯，把它关进笼子，它就生气，不吃不喝一心求死，后来他把它放了。

厉害的是，他读的书很多，阅读面大大超过她苗知禾。那些书他不仅读了，还能复述，不但能复述，还能背诵部分段落，甚至用双语背诵，一段中文，一段英文，那是他读过的双语小说，比如《麦琪的礼物》，比如《伤心咖啡馆之歌》。

苗知禾好生佩服。

以往，别的同学向谷励请教功课，总吃他冷脸，苗知禾却享受到了别样待遇。谷励给她指点之外，还传授给她各种诀窍。他好像特别会讲，一讲苗知禾就懂，也容易记住。

谷励的作业本，苗知禾看过，那作业做得，真叫漂亮，字迹清秀，页面整洁，赏心悦目。哪只是赏心悦目呢，像数学作业，一道题，他会给出不同解法，作业本上写不下，他便添一张纸。

看他把一份作业做到这般登峰造极的程度，苗知禾嘴巴噘起来："你怎么可以这样，你这样让别人咋活呀。"

谷励笑得有些不好意思。

"做这些作业你花了多少时间？天天做作业你觉得有意义吗？"

"有。"

她知道他会这么说，追问啥意义？心说我咋就不觉得。

谷励说："做作业、学习还有看书，可以让你不想别的，心无旁骛，这就是意义。"

苗知禾的学习积极性上涨了些。这一上涨，反而涨出了问题，她要补的功课太多。原先她并非不知道自己欠账多，可欠就欠呗，不管就是了，得过且过。现在，她补是不补？补呢，要花大把时间，还怎么写小说？不补呢，谷励要说她。

谷励的确开始说她了，说她笨，说她不开窍，还说她不长记性。"你咋这么笨，就不知道举一反三啊？""长点记性，这是同一类问题，上次讲过的，你有没有过脑子想一想？"

说一次，说两次，说三次，说得苗知禾毛了。她就烦别人批评她，就烦别人叨叨地说她。谷励再一次说她时，她一冒火，就对谷励嚷起来："不要老批评我！不要老说我！说一次两次行了，有完没完？"

谷励本来脸上还带着笑，这一下，笑意顿消，一句话不说了。

他不说话，苗知禾更不多说，把课本作业本一卷，呼啦往书包里一塞，提上包闪人。一面走，一面心里愤愤，就因为对你投桃报李，就看在你好心为我讲解的分上，我用了功的，我把写小说的时间都垫上了，还说我！

这些日子来，苗知禾没有像以往那样，千方百计偷时间、抢时间写小说了，她的除妖主人公跟妖怪兄长第一次血战，只战到一半，就挂在了那儿。不奋勇写小说的日子，算什么日子！苗知禾当晚，又回到从前的状态，做一会儿作业，想一会儿小说，不再用谷励的方式，什么每做一道题，都要在心里总结一下题型，琢磨一下规律，去一边去！把作业对付完，跳上床，被子往头上一拉，打开手机，刷刷地写。

她三天没跟谷励说话，谷励同样没跟她说话。她偷偷观察谷励，稳如泰山，既没有一丝半点的局促不安，也没有要向她求和的意思。他倒稳得起！苗知禾气恼着，却又无端笑起来。

下午放学后，她跟欧阳采采一块走出教室。到了楼外，是个好天，阳光从乌蓝色的云层间泻出，仿佛一片柔亮飞瀑从天而降，落到地面，溅起一层淡淡烟霭。烟霭中，暖风拂动，树枝上，初春发出的密密新叶已摆脱稚气，有了壮硕的样子，绿得发亮。苗知禾的心情，登时盈跃起来，对采采说有东西忘在教室里了，"我回去拿，你先走。”

蹦着返回教室。谷励正要离开座位，苗知禾一声“喂”喊过去，谷励看她一眼，嗓子里嗯一下。苗知禾说：“今天的数学作业你给我讲讲？但是不许你批评我啊！我跟你说……”

她话没说完，谷励扔下两个字：“不讲。”抬脚走了。

苗知禾瞪圆了眼睛，“你这个大怪物！”

她主动表示友好，他还摆起谱来了！真是自讨没趣。恹恹出了教室，未抵校门口，听到一声“欸”。

谷励肩着书包站在那里，看样子是在等她。“欸什么欸！”苗知禾板起脸，没板住，扑哧一笑，“你是不是要跟我道歉哪？”

“我给你讲今天的作业题。”

这天之后，苗知禾开始打扮自己了。她的头发从来都是扎成马尾状，小时候她妈给扎，后来她自己扎，头发往脑后一拢，橡皮筋绕几圈，完事。这发型叫她厌倦了。次日早晨，她花了比平时多一倍的时间，给自己梳了两只辫子，手艺不熟，梳了好几遍；下一天，又把头发披散下来，额角别两只发卡；再下一天，给自己梳了个丸子头。

丸子头梳好，她在卫生间镜子前左照右看，欣赏不已。她爸拍门，急要上厕所，她才出来。一进客厅，她妈就把她看了几眼，“你咋梳这么个头？”

“好不好看嘛！”苗知禾坐进餐椅，喝一口豆浆，剥鸡蛋，吃油饼。

“好看是好看，”她妈也坐下，却不开吃，脸上狐疑翻涌，“你这几天老在头发上整花样，为的啥？”

“这是不是我的头发？”苗知禾抓紧着吃喝，边吃边说，“我可不可以按自己的喜好弄自己的头发？”

“你以前也没这么弄啊，一天一个花样的。”

“以前是以前，现在是现在，凡事都有个开始。”

“为啥现在开始？你图个啥？”她妈端起豆浆碗，“现在不说了，你赶紧吃完上学去，晚上回来说。”

“为啥晚上还要我说？”苗知禾恼起来，“这是个啥事儿啊，你不依不饶的。”

她爸走了过来，摸摸她头发，“头发这么梳挺好看。快吃吧，别误了上学。”

苗知禾看到，爸冲妈眨了眨眼。

她把剩下的油饼囫囵塞嘴里，抓上书包走人。心里恨恨，晚上休想拷问我！

一上午的课后，她照例匆匆收拾了课桌桌面，急着往家奔，被欧阳采采喊住了。采采追上她，“你还是赶着回去写小说啊？”

她不是，她打算回家吃了午饭，去逛街买东西，却没告诉采采。采采说，有个事想跟她商量一下。啥事？采采说：“得找个时间慢慢说。”

“那另外找时间吧，我们走快点。”

50

黄昏，夕阳沉没。几缕霞光偎在天际，光芒温婉有如叹息，俄顷隐遁，仿佛是，被什么人一把拽走了。天却仍是亮的，亮得沉静，安详，像是经过大起大落之后，把一切看淡了，看开了，再无悲喜。云朵也沉静下来，要睡着似的，一动不动。天上的蓝，蓝得心平气和，仿佛，安心笃定地等待着，等着夜色如期而至，把这喧嚣了一整天的天下，接手过去。

谷励站在自家住宅院里，看了好一会儿天。楼前的栀子花开了，瓷白的花瓣，绷足了劲儿向外张开，一副要把心窝子掏给人看的架势。他想凑近去闻闻花香，还想掐一朵花，到底也没掐，也没闻，抬脚上楼。

这两天，他妈咳嗽的老毛病又犯了。他妈这咳嗽，秋冬最爱犯，今年这时节，快入夏了，也咳了起来。去年春天她也咳的吧？他不太记得了。对妈的事，他一向不太入心，经常注意不到，他是不是真的有点冷血？可是，扪心而论，他并非一点不懂得心疼妈。很小的时候，看到妈病了，看到妈伤心啊，落泪啊，他都会不安，心疼，恐慌。谁知道，时光的指针一圈圈转过，他对妈的心疼，渐渐消散了，沉没了，虽非消散沉没得毫无踪影，却也真是所剩无几了，就好像，大片灰烬里几粒微暗星火。

他记得有年冬天，前年吧，他妈咳得特别厉害，吃药止不住，咳得一个劲儿犯呕，肝啊肺啊都要扯出来似的；晚上也咳，直咳到后半夜。他不是心疼，而是心烦，你买点好药吃嘛！舍不得买好药，病拖着，多的钱都花了。越想越气，掀开被子爬起来，一把推开妈的房门，他妈旋即按开床头灯，“你咋起来了？看着凉，快回去！”边说边咳。他不动，他妈，“把你吵着了吧？对不起，我把被子盖头上。你快去睡，回床上去！”又一阵咳。

那天夜晚，他妈是不是把头蒙进了被子里以捂住咳嗽声，谷励不知，他感到罪过，对自己生恼，生恨，又恼恨，又自责，心里七拱八翘，好半天不能入睡。

这次他妈的咳嗽不算厉害，是轻咳。吃饭时，他妈吃两口三口，捂嘴咳一下。

“你吃药没有？”他问妈。

“吃了的。”

“要不上医院，让大夫开点好药？不管用的药，越吃病越重。”

他妈笑笑，说治咳嗽的好药，她吃得很不少了，“都产生抗药性了。”他妈说，再好的药，多吃几次，效果就差，啥药都如此。人这个东西，难伺候的。他妈继而说到一个熟人，也是常年咳嗽，后来吃几百元一盒的进口药都不管用了。他妈就是这样，总是一说话就扯远，而且越扯越远。

说这番话时，他妈倒是不怎么咳了。谷励没打断妈，任她说去。他妈忽地觉察到什么似的，停顿下来，看他一眼，轻咳一下。他装作不知道妈在看自己，依旧吃，心思只在饭菜上。他吃饭时，是愿意细品饭菜的，可这份心思仿佛抢夺过来的，多少次，多少顿饭，他生生把心思抢过来，抓牢，却怎么都按压不平。他听到妈又说起来，他只当那是背景音。快吃完时，才留意到他妈没声了，不禁瞄了妈一眼。

他妈微微侧着脸，脸上静静的，像是被无限的感慨淹没，陷入了无尽的沉思，入定了；又好像，在摆一个孤独落寞的造型，一直要摆到地老天荒。谷励心头，一股压不住的烦浓烟般蹿起。一年一年地，他妈总这样，总这样，摆造型摆给谁看呢？她凭什么默认他该当观众！

他把碗里剩余的饭刨进嘴，起身到阳台上去了。

从阳台上回来，他妈已吃毕，碗筷盘子收进了厨房，正拿着块抹布擦餐桌。他走进厨房，系上围裙，拧开热水龙头，放了半池热水。

他妈跟进来："你干吗呢？"

他往池水里倒入洗洁精。他妈站在他身后，隔了一小会儿，说："还是我来洗吧。"

"你去吃药。"

他妈脚步移动，移到了洗碗池侧面，看着他，欲言又止，欲言又止的。谷励心里说，你千万别说话，千万别说。他妈仿佛听见了他的心声，的确没说话，只很轻很轻地，一叹。

这一叹，又惹得他着恼。他埋头洗着碗，泡沫裹在手上，他把那股恼，按进泡沫里。

他仔仔细细洗了碗盘，洗了锅，案台擦抹干净。拾弄完，他妈一只盘子端到他面前，盘里是去了皮，切成牙的苹果。他摇头，也不接盘子。"不想吃啊？"他妈殷勤问，"想吃猕猴桃不？猕猴桃该放软了，我给你削。"

他皱眉的当儿，他妈已走开，拿猕猴桃去了。

"你不用围着我转。"

这话他没说出，回了自己房间。

隔日，他想跟苗知禾说说这事，他是否真是个不近人情的人？可如果这评价当真落到他头上，他心里是不服的，那么问题出在哪里？他没想好怎么说这事，苗知禾眼睛弯弯地笑起来，"眼睛闭上。"

这几个字，叫谷励心脏一跳，当即想走开，但那样太没风度了。他沉默着，苗知禾又说一遍，叫他闭上眼睛，他没有照办，只把身子转过去。苗知禾转到他面前，掌心托着一个笔记本，皮面，带搭扣。苗知禾说：“给，送给你。”

“你自己留着用吧，”他不看苗知禾亮晶晶的眼睛，“笔记本我有的。”

“你就这么硬邦邦说不要啊？”苗知禾斜他。

“那我该怎么说？”这话在他喉咙里打一转，沉没了。他勉强一笑，走开。

51

陆枕涛开始吃药了。

他学习走神的问题解决不了。越解决不了，他越心急，越心急，越要走神。惴惴不安到筋疲力尽，他放弃了，不再挣扎了。然而，说是不挣扎，他内心仍绷着一股莫名的紧张，紧张是什么东西呢，不就是挣扎么。

四月底的月考，相当于期中考试。排名出来，他排在第二十五位。

这个名次，是叫陆枕涛有些意外的，原以为，自己会排在三十名往后，却只比上学期期末下滑两名。虽下滑得不多，终归是下滑；而这个名次，他知道，在他妈心里，就相当于接近差生。

他第二次，把自己反锁在屋里，不开门，不吃饭，不搭理他妈和外婆。外婆和他妈守在他门外，轮番喊他，央求他，他只是不应，不答。

像上次那样，他坐在地上，屋里没开灯，暮色从窗口挤进，渐至全黑。他好像一个溺水的人，溺得昏了，只想就这么昏下去。不期然，门上发出一声重响，不知什么东西打在了门上，她妈发狠的声音穿透门板："陆枕涛！你还是活的你就吭一声！你到底要怎么样？你再不开门我砸门了！"

他一个激灵，木木地站起来，身上抖一抖，走至门边，伸出手，摸到门锁，木木地一按。

门锁发出咔嗒一声的同时，一下被推开了。门外的灯光，好似一盆水，哗地泼在他脸上。与此同时，他被妈的胳膊一把搂住。

"是我不好！是我不好！"一滴眼泪滴到他额上。

"我饿了。"

"吃饭吃饭，我们吃饭去！"

她妈搂着他的肩，还紧拽着他的手，好像一脱手他就要飞走。餐桌上，饭菜一点没动，外婆要端饭菜去加热，他从外婆手里抓过饭碗，拿起筷子就开吃。外婆便扶着餐桌坐下来，他妈也坐了下来，但她俩都没摸筷子。他妈说，"你先垫两口，我还是把饭菜热一热，你再吃。"

陆枕涛放下碗筷，盯着碗里的米饭，"我集中不了注意力，"他说，"我学不进去，我不会学习了，我——我会变成最差的差生，我对不起你们。"他头垂得更低，"你打我吧！"

他妈捂着嘴，眼泪淌到指上。

次日即五一节。五一节期间，他妈带他去了医院。

挂号，排队，看病。大夫没费多大周章，诊断他是注意力缺陷障碍。说，这是一种病。

从医院出来，他妈把他的肩搂住，“没事的儿子，”他妈说，“我们吃药，我们治病，我们能治好的。”

陆枕涛感到难以言说的轻松。原来他是生病了，原来他是有病。他问妈，要吃多久的药才能好？

“我们不着急，慢慢来，我们能治好的。”

医生给他开的是中药。头两天，喝了那味道怪怪的汤药，他觉得似乎有点作用，心神安定了些。到了第三天，好像没把持住什么，好像一个走钢丝的人，一个摇晃，重心就不稳了，一恐慌，注意力的涣散卷土重来。

他妈说中药疗效慢，再三叫他别着急。他注意到妈的嘴角起了泡，小小的，透明的燎泡，偎着一侧的嘴角，像生病的鱼吐出的泡泡。

陆枕涛把吃药的事，说给了欧阳采采。两人说到最后，采采说：“你不会有事的，你不要多想就没问题。我相信你没问题。”

就这句简单的话，对他产生了神奇的影响。跟着两天，他发现自己果然没事了，注意力听话了，一抓就拢，不跑了。晚上在家做作业，复习学习，也是这样。走神这个小鬼，不跟他作对了。

陆枕涛觉得好神奇，因觉得神奇，反有些忐忑；一忐忑，又要走神的节奏。他默念采采的话，“不会有事的”“不要多想就没问题”。他一心要巩固这份战绩，却受到了他妈的干扰。

他妈如今，连问他的作业，都问得小心翼翼，生怕踩了雷似的，但她却做不到不问，更做不到不探头来看他。几乎没有一个晚上，他妈不探头来看他一两次。他若是把门关严，他妈会很轻很轻地，悄悄把门推开。她悄悄他就不知道么！

这天晚上，约莫十点，他妈探过一次头。刚十点半，他妈第二次探头。他正要发作，他妈说话了，叫他早点睡，“不要打疲劳战，休息好了，病才好得快。作业做完没？没做完没关系的，我已经跟你们老师说了……”

不知咋回事，他一下炸了，“你跟我们老师说什么了？”胸腔里一股子气，烈焰般冲起，“你跟我们老师说什么了！你为什么不经我同意就乱说我的事，你凭什么跟我老师胡说八道！”

他妈的脸霎地白了，他外婆跌跌撞撞奔过来。一时间，三人都没说话，屋里只听见灯管嗞嗞嗞嗞的电流声。

那电流声好像让他通了电，他冲着妈又一声吼：“滚开！”

这是故意的。他如同中了邪，犯了魔怔，就是要把这股气发出来。

他妈转身走开了，肩膀缩着，像骨头塌陷了。

这个事，陆枕涛本来无意对任何人说，也不愿去回顾，一点点都不愿意。谁知没两天，跟采采说着话时，一个冲动，竟说了出来。说到后半段，眼里含了泪。他觉得自己窝囊，没出息，而且，可恶。采采同情地看着他，“你不是有意的，是吧。”

“我是……”他舌头打了下结，“我是故意的。”

当时他们走在放学的路上，陆枕涛推着单车。采采偏过头来看看他，笑了笑。她笑什么？采采说：“我有个想法，还没有想得太完善，本来想跟苗知禾商量一下，可那丫头最近神神秘秘的……”

他没问苗知禾最近在神秘什么，只想知道采采那是什么想法？采采说，她想拍个视频。什么视频？采采说：“记录我们的心里话。”采采问他，有没有觉得有些话在父母面前不好讲出来？“那就对着镜头讲，想讲什么讲什么，任何话都可以讲。”

“然后呢？”

“然后用软件编辑成一个片子。有那种软件的，到时候我去学一学。”

陆枕涛又问：“你想拍谁？”

“谁都行，”采采说，“只要愿意让我拍，我都拍。你愿意吗？”

“不知道。”

52

苗知禾觉得，自己一夜之间长大了。

她有了一种从未有过的异样感觉，像是某种心事，沉甸甸的；可要说沉甸甸呢，时而又飘乎乎的。原来喜欢一个人，是这样的感觉。

说不清这个喜欢怎么来的，它没跟她商量，没向她请示，就那么长驱直入，一下把她覆盖了，抓牢了。一天到晚，老想看到对方，看不到他时，脑子里总在想他，巴不得，突然来一场重大灾难、一场末日危机，满城慌乱狼烟四起中，她与他生死与共。

那人是谁呢，谷励。

狼烟没起，失眠来了。有天晚上，全家人都睡沉了，布帘子后面，爷爷奶奶的鼾声一长一短，一个像吹哨，一个像叹气。苗知禾咋都睡不着，从床上爬起，蹑手蹑脚溜进卫生间，打开灯照镜子。

左照，右照，一霎儿笑，一霎儿呆，一忽儿觉得自己美，一忽儿觉得自己丑。第二天上课昏昏欲睡。

可气的是，无论她如何用心思，谷励都没啥反应。

就算他没反应，也挡不住她去跟他说笑，给他买东西。

五月里，天气大热。苗知禾又给谷励买了一样东西，一件她很得意的东西。这天英语课后，她看到谷励走出教室，忙跟了出去。到了没人的地方，把他喊住。喊罢，一弹一弹走到他面前，把一只拳头伸向他，拳头手背向上，对他说："你手伸出来。"

谷励没听命令，不伸手。这家伙积习难改，傲。可她不就喜欢他这份傲么！见谷励不动，苗知禾抿嘴一笑，把伸向他的拳头慢慢翻转过来，再一根一根打开手指。

手心里，躺着一枚小巧的、晶莹润泽的红玛瑙印章。

"你不是有很多书吗，可以用这个在书上盖上你自己的章，看，你的名字！"

苗知禾按捺不住得意，能想出这么个点子，能送他这么个风雅的礼物，她都佩服自己了。花了她一百二十块钱呢，还是讲了价的。

谷励从她手心拈起印章，探究着看印章上的字。苗知禾正要说这俩字是隶书，听见谷励问："你都没钱买流量，咋有钱买这个？"

苗知禾眼睛一弯，笑道："我不买流量了。"

"小说不写了？"

写，但她不往网上贴了。她说："写完这个我就不写了。我要好好学习。"

旁边有人走过，谷励把拿着印章的那只手垂下。苗知禾才不管旁边有人无人，趁热打铁地问他："以后你想考哪所大学？"

他看她一眼，神情有些怪异。但苗知禾没注意到，她沉浸在自己的情绪里，心里一涨一跳的，跳荡中，好似鬼附了身，她冲口而出："以后你考哪所大学，我就考哪所大学。"

飞也似的跑开了。

然而，也就几个钟头之后，她就从幸福的云端一跟斗栽了下来。谷励把那枚印章用一只小信封装了，在下午最后一堂课之前，还给了她。在教室外，他把信封递给她，说："你自己用吧，上面的字可以抹掉，重新刻。"

看着他的背影，苗知禾半天没回过神来。

下午最后一堂课，她倒是好好地上了，在椅子上坐得牢牢的，老师讲的内容，一句一句的，她也听了。只不过，心里好像有个巨大的洞，一股一股隐秘潮汐，哗哗往洞里冲。她隐隐听见，潮水跌落洞穴的轰鸣声。

和采采一道回家的路上，她问采采："你前些时候说要跟我商量什么事情？"

采采"啊"一声，笑问："你有心情听我说啦？"

她听见采采说呀说的，采采说得兴致勃勃，她听得意兴阑珊。采采停下来后，她问，是真心话大冒险么？采采说不是的，不完全是。那是什么？采采说，比如一些想对父母说又不好当面讲出来的话，"你有没有这样的话？"采采问。

"有啊，我跟你说过的啊，有时候我觉得我妈很烦人很烦人的。可是这种话我不会让你拍下来的。"

"不是说气话，"采采说，"为什么觉得烦，说为什么。"

“不想说，没啥好说的。”

干脆地说出这一句后，苗知禾看到，采采半张着嘴，要说什么却说不出来的样子。她们已走到该分手的地方，一同站在街口，苗知禾问：“未必你有什么话没法跟你爸妈当面说？”

“那倒不是。”

“那你咋想到要拍这个视频的？拍谁？谁愿意？好吧，就算有人愿意，你拍完后要给他父母看么？不给的话，你拍来干吗？还有，你刚才说要把拍的东西剪成一个片子，大家都在一个片子上，每个人的秘密不都公开了？”

一连串问题问出，不给采采回复的时间，跟着说一句：“好热，走了。”

说个拜拜，提脚走开。

其实一转身，苗知禾就觉得采采这个想法好，这个主意真棒，脑子里立刻为采采的视频，不，片子，构思起名字来。一连想了好几个名字，又想，这片子该有个啥样的主题？忽然想不下去了，心烦意乱起来。

苗知禾跌进了忧郁中。

这忧郁是延时到来的，是从跨进住宅院门那一刻，浓墨重彩开场的。

过去，她只知道忧郁这个词，却不知道忧郁啥滋味。即使在跟妈斗智斗勇斗得天昏地暗的日子里，她百般苦恼都尝过，就是不曾触碰过忧郁。

眼下，她却迎头撞上了忧郁。她知道这就是忧郁，就是文学作品里写过的忧郁。忧郁似云似雾，酽酽的，潮潮的，又凉凉的。云雾移开后，山是湿的，地是湿的，树叶草尖，挂满了细密水珠，她的心，也湿淋淋的。

窗外，是孟夏的傍晚。浊黄的雾状云霭，把天空塞得满满的，天光的消退犹如抽丝，缓缓地，抽去一丝，缓缓地，再抽去一丝。苗知禾直愣愣盯着窗外，看不见夕阳，看不到飞鸟，也看不清远方。那谷励是个什么意思！不想跟她好么？觉得她不好么？

谁稀罕你！

这念头一起，她心里痛快了些。

可次日早晨，面对自己一贯爱吃的早餐，她却难以下咽。

53

采采发觉，苗知禾近来变得有点奇奇怪怪。

好一段日子，她话少了，不怎么抱怨她妈了，也不抱怨作业了，问她事情呢，她神游天外一般，总听不见。前段时间，还一趟趟去逛街，神神秘秘的，也不知买了啥东西。

拍视频的事，先前采采几次想跟苗知禾说说，同她商讨一下，苗知禾要么说下次说吧，要么说起别的事情来。这一回，苗知禾主动问起，听她说完，当即甩来一连串问题，甩得跟赌气似的。采采不介意苗知禾甩来问题，可是她为啥不肯跟自己讨论呢？苗知禾哪儿来的气呢？

当晚采采跟妈聊到苗知禾。以前跟金妮做朋友的时候，金妮脾气那样怪，采采也没觉得有啥应付不了，苗知禾跟金妮比，脾气完全不怪，可正因为苗知禾不怪，她的反常表现才叫采采纳闷，搞不懂，才要跟妈妈谈一谈，听听妈怎么说。

她跟自己的妈，向来是想说啥说啥，啥话都可以说，这在采采，就是个理所当然。她妈作为妈，自然也要管束她，对她有要求，有时候，她这个通情达理的妈妈甚至会很严厉。严厉的时候不多，严肃的时候不少。只要妈严肃起来，采采就知道，她得留神了。她妈也打过她的，虽然就一次，而且，为那次打，她妈很郑重地跟她道过歉。采采不是不好意思接受妈的道歉，但万万不想再有更多，折煞人，受不了啊。

她更愿意跟父母轻松相处。

此时，跟妈说着苗知禾的反常，采采突然意识到什么，不说了。

不说这个，得说别的，否则戛然刹车，会让妈奇怪。就跟妈说到了拍视频的事，把话题挑开。她妈听完，说了三个字：真不错。采采知道妈会这么说，也知道妈会问一个问题，她妈果然问出了这个问题，说，这个事情恐怕很花时间，“会不会影响你学习？”

“还不晓得能不能拍呢，要是没人愿意参与呢？”

“那就看你怎么跟别人交流了。”她妈跟她分析，肯定不是每个人都愿意，但一定也有人愿意。随后她妈又帮她梳理思路，梳理着梳理着，她思路就明晰起来。起初，她想的是让每个人都进入镜头，此刻她改了主意，就不要全部了，几个就好。

对妈说：“这个事我再琢磨琢磨，好好筹划一下。”

她妈以跟她情投意合的神情，对这话表示了赞同，“做事就得这样。”听到妈这一说，采采开心之下，差点又要说苗知禾。想了想，按捺住了。

她猜测到，苗知禾的情绪，苗知禾的反常，跟谷励有关。

第二天中午放学时候，采采等了一下苗知禾，看她愿否和自己一道回家。

苗知禾跟她一道了。

走在路上，起先她俩没说话，过一阵，苗知禾才问采采，昨天没生她的气吧？采采说没有。苗知禾收住脚步，采采也收住脚步，苗知禾说："我昨天说的那些，不作数的。"

"没关系的。"

正午的日头悬在她们头顶，即便有云翳遮着，也透着毒辣劲。采采看到苗知禾一双眼睛水汪汪的，眼白带点隐隐的蓝，眼皮被若有若无的阳光压得微微眯起来。刹那间，那双眼睛扑簌簌滚下泪珠，泪珠连串，飞瀑似的滚过面颊，跌落下去。苗知禾抬手揩脸抹眼，却是越抹泪越多。

"我心里乱糟糟的，我心里难受。"

"我知道。"采采额角靠着苗知禾的头。

"你不知道。"

"我知道，"采采从书包里取出面巾纸，塞给苗知禾，"我知道。"心里却在说，好奇怪，真的让人这么难过么？

苗知禾的胸脯一起一伏。在班上，苗知禾是偏于瘦小的，还没长开的样子，竟也显出了胸。采采不明所以地，偷偷笑了。

54

李星野和沈默，让谁来做自己男朋友，林逐月尚未拿定主意。她跟杨尊说自己有了男朋友，无非是张嘴一说，一时兴起的事。

她还没拿定主意的事，班主任倒知道了。周四下午放了学，于老师又找她谈话，七弯八拐地问些问题。林逐月咋听不出于老师的意思，不就想问她有没有交男朋友么？没有没有。信誓旦旦。于老师又说了些话，好在没有太啰唆。

摆脱了于老师，一出校门林逐月就琢磨，于老师是咋知道的？方才于老师那番话，倒没有咬定她在交男朋友，也没有板脸训诫她什么。反正没挨训，林逐月心里挥挥手，把这个事挥走了。

当天她妈要加班，早上就把晚饭钱给了她。林逐月原想约李星野沈默一块玩玩，没约着，自己到快餐店吃了份套饭，又百无聊赖乱逛了一圈。回到家，先抓起小平板电脑打游戏，这小平板是她用压岁钱买的，几次险些被她妈没收。游戏打烦了，她才开始做作业，刚掏出书本，她妈回来了。

她妈趿着拖鞋，啪嗒啪嗒走进她房间，一走来，一副审讯口气，喊着她名字问她，最近在跟什么人混？

要你来审我！林逐月当没听见。

她妈："小小年纪你交男朋友！你要不要脸？真是有其父必有其女！"

"交男朋友咋了？"林逐月故意扯歪嘴巴，"我又不是第一次交！"

她以为她妈又要吼起来，却是没有，她妈只把她盯着，眼神硬硬的，僵僵的，戳在她身上。

林逐月转过身，伏在作业上。听见房门碰上了，又听见门锁响了一下。

作业做得差不多的时候，她要上厕所，才发现房门打不开了。她又拉又拽，木门纹丝不动。咋回事呢？她被她妈反锁在房间里了。

“开门！我要上厕所！”

“尿在盆里。”她妈在门外说。

林逐月低头一看，地上还真有个盆，她妈不知啥时候塞进她屋里的，一个旧塑料盆。

她没想到的是，到第二天，她妈仍不给她开锁。不开锁，她就上不了学，上不上学她无所谓，她恼怒的是她妈不给她吃饭。她这个妈想干吗？她打着门喊：“我饿了！我渴了！我要吃饭喝水！”

门外传来她妈的回答：“你不配！”

林逐月气得要命，拿起手机转了几个圈，按了个号码，叫了份外卖。外卖送来，她却吃不到，她妈依然不给她开锁。

“开门！把盒饭给我！”她大怒踢门，“你要害死我啊！你个迫害狂！”

到了下午，她爸才过来。

听到房间门锁一响，林逐月拽开门就往外扑，要找妈干仗，被她爸一把抱住。她爸爸把她按在椅子上。“我要喝水！”她大喊。“你好好坐在这里！”她爸转身出去，给她拿来了水和饭菜。

她咕咚咕咚喝水，大口大口吃饭，喝完吃完，嘴一抹，“我不住在这里了，我不跟她住！我要住校！”

“你以为住校就万事大吉了？”她爸问。

“你帮不帮我办住校？”她吼。

她爸摸出烟来，点上。林逐月恨得喊：“我恨你们！”

“为啥？”她爸又问。

林逐月没想到还要开列清单，一时无语。

她爸说："把你反锁起来这个事，你妈是做得过火了，但她确实是被你气伤了心，所以才……"

"那你呢！"林逐月喊着说，"你明知道我看到她就烦，明知道我和她处不来，你根本不管我！"

"你还要我怎么管你？"她爸半截烟往地上一扔，"让我天天在家守着你？保姆似的从早到晚看着你？还是走哪儿都把你带着？"

"我没那么说！"

"你到底要怎么样？"

"我要自己住！"

她爸把她看了好一阵子，说："你还没有成年，不可以脱离监护人自己住，这是法律规定的，这是没啥可商量的。住校对你也不适合，住校规矩多，那些规矩你能遵守？我只怕你会惹出更多的事来。"

林逐月恨不能站起来就走。多少年来，总是她不对，总是她的问题，总是他们拿她没办法，那你们干吗把我生出来！她噌地站起来，她爸说："坐下！我话没说完！"

她站着，不坐。她爸："你愿不愿意换个环境？我看确实你该换个环境了。不是跟我住，我说过，我现在没条件让你跟着我。我想想办法，给你联系一下另外的学校。"

转学？林逐月一下笑起来，"我要转到三十三中去！"

那是李星野沈默的学校，去了那边，她就天天有伴儿了。

"为啥？"她爸又点上一根烟，"那学校有你的朋友？"她爸分明在套她的话，问她是什么样的朋友，“你能不能跟我说说？”

林逐月才不上当，却又怕她爸给她转到别的学校，赶紧强调：“我只想去三十三中！”

她爸那双眼皮已显松弛的眼睛，再把她看着。总算他没再纠缠前面的问题，只说：“转学办好前的这段时间，你还得跟你妈一块儿住。你愿意也好，不愿意也罢，尽你的最大可能，跟你妈好好相处。”

可以，只要能让她如愿，什么都可以。虽然被自己的妈反锁在房间那么长时间，她也不计较那么多了。虽然不跟妈计较，但这件事，她是要算账的。

被妈反锁的时间里，林逐月认定，罪魁祸首就是杨尊。没啥可说的，她得收拾他。

55

往后两天，林逐月总没找到机会，杨尊总跟什么人在一起。

她不想再等了，老等老等的，等忘了呢？便在课间通知杨尊说，放学后等着她，“我有事问你。”

她打算把杨尊带到上次收拾谷励的那条小街，拿他好好地练练拳脚。不想杨尊这小子挺精，走到一半不走了，说什么也不走。林逐月推他一掌，当场开审，问他是不是向于老师告了密？

杨尊一脸蒙圈，林逐月又一掌推到他肩胛上，“是不是你跟于老师说，我交男朋友了？”

杨尊忙忙赌咒发誓，说没有。

“没有？那于老师咋知道的？还向我妈告状？”林逐月脸凑向他，“这个事我只跟你一个人说过！你别想赖，跟我走！”

边说边踢了他一脚。

杨尊不走。这赖赖叽叽的东西！林逐月说：“今天你不跟我做个交代，别想我放过你！”

“你想怎么样啊？”杨尊的脸白一阵，红一阵，吭哧吭哧的，林逐月正要发作，杨尊说，“我给你钱？”

啥？林逐月眼皮一眨，嘀嘀，行啊，给钱也行。她伸手过去，“拿来！”

杨尊把口袋掏空，却没几个钱。“这两天等我再攒些零花钱，然后再给你。”

“明天就给！”

杨尊眨眨眼睛，转转眼珠，问：“你总共想要多少？”

林逐月随便想了想，“一千。”

杨尊拨浪鼓似的摇头，“我没那么多钱，不可能有那么多钱。”他讨价还价，“一百行不？”

“打发要饭的？八百！”

“八百也太多，我真的没有。一百五？”

“去你的！六百！”

“两百？”

“滚你的蛋，最少四百！”

杨尊还要讲价，林逐月不耐烦，“闭嘴！这是最少的了！”

“那好吧。”杨尊这时候，已经不那么紧张了。看来他接受了这个数目，脸也不白不红了，说话声调也安稳了，有板有眼地，跟林逐月商讨期限，提出三个月内凑齐。

“放屁！”林逐月说，“最多给你半个月！”

话一出口，林逐月就懊悔，干吗给他这么长时间？她爸要是很快给她办了转学呢？没等她改口，杨尊磨磨叽叽说时间太短，说他很难办，“一个月行不？一个月嘛！”

杨尊说，现在离期末考试正好一个月，就以期末考试为限嘛。

“屁！说半个月就半个月！再废话，我抽你啊！”

就算转了学，也可以来找他，看他敢赖账！

杨尊便闭了嘴，从书包里摸出一个小本子，说：“那我开始记账，半个月内，凑齐四百块给你。”

林逐月看稀奇似的，看着杨尊在本子上记账，这神经病！她说：“以后再乱说，再惹我，就不是四百块钱的事了！”

杨尊脚底抹油，“拜拜！”

林逐月心里挺爽，从天而降的四百元让她挺开心。全没想到，她收不齐这份款项。

56

谷励并不想跟苗知禾断交。

跟苗知禾成为朋友他是高兴的，甚至，还有些暗暗的感激。他没有朋友很久了，早先曾有过的朋友，他都丢失了，幼儿园和小学低年级时期要好的同学，他已记不起他们的模样；后来有过的二三关系稍好的同学，也纷纷和他疏远了，准确地说，是他和他们疏远了。他从没觉得这是什么问题。

他也有朋友的。有时他骑上单车去到某个大学校园，走走看看间，他会把那些不认识的大学生，当作自己的朋友。他确实跟他们说过话。一次在足球场长梯上看到一男生，那男生腿上一本砖头厚的16开本大书，引得他好奇，伸头去看时，男生察觉了，对他一笑。男生是物理系学生，谷励和他，一句一句，聊到天体物理，星球星系，话题一跳，又聊到地球上的岩石，十八、十九世纪的地质科考之类，那眉宇轩昂的大男生一脸惊讶，着实把他夸奖了一番。

另一次，在一所大学的教师住宿区，他遇到一个脑袋光秃如鸡蛋的老教授。老教授双手背在后腰，和气问他是哪家的孩子。得知老教授是教授日本文学的，谷励一口气说出川端康成、夏目漱石等好几个日本作家的名字，把老教授乐得，几乎手舞足蹈起来，“小孩，你以后报考中文专业，研究日本文学。”秃顶老教授说，“还要学好日语，学好了读原著。原著的美，很多时候是翻译不出来的。”

某些时候，谷励也希望交到朋友。朋友凑在一起，说笑斗嘴也好，唇枪舌剑也罢，都是个相映生辉。问题是苗知禾的举止，让他感到咄咄逼人。对，就是咄咄逼人，没分寸呀，让他不知所措。

他只好后退，再后退，马上就尝到了苗知禾猛烈掷回给他的疏离。好像她往后一跳，两人之间便划出了一道冰河。谷励感受到了冰河的飕飕冷气，不好受，不过也就一两天，他又自如了。

还是一个人待着最惬意。

话虽如此，他毕竟被挑活了心思。仿佛身体里有个轮盘，轮盘一转，转到了愿意说话的频道。愿意说话，也只是有点愿意，不等于一下翻天覆地。这天晚饭时，他主动对妈挑起话头，说起将来考大学的事。跟妈说话，他并非从不主动，但以前主动的情况少之又少，且多因有事，比如老师让给家长转达个什么话，比如他想换支牙刷但家里没有备用的，等等，貌似主动，实则被动。这次他跟妈说的事，可说可不说，可说可不说的话说出来，就是个闲聊。他说，以后考大学的时候，他想直接考国外大学。

目标是哈佛、剑桥、牛津这一档次的院校。这句话，他没说。

他妈正挑起一筷子饭，筷子未到嘴边，又落回碗里，“你现在就确定，将来你要考国外的大学？”

确定，他说：“我会争取拿奖学金。”

他妈无声地，继续吃饭。他妈的动作，大多是慢动作，一见妈的慢动作，谷励本能地起厌烦。这回，他将厌烦压了下去，正待说“拿不到奖学金就不去念”，他妈开口了，“如果你确定将来要考国外的大学，高中时得进国际班。”

他知道。

“但我听说进了国际班，”他妈说，“就没有了考国内大学的资格。”

这信息他倒不清楚。

“我也只是听说，具体情况什么样的，还得去咨询。”他妈习惯性地一叹，“国际班费用很高的。”

谷励丢下碗筷，去了自己房间。他妈跟了过来，“费用的事你不用担心。”

他已打开电脑，在电脑上一通查询。查完，对妈说，不用上国际班，“不上国际班，我照样应考。”

到时候，他自学国际班的课程就是了。他脸上不容误解地摆出拒绝被质疑其自学能力的神情，他妈到底是他妈，没惹他。母子俩回到餐桌，吃没吃完的饭。快吃完时，谷励又说话了，建议妈去报个兴趣班。

他妈半抬着下巴，没懂他话的样子。

“有成人兴趣班不是吗，教插花的，教茶艺的，教书法、绘画、乐器的，你随便选两样学啊。”他说，“要是有兴趣，你还可以报英语班，我听说还有教地理什么的班。”

他妈扑哧笑了。那笑里，先还有点娇嗔的意味，娇嗔中带着些亲昵，亲昵里混着点儿讨好，越笑越收不住，成了心满意足的享受了，直到笑得眼泪迸出。谷励知道妈为何笑，他妈愿意他开口，愿意听他说话。他只是要笑不笑的。他妈问：“你为啥想让我去学英语学地理啊？”

不是我想让你学，我不过是列几个选项给你。谷励心说。把空碗端进厨房，坐到沙发上打开电视。

隔日，课间，他看到苗知禾和欧阳采采在教学楼外侧的花池边说话。他踌躇一番，才挪着步子走过去，装作是路过。她俩都没留意到他的走近，他便听到她们在说拍什么视频，正待竖起耳朵，苗知禾瞅见了他，一扭身子，拽着欧阳采采走开了。

弄得他老大没趣。

57

向林逐月进贡四百元的事，杨尊没跟爸妈说，他得瞒着。四百元他是有的，他压岁钱好几大千呢，只不过那些钱由他妈帮他保管着，他拿不到。他自己抽屉里，只有五十几元。跟林逐月谈妥契约的次日，他把五十元给了林逐月，林逐月收了钱，冲他打个响指。他以为可以消停两天，不料林逐月性急又霸道，一天不到，又催他给钱，把他堵在中午放学路上，手一伸，“钱！”

杨尊摸出五元买冷饮的钱。

林逐月把五元票子捉在手上，轻蔑地抖着，杨尊不等她发脾气，忙说：“不是没到期限吗？我会想办法的！”

“你就五块五块地给？哄小孩啊！”林逐月说，“明天再给一百！”

他好说歹说，说成五十。虽然说成了五十，他还是犯愁，这一个五十元他上哪儿去找？早知道，前些天的零花钱攒起来好了。

只得编出借口，问同学借。因急于行动，反出纰漏，他问张三借五十，问李四借五十，向每个同学都借五十元。同学问他干吗要借这么多钱，他一回答，前面编的借口即露出破绽，赶紧找补，越找补，越是破绽百出。一圈借下来，只借到二十元。

二十元哪能叫林逐月高兴，杨尊忙又跟林逐月打商量，“你得给我时间啊，我总不可能去抢银行嘛。”

“办法自己想去，我只管要钱。”林逐月说，“反正早给晚给你都得给，不如早点给。”

“要给的要给的，说好多少是多少，绝不赖账！”发了誓，即说恭维话，恭维林逐月豪爽，漂亮，会打扮，把林逐月说得笑起来。看到林逐月笑了，杨尊赶紧再跟她商议，提出下周五一次性给她两百元，“星期五给你，星期五之前，麻烦你不要催我行吗？”

“你要跟我耍滑头，看我收拾你！”

“行，行。”嘴上说行，心里即开始盘算，若到时候真给不出，又该用什么计策躲过一劫。

进入新的一周，杨尊拿到二十元零花钱，但二十元距二百元，不是一般的差距。想来想去，还得借。这一轮，他决定向女生借。一个个盘点着班上女同学，盘点到龚澄晨，他找到了目标。

平时，杨尊跟龚澄晨说话不多，事急了，也顾不得那么多了。

他找的人找对了。尽管龚澄晨也问了一句，借钱干吗啊，却没有多问，他一句“求你别问了”，龚澄晨真就不问了；还答应了他没抱太大希望的三百元数目，同时也答应了不把这事跟别人说；给他钱的时候，她给得很巧妙。

龚澄晨是第二天把钱给他的，她把崭新的三百元夹在一本数学辅导书里，大大方方递给他，“这本书你看看。”对他莞尔。

这个事情，让杨尊对龚澄晨有了全新认识。过去龚澄晨在他眼里，无非一个成绩翻不了身的垫底女生。按他妈的说法，升高中时龚澄晨百分之百被淘汰，“往后你们就各走各的路了，不会有关联了。”不会再有关联的人，在他妈看来，就是不值得交往的人，哪怕龚澄晨家境十分优越。不过他妈下一句，又把话往回找，说世上的事千变万化，“也难说很多年后，你们会不会碰巧有啥交集。”为此他妈建议，跟龚澄晨处个不远不近就好。

要不是这回这个事情，杨尊真看不出龚澄晨这么好，这么聪明。除了成绩不好，龚澄晨其他样样都好，模样好，待人好，气质好，做事也漂亮。杨尊第一次发觉，这些好相比于成绩好，更好。

钱有了，他没有当即上贡给林逐月。现在，他只差十二元即可凑齐全部数额。凑齐了一起给？十多元就好办了，另外想想办法就有了。

他做梦都没想到，事情会在无声无息间发生陡变。礼拜三这天，林逐月全天没来上课，上午没来，下午也没来，老师也没对此说什么。到礼拜四，于老师上课前突然在班上宣布，林逐月暂时不来上课了，于老师说，林逐月父母对她另做了安排。

这都快到期末了，林逐月父母把她安排到哪儿去了？于老师却不再多说，丢开林逐月的事，开始上课了。

林逐月走了，债主消失了，这意味着什么呢，意味着他不用给钱了，起码暂时不用。杨尊顿感如释重负，如释重负的同时，很想知道林逐月的下落。消息最终是他妈打听到的，到底是他妈厉害，过了一个周末，他妈带回了确切消息。

他妈说，林逐月被她父亲送进了一个专门伺候问题学生的特殊学校。那学校，全封闭，军事化管理，据说进去的学生都要脱层皮。他妈喜笑颜开，“这就对了嘛！早该这样了。”

林逐月就这么走了，杨尊心里，反有些不舍。他也不是甘受林逐月欺负，不过说真的，他没觉得林逐月有多么可怕。下个学年林逐月还回来不？他妈十分笃定：“回不到你们班上了。”为啥呢？他妈笑眯眯：“我掐指算的。”

他把三百元还给了龚澄晨。学着龚澄晨的办法，也拿本书，把钱夹在里面。龚澄晨接过书，对他一笑。不知是龚澄晨的这一笑，还是他们之间的一送一还，让杨尊心里暖融融的。

先前他每天上学，就是个上学；往后每天到学校，杨尊心里多了个念想，见到龚澄晨。跟龚澄晨接触越多，他越觉得她好，尽管龚澄晨对他，话也不多，也没有特别亲近的表示，但他清楚龚澄晨是把他当朋友的。他是第一次，在朋友问题上有了一个愿望，要跟这个好朋友永远做朋友。

却又是个做梦都没想到，接踵而至的期末考试之后，龚澄晨也转学了。

第五章

58

今年从初夏到仲夏，气温延续了春季的波动，上蹿下跳的，热的时候酷热，下一场雨，忽又凉下来。往年夏天，一两场雨对于方兴未艾的高温能咋样呢，就是个蚍蜉撼树，今年不一样，五月里六月初，各有三两天，风雨凄凄，给人的感觉竟像入了秋。

五月初，任静带陆枕涛上医院，大夫诊断是注意力缺陷障碍，她当时没多想，没怀疑大夫的诊断。可一走出医院，她又觉得不对了。

过去陆枕涛画画的年头里，哪有这问题？那时候他一坐几小时都坐得住，眼下他十二三岁了，这毛病竟杀出来了？

她有一个可怕的怀疑，可能医生误判了。儿子可能是，犯了他父亲患过的那种病。躁狂型抑郁症。

她和陆枕涛父亲离婚，原因就是这个，他是个病人啊。

这种病，该有遗传的吧。但还是那个问题，为何以前儿子身上不露一点苗头？

无法判断儿子究竟是啥问题，任静心里，猫抓似的。她倒希望儿子就是注意力缺陷障碍，吃吃药，逐渐好起来。事与愿违，陆枕涛的脾气一天比一天不稳定，大发脾气的频率提升，发完脾气，他又自责。就是这个又发脾气又自责，让任静没法不联想到他父亲。当年他那个爸就是这样的，打了人之后又流泪，流着眼泪还闹腾，有时还满地打滚呢。想想吧，一个男人，满地打滚。

任静有心带陆枕涛再去看看医生，陆枕涛不肯。她自己，委实也不知该带儿子去看什么科。为不让自己乱了阵脚，落入徒然心慌的境地，她开始去听讲座了。近两年，社会上各类讲座四处开花，有图书馆、文化馆主办的，有书店、学会开设的，也有社区组织的；讲座内容五花八门，家庭教育、亲子关系、少儿心理这类主题的，也不少。任静或周末去听，或晚上去听，头两次听，觉得是浪费时间，无论主讲人讲得热闹还是轻松，讲得激扬还是无趣，多少有些虚头巴脑；再听两场，觉得还是有收获。可收获了回到家里，仍派不上用场。

面对儿子，她到底该怎么说话？她已经把严厉峻急的态度，把命令教训的口吻，严严贴上了封条，急也只在心里急，恼也只在肚里恼。然而她的和颜悦色轻言细语，换不来儿子的积极反馈。陆枕涛对她，虽非时时作脸色，不耐烦，可他时不时发顿脾气，要么回避她，冷淡她，也叫任静心忧啊。冷眼看去，儿子就是个有病的样子。

任静反复检讨过自己，也后悔，也自责得要命。可自责后悔之后，她又不免怀疑自己究竟犯了多大的错。不错，前面大半年里，她操之过急了，方式方法欠妥，但举目望望，比她严厉的家长大有人在。无论什么时代，严厉父母总是有的；再说了，严肃管教的观点从未被全盘否定，何况她不算严厉得穷凶极恶。

现在的问题是，她该拿这孩子怎么办？

她母亲劝过她，什么都别说，稍息一段时间吧。她试过的。这个什么都别说，也就是不说儿子的学习考试包括作业，总不能啥话都不说。可她即便说生活方面的事，也可能招惹陆枕涛发脾气。

任静是在翻着手机通信录时，把大姑姐的号码翻到的。前大姑姐，她前夫的姐姐。

曾经，她跟大姑姐关系不错。她和陆枕涛父亲离婚之后头两年，她们姑嫂之间还保持着联系，大姑姐蛮喜欢陆枕涛的。后来，任静再不跟大姑姐联系了。不接大姑姐电话，更不打电话。不联系，是不想听大姑姐撮合她和前夫复婚。低头算算，她们有八年不通音信了。

时间啊。

任静试着拨打大姑姐的号码，居然拨通。大姑姐听到她声音，有些意外，却没有回敬给她本该奉送的冷淡。任静闲扯两句，就说事儿，把陆枕涛的情况跟大姑姐说了一遍，说到中途，难掩哽咽。听完她的话，大姑姐说，得带陆枕涛去看精神科，必须去确诊一下。确诊之后，换对症的药。

大姑姐说：“真是患了这种病的话，越早治疗越好。”大姑姐说，现在学校都有心理老师，但学校的心理老师对学生只是做普通的心理疏导，解决不了已发展成疾病的问题。

大姑姐的话里，好像笃定陆枕涛是有问题的。

这话任静不爱听，可不爱听，也得听。

为此事，周六下午，大姑姐特地从三四十公里外跑来了一趟。大姑姐来访，任静要是事先考虑周全，该把她请到茶馆去坐，先不让她跟陆枕涛见面。但是一则，她想省点钱；二呢，大姑姐巴巴地来一趟，不让人到家里来坐坐，于情于理，都有点说不过去。其实大姑姐来之前，任静已改了主意，不打算带陆枕涛去看精神科了。不带，是因为陆枕涛不肯，陆枕涛不仅不肯，还相当抵触地说："我不是神经病。"

这些半大孩子，精神病、神经病混为一谈，有时他们是故意的。不管故意不故意，任静即刻明白了儿子，他是怕被同学说三道四。天下没有不透风的墙；而这么大的孩子，偏偏又敏感，又脆弱，要真被同学说，儿子在班上抬不起头的。

她把这个话跟大姑姐说了。在任静卧室里，姑嫂俩关着门，好一番争辩。任静坚持己见，决定还是静观一段时间。虽十分坚持，她心里却是没底，虽心里没底，她依然坚持。大姑姐就不多说了。不说这个，大姑姐试图说说任静前夫，一起话头，任静当即打岔开去，大姑姐也就刹了车。也不留下来吃晚饭，说是跟朋友有约。

任静将大姑姐送至院外，看大姑姐打上出租车。她觉得自己越活越倒退了，待人接物水平差得该挨板子。八年不见的大姑姐，巴巴地跑来一趟，她非但没有极力挽留人家吃个饭，也没有好好跟人聊聊这些年的状况。就算她不愿聊陆枕涛的爸，总该聊聊别的。没有，她心里装的全是儿子的事，像有千斤重担压着，哪有心情，哪有心思。她怎么到了这个地步了啊。

折返回家，一进门，来事情了。陆枕涛看着她问，是不是他爸出了什么事?

陆枕涛这一问，不是没来由的。这位他完全没印象且多年不登门的姑姑突然出现，他哪能不多心不多想?

任静说："没事。你爸还在老家。"

小时候，陆枕涛每次问他爸在哪儿，任静都说，你爸在老家，你爸身体不好，在老家养病。

陆枕涛又问，那他姑为啥过来？

任静说，来给他外婆送药，保心药。解释说，他姑有熟人可以开到好药，所以今天特地送过来。

她担心陆枕涛顺势再问，他姑为啥以前从不过来？却没问，他问的是："我爸究竟是什么病？"

这个问题，任静早有准备。她说："等你考上大学之后，我再告诉你。"

"我爸究竟是什么病？"

"我说了以后！"

"我现在就要知道！你要么告诉我，要么给我他的手机号码！"

"我没有他号码，我把他的号码删了。"

"那你把姑姑的号码给我，我问她要！"

"我不许你问！"任静忍不住，又像以往那样抬高了声音，"是我不让你爸打电话的！我跟他离婚时说好的，互相不打电话！等你长大了，我会把他的事情全部告诉你，到时候你想跟他联系，想问他什么，你自己决定。但那是将来的事，现在你只管你的……"后面"学习"二字，她咽了回去，害怕重蹈覆辙。

但陆枕涛一准猜到了她没说出的是哪两个字，脚跟一旋，回了自己房间，把房门狠狠一关，发出砰一声巨响。

这简直是，一波未平，一波又起。

59

换工作这事，对刘梅玉而言，可谓有心栽花花不开，她一心求个新职，职却对她横挑鼻子竖挑眼。从年初，不，从去年年尾起，忙到三月份，竹篮打水一场空。求得着的工作不是没有，要么工资低，要么不稳定，要么又苦又累还待遇差。为换一个工作，平添好些感慨。

高兴的事也有。女儿的学习有了可观进步。四月底月考，苗知禾的数学成绩忽地拔高了五个名次，叫刘梅玉喜出望外。喜出望外之余，以为是自己的管教鞭策起了作用，邀功似的对女儿说：“叫你做题，做对了吧！”

苗知禾却是嗤的一声，“什么做对了？你买的那些习题册，东一榔头西一棒子的，除了耗我时间，没有任何帮助，帮倒忙！”

“不是我让你多做题，你数学成绩能上去？”

“那是因为我跟学霸学了几招。”

刘梅玉问哪个学霸？苗知禾说还有哪个学霸，谷励啊。刘梅玉将信将疑，谷励不是眼睛长脑门上的么，苗知禾曾说过，谷励是“属冰的”，对同学只会冒冷气。但刘梅玉当时并没多想，只顾着欢喜。欢喜中，只见苗知禾把她买的那一沓沓习题册，往墙角一扔，“请你以后别给我买这些乱七八糟的东西，白费钱。”

刘梅玉好不心疼，那是钱哪，一本册子的钱，抵她家一天菜金。她用商量的口吻：“买都买回来了，你就做吧，多练习总没坏处。”

苗知禾声音亮脆："瞎指挥。"

隔数日，苗知禾管她要钱，说要去买辅导书，向她申明，是谷励推荐的书。苗知禾再次提到谷励，刘梅玉仍没多想什么，只随意问了一句："那个谷励现在愿意帮助同学了？"

"是啊。"

"他愿意帮助的话，你多向他请教。"

苗知禾啥也没说。

没多久，刘梅玉留意到，苗知禾又不提谷励了。本来苗知禾提不提，刘梅玉也没当回事，但这天晚饭时，她过问苗知禾的功课，顺嘴提到谷励，苗知禾却不搭腔。刘梅玉又提了一嘴，苗知禾当即呛她："你烦人不烦人？"

刘梅玉却没生气，还笑道："你吃了枪子儿了？我就是提醒你，还得多向谷励讨教，主动点儿，多跟人家学学，人家是学霸……"

"学霸怎么了？"

"嘿你这丫头！"刘梅玉说，"你前段时间不是在向他学习么？他不是也帮助过你么？他的帮助很有成效的，你的……"

"我现在不要他帮了！"

"为啥？"

"他干吗要帮我？我为啥要他帮？"

"你跟谷励闹矛盾了？"

苗知禾："不要跟我提这个人！"

刘梅玉瞪着女儿，苗知禾不看她，两口扒完饭，碗筷一丢，回房间去了。

刘梅玉这就闹心了，苗知禾这话，明显透着不对劲。待要跟到女儿房间去审问一番呢，又怕跟那丫头呛呛起来，她也不愿总对女儿又吼又骂的。干等着干等着，等到丈夫收工回了家，洗把脸，吃了饭，刘梅玉把丈夫叫进卧室，把这事说了。丈夫笑嘻嘻问："你担心我们丫头跟那个谷励早恋？"

"我是怕呀！"刘梅玉说，"马上初二了，要真是摊上个早恋，她那学习铁定死翘翘！"

话说回来，谷励可是响当当的学霸，学霸能跟她家丫头玩早恋？但要说不是呢，苗知禾为何那样说话？分明是小情人闹别扭的调调。恋爱可不就这样，两个人一会儿好，一会儿恼，一阵儿甜，一阵儿酸的，最是占人心思，耗费时间。刘梅玉一想二想，坐不住了，勒掯着丈夫，定要他去审问女儿。丈夫耍滑头，先说累了，困了；又说不知道怎么问，总之，就是个不去的意思。刘梅玉动了火，"那是不是你女儿？你到底关不关心她？你别把什么事都甩给我，我成天累死累活够累的了！"

斜靠床头的丈夫见势头不好，忙坐直身子，举起双手，"好好好，你别动火啊！"趿拉拖鞋，在地上旋磨着。刘梅玉拳头往腿上一打，"快去！"

丈夫去了没一分钟，便溜达回来，说女儿在做作业。刘梅玉说："等她做完了你又去！"丈夫苦笑答："是，陛下！"

陛下个头！她有啥福气当什么陛下？当谁的陛下？然而丈夫这一句，还是逗得她笑了。等女儿做完作业，她丈夫早卧在床上，睡得呼声隆隆。刘梅玉舍不得弄醒丈夫，自己简单洗漱一下，也睡下了。

她丈夫不把这事当个事儿，刘梅玉却不敢掉以轻心。管教孩子的事情上，她不敢松懈啊，她这回的求职就是活生生例子，没张像样文凭，好工作根本与你没关系。再说了，现如今大都市的生活成本，上涨得多吓人！不说别的，就说上个幼儿园，每年学费三五万的，已然比比皆是。等到她女儿有小孩的时候，那学费又会涨到什么程度？她心说，你要是现在不好好读书，不挣出一份好的前程，将来你的小孩连个幼儿园都读不起；读收费低的公立幼儿园？你总得有送孩子进入的资格，资格怎么来？还得靠读书。

次日，刘梅玉故意再提谷励，果然苗知禾冒起火来。冒火咋的？刘梅玉定要弄清楚，这丫头对她究竟隐瞒了什么。问题是，问，问不出个所以然。观察呢，她哪会观察，瞪酸了眼睛，也观察不出个道道来。

她丈夫劝她，不要见风就是雨，只要女儿的成绩保持上升趋势，就不要多说什么了。她丈夫说，能少说就少说两句吧。

少说，不等于不监督。刘梅玉曾给苗知禾下过死命令，晚上在房间做作业、学习时，门得开着，布帘子得撩起来。接下来的晚上，刘梅玉在女儿房门口瞄见，苗知禾坐在书桌前，一只手托腮，貌似在学习，却不知在想个啥。过一会儿她再去看，苗知禾同样姿势不变。她走到她身后，“你在想啥？”苗知禾身子一抖，“吓死我了！干吗呀你！”把笔拿起来。

下一个晚上，刘梅玉发现苗知禾还是如此，拿学习做着幌子，天知道神游去了何处。问她一句，她便嚷嚷：“你不打扰别人不行啊？你让我安静点儿不行啊？”

刘梅玉琢磨着，女儿这状态，到底不对劲。有心想找个时间，去问问欧阳采采，不好问。特意为这事去登米颖家的门，显着她大惊小怪不说，还容易被人看低。这不是她刘梅玉敏感，她就是因为不太敏感，女儿进这所学校不久，她在家长QQ群里说过几次话，坦陈过心头焦虑，就招人看不起了。上学期那宋丽华那样对她，不就是明显地看不起？她很少在家长群里说话了。

新的一周到来。周一晚上，苗知禾吃完晚饭，休息一阵后，进了房间。刘梅玉做完手头家务，跟着也进了女儿房间，往女儿床沿一坐。苗知禾疑惑地看她："干吗？"

"你学习你的，我在这儿陪你。"

"不要你陪，"苗知禾毫不留情戳穿她，"什么陪我，你就想监督我！"

"少废话，赶紧学习。"

苗知禾把手里的笔往桌上一拍，"我还偏不学了！"

60

过了四十岁之后，李姝明显感到，时间过得快，自己老得快，眼角皱纹出来了，脸上色斑涌现，额上，抬头纹呼之欲出。近一年，她的身体又发福了一圈，看着富富态态的，其实她知道，这哪是什么富态，分明是衰老在皮肉下堆积，是各类疾病在暗暗地坐胎。

她时常担心自己生病，生慢性病，生大病。这个担心却无人分担。因无人分担，她倒把担心养成了习惯，与之相依为命了。

每隔一段时间，她爱翻看一下年轻时的照片。

那年轻时代，好似就在昨天，在往昔不远处；但一照镜子，她才发现自己与年轻时代已隔山隔水，乃至隔了一个世代。往日照片上的她，看着真年轻啊，又年轻，又好看。那时候的她，椭圆脸，大眼睛，眉清目秀，不染尘埃。那样一种眉清目秀，本该拥有生活中一切的美好，换句话说，那就是美好未来的通行证。可她现在通行到了哪儿呢？年复一年，她在固定的车站等车，上班下班；去熟悉的菜市和超市，买菜，购物；按固定的线路回家，周而复始地，做饭，做家务，照料儿子。她的生活圈子，窄到连个风吹草动都鲜见。如若有什么人，在路上、在车站看到她，或许会毫不迟疑，把她当作这个城市里，平庸、失败又茫然无措的中年妇女的样本，唯一的未来，就是无力回天地老去。

以她的忍耐力，这样的生活也没啥好抱怨的。她得抚养儿子，带孩子不就这样的么，你的日常得围着孩子转，你的生活得以他为重心。因为有儿子，她对自己的心疼、为自己的不平，才由强转弱以至于近乎偃旗息鼓的。

她这儿子吧，说他冷漠、自私，说他怪癖、不近人情，都不冤枉他，可有时候，他的一两句话，一些个举动，又叫人，怎么说呢，不知该怎么看他。

儿子劝过她找人结婚，李姝不是不想，但机会在哪里？多年以前，她跟机会抬头不见低头见，各种机会，多得让她生厌；年纪稍大，机会竟一哄而散，散得来寸草不生。可见结婚这事上，机会也是势利的。

前两天，谷励忽又提议，让她去报个兴趣班，学点打发时间的玩意。听得李姝笑个不了。笑，不是因为谷励想在了她头里，她自己早起过这份心；不单起过心，几年前她还学过十字绣，绣过好些个没用的东西，都塞在柜子角落呢；她笑，是为儿子说的与她想的不谋而合。只不过，她把这一系列打算的实施放在了谷励上大学之后。

谷励有这份心，李姝内心是很安慰的。却不准备依言行事，马上去报班。谷励跟她说了，要考国外大学，他有此愿，李姝不感意外。问题是，到时候真要送他出去读书的话，钱还真成问题。

这么多年来，谷家骏支付的谷励的抚养费，每月始终那么几个钱，物价一涨再涨，他的抚养费倒能坚守“初心”，真行啊；有的月份他手紧，还拖欠。李姝从不问他讨要，不是不想讨要，也不是无所谓他增不增加费用，而是不想同他发生联系。不发生联系李姝也能推想到，谷家骏不可能变得有钱。就凭他，天上掉馅饼也砸不到他头上。

谷励说，将来去留学的话他会争取拿奖学金，但即或拿到奖学金，国外的生活费也是一笔不小的开支。这笔费用，李姝不可能指望谷家骏。她本人的工资收入算是不错，但凭着一份工资，想供养一个留学生，还是说梦话。她想，到时候实在无法，可以卖房子；正好两年前她投资购买了一套小型公寓，贷了点款，五年还清。虽有房子可卖，抓紧攒钱也是必需的，除了收敛各种开支，还得再辟渠道，增加进项。

理财方面，李姝似乎有点天分，也有点运气。她炒过股。别的炒股散户多是当韭菜，挨宰割，她倒是赚了钱。或许是玩炒股那两年，她炒得三心二意，买进卖出皆有一搭没一搭，偏就是这有一搭没一搭，她反而赢了利。赢利后，无心再继续，关闭了账户，那笔钱便妥妥地成了囊中物。不像那些恋战的，战到后来，纷纷损兵折将，老本都赔了进去。

她还一直在买基金。买基金也有风险，她却没被风险咬住过，投入的资金全稳稳当当，收了回来。就在谷励说了要留学的话之后，李姝便盘算着，是否再进入股市。她先做功课，了解股市行情，一了解，才知近两年的股市萎靡不振，赚钱不易赔钱易，蔫巴巴地咬人。既如此，李姝便丢下了此念。丢下此念的同时，无意间听人提到炒纸黄金。又一番了解，发现此事操作简单，买进卖出即时搞定；资金可随时回笼，这就相对安全。她一点不耽搁，第二天便到银行下载了App，在手机上开了户。

纸黄金，李姝没炒过，虽没炒过，一上手，竟是个驾轻就熟。开户当天她小试了一下牛刀，一夜之后赚了两百多元。

两百元算个啥呢，但就是这不足挂齿的赚头，吊起了李姝的胃口；吊起胃口不说，她发觉这事太容易杀时间了。盯着那涨涨跌跌变动不停的数字，眨眼间，一个中午就没了，再眨眼，一个晚上又没了；白天上班没事的时候，她也偷偷看手机。

她打算提前赎回两笔基金，把钱投进纸黄金炒作上。

这之前，她常觉得时间难打发。说来，每天下班回到家，总有一批家务等着她，可即便不歇气地做家务，时不时地她仍感心里空落；要是某个晚上没太多家务，更觉时间难挨。周末也是，上班日总盼着周末到来，周末来了呢，又往往变成坑，一个个周末，让她过得坑坑洼洼。

现在，有了纸黄金做伴，李姝的时间不够用了。她不追剧了，不跟同学煲电话粥了，不试图跟谷励说话了，也不看朋友圈和手机上那些杂七杂八的帖子了，晚饭之后，快快洗刷了锅碗，一屁股坐进沙发，打开手机就盯着纸黄金涨跌，一会儿买进，一会儿卖出，或者渐进式一点点买进，又一点点卖出。周末纸黄金歇盘，李姝恨不得它不歇；虽不可能让盘不歇，她也有事可做，看各种对黄金走势的分析文章，看得津津有味。

又是一个周六。下午她该去买菜，可是拿着手机，就把时间忘记了。先看朋友圈，再看分析黄金行情的帖子，看累了，进手机淘宝淘了些东西，淘完，起身要去买菜，手指一点，又打开一篇帖子，是一篇解析当下国内宏观经济形势的文章。看完这篇，翻下一篇，一篇接一篇翻下去，忽听到谷励声音，抬头，见谷励站在沙发前问："今晚吃啥？"

李姝一个恍惚，继而笑了，糟糕，没去买菜，还忘了做饭。她说："一会儿我叫两份外卖。"跟着说："抱歉啊，我把时间搞忘了。"

谷励没对外卖表示不满，却出乎李姝意料地，又问了一句："你在看啥呢？"

李姝如实说了。谷励好像愣怔了一下，又问："你对这些感兴趣？"

李姝回答之前，意识到，这是儿子少有的连续问自己问题，难得啊，稀罕哪！正要回答，手机嗡嗡振响。她垂眼一看手机屏，是个陌生号码，判断一准是推销电话。李姝倒不介意接听这种电话，不介意好言好语对对方说个"不需要"，这世上，谁是容易的！接起电话，却没声音，李姝问哪位？仍没声音。她喂一下，又喂一下，那头把电话挂了。

真奇怪。

61

电话是刘梅玉打的。

刘梅玉打电话，是想跟李姝谈谈小孩的问题，她的女儿和她的儿子。电话拨通，一听见对方的声音，先前打好的腹稿瞬间丢盔弃甲；不但丢了腹稿，还发觉打电话的时间不对，这是做晚饭的时间，打什么电话呢，赶紧挂了。

近来苗知禾学习有进步，却是好景不长，刚有进步，她就出现不正常的苗头。周六下午，苗知禾在房间里，又是发呆的样子，刘梅玉一见，直接走进去，单刀直入问："你在发什么呆？"

苗知禾弹回给她的还是那句老话："你不要吓人行不行？"

刘梅玉往女儿床头一坐，摆开要跟女儿好好一谈的架势。苗知禾的神态分明写着不想谈，刘梅玉不由她不想，东拉西扯一番后，说到了正事。之所以东拉西扯，是为了铺垫，铺垫得好不好不论，反正有了这个引子，她便把想说的话说了出来，意思归拢一句话，不可以早恋。

苗知禾："啥叫早恋？"

刘梅玉没想到有这一问，转而说："你没有早恋就好。"

苗知禾："要是有呢？"

刘梅玉惊怒："啥意思？你是不是，是不是跟那个谷励……"后面的话找不到合适词儿，半天说不出。

"我跟那个谷励啥事也没有。"

"那你刚才为啥那么说？"

“随便说的。”

“你要气死我呀！”

“不敢。”说了不敢，苗知禾还追加一句，“你要烦死我呀！”

刘梅玉还能怎么样？女儿慢慢大了，总不能说打便打，打成仇人了呢；盘问呢，无论使什么招儿，都盘不出个水落石出。所以她才给李姝打电话，又没打成。

晚间，把这事说给丈夫。同一件事情她一说再说，丈夫虽没不耐烦，也没取笑她管不了的事强管，但也没给她出个利索主意。虽没给出啥主意，丈夫问到了她换工作的事，这提醒了她，这事儿真不能再耽搁了。

去年年底，市中心两家大型商场同时关张，多少年的繁华兴隆，一夜尽付东流。今年五一节前，又一家商业广场倒闭。刘梅玉供职的商场，同样是气数已尽，关张指日可待。

丈夫一问，刘梅玉便下了决心，接受一家康养中心的护工工作。

康养中心，即养老院升级版。被送进康养中心的老人，绝大多数有病在身，要么痴呆，要么半痴呆；要么生活不能自理，要么屎尿不能自控。刘梅玉起初犹豫，并非怕这活儿苦累，琐碎，还脏，而是觉得早晚跟一帮病恹恹怪脾气的老人打交道，心情没个舒爽。有病的老人，有几个脾气好的！她刘梅玉再是个底层人，也不愿太受气。但眼下急于换工作，心情舒爽不舒爽这一点，只能靠边站，毕竟这份工作稳定，收入不坏。

本打算下个月入职，中心急需人手，刘梅玉便向商场请了假，先到中心入了职。入职当天即受培训，培训也简单，管理护工的负责人把工作制度，注意事项，老人们的基本情况向她一交代，就算培训了。

老人们得全天贴身照料，护工上班连轴二十四小时，跟着休息二十四小时。刘梅玉是新人，一开始分配给她照看的老人，只有四个，也就这四个人，一天下来，把她累得腰酸腿软。从早晨七点接班，直到晚上十点，她几乎没歇过一口气，不是照料老人们吃饭、吃药，为他们擦洗、按摩，伺候他们上厕所，陪他们说话，就是给他们找东西，拿东西，洗东西，拖地打扫卫生，归整房间；要么是，哪位老人骂起人来，她得听骂，做解释，哄小孩似的哄其开心。她负责照料的一个老太太，大小便失禁，一天里，她得几次给她换尿不湿，给她洗屁股；另一个老太太严重老年痴呆，一会儿，尿湿了裤子，一会儿，弄丢了鞋袜，一会儿，又把家属送来的蛋糕装进衣服口袋，弄得衣服一塌糊涂。

晚饭后，老人们吃完药，各自以默默向壁、自言自语、骂骂叨叨或不知跟什么人怄气的方式，休息一阵之后，刘梅玉得给他们逐一洗澡或擦身子，再陪他们说话，再给他们找或拿这样那样东西。到晚十点，老人们上床了，她也不得安宁，刚躺下，这个叫她一声；再躺下，那个又喊她一嗓。

上了一周的班，刘梅玉觉得脱了层皮，身累，心累，嗓子也累。每次交完班，坐公交车回家，站在车厢里都能睡着。闷头想想，这个工作的性价比实在太低，可又能怎样呢。

这一周来，刘梅玉基本没管过苗知禾，哪有精神去管她。她不管，苗知禾倒关心起她来，“妈你的新工作是不是很累人啊。”

刘梅玉说：“你还知道我累啊！”

苗知禾说："知道啊，看得出啊。"

女儿这么说，刘梅玉内心是高兴的，但脸上却不笑，抬手有气无力地挥挥，意思叫女儿走开。苗知禾遵命要走，刘梅玉又把她喊住，喊住干吗呢，教育她啊，这就是个现身说法的机会，刘梅玉说，你要是不好好学习，将来找工作，比我好不到哪儿去，"我跟你说啊……"

话没说完，苗知禾一副受不了的表情，"你不是累坏了吗，还有精神说我！"

"我吃苦受累，不都为了你！我……"

苗知禾一仰脖子，"又来了！"转身开溜。

62

宋丽华无意间发觉，近来杨尊跟自己，真有点不交心了。

四月份的时候，杨尊跟她说过一嘴，说谷励在班上愿意跟人说话了。那谷励的秉性，宋丽华是知晓的，宋丽华问："他不是特别不爱搭理人的吗？"杨尊说那是以前。现在他变了？杨尊说，他也只跟苗知禾说得来。为何只跟苗知禾说得来？杨尊说不知道。宋丽华再问，他俩都说些什么？杨尊又回个不清楚。宋丽华："他俩是在早恋吧？"

宋丽华很知道，如今的小孩幼儿园时期就会谈情说爱，当然是个玩儿；进入小学之后，这帮小孩更是忙乎。杨尊小学六年，先后有好几个小女生跟他要好，杨尊自己，也"暗恋"过几个小女生。"暗恋"这个词儿，他是从电视上学来的，不单他"暗恋"，别的小男生也“暗恋”。宋丽华听得发笑，心知这是一阵风的事，从不对此进行打压，反而跟儿子闲聊他“暗恋”的女生；除了聊儿子喜欢的女生，也谈别的小孩喜欢的女生或男生。那时候，杨尊啥话都跟她说，母子俩坐在沙发上，或坐在阳台凉椅上，或在户外什么地方，你一言我一语，你一说我一笑，不像母子，倒像朋友。

对此，宋丽华心里是得意的，更是满足的。

但这回，关于谷励和苗知禾，宋丽华说出早恋的猜测后，杨尊飞快地说：“不会不会。”说了不会，也不说为啥他认为不会。宋丽华说：“我看会。”杨尊却刹她的话头：“妈你不要乱猜。”刹了她的话头，还叮嘱她一句：“他俩不可能的，妈你不要去跟老师说啊。”

倒叫宋丽华愣了一下。

等到他和林逐月做同桌那一周，宋丽华几次问起他跟林逐月的相处，从杨尊嘴里出来的，全是好话，听上去，那林逐月仿佛洗心革面成了新人。宋丽华哪能信，虽不信，也没深究。虽没深究，后来林逐月突然被她父亲从学校带走，说起这事来的时候，杨尊不自觉吁了口气。他这一吁，宋丽华听出了弦外之音，断定儿子受过林逐月的气，杨尊却一口否认：“没有。”

“真没有？”

“没有。”

“她咋欺负你的？”

“妈你好烦人的。”

被儿子说，宋丽华并不介意，她也说过儿子烦人。但隔一天，宋丽华由儿子的这句“烦人”，咂摸出了不对劲儿，不对劲不是关于“烦人”，而是关于说话，以前儿子啥话不跟自己说？现在虽也不是啥都不说，但肯定不是啥都说。当晚宋丽华就问儿子："我咋觉得你跟我有点生分了呢？"

杨尊仍是两个字："没有。"说了没有，再无下文。宋丽华："那你给我说个秘密。"杨尊就笑："妈你好八卦。"宋丽华："原来你爱跟我说好多小秘密，现在不爱说了。"杨尊说，不是不说，是没有。又来个没有。宋丽华笑："肯定有，说来听听。"杨尊竟然伸脖子喊："爸，你管管你媳妇儿。"

宋丽华笑得够呛，笑毕，说："你爸能管我？"杨尊问为啥不能？这时候，杨尊爸走过来了，杨尊爸做了回答："因为你妈是领导。"

杨尊转转眼珠，"以后我结了婚，也是我媳妇当领导？"

宋丽华半是发笑，半是警觉："你最近为啥老说结婚结婚的，为啥呀？"

"我老说了吗？"

宋丽华手指戳戳儿子额角，"你上次也说到结婚娶媳妇，你在想些啥呀？小小年纪的。"

"啥都没想，随便说的。"

"随便说的也有个来由，跟我聊聊啊。"

杨尊却插科打诨："我想喝酸奶啊，冰箱里没酸奶了。"

又是酸奶！宋丽华说："酸奶我一会儿去买，现在我们好好聊聊天。"

"你跟我爸聊吧。"

"你爸知道你的想法？你两爷子谈过？"

杨尊爸紧摇头，杨尊："你俩慢慢分析呗。"

跳起来溜走了。

宋丽华眨巴眼睛，看向自己丈夫：“这小孩咋的了，为啥跟我不坦白了？”

她丈夫嘿嘿笑，“儿子大了。”

“大？他才多大？”

“不大，也不小了。”

“真是屁话。”

老公被她训惯了的，也不恼。当然宋丽华对老公的训，骂，向来是笑训，笑骂，带着玩笑的成分。宋丽华对老公说：“要是儿子长大了，交了女朋友结了婚，跟我离心离德，也说得过去，现在他才多大，就跟我有二心了。”

老公笑，“现在的小孩跟我们小时候不一样了。”

这倒是。

虽然承认“这倒是”，宋丽华还是想不过：“我拼死拼活挣钱，巴心巴肝为他，他这么早就不跟我贴心了？”

“没那么严重。”

“现在不严重，迟早要严重，但是……”宋丽华没但是下去，手一挥说，“算了，谁叫他是我儿子呢，我不为他我为谁？”

吩咐老公：“帮我盯着点儿，不许他早恋。”

63

六月是高考季。

如今的高考，既紧张，又热闹。热闹是因为陪考的家长们花样太多，穿旗袍穿马褂啦，穿灰上衣黄裤子啦，举向日葵啦，拉横幅啦，种种举动皆有寓意，图个什么“旗开得胜”“马到成功”“走向辉煌”“一举夺魁”；横幅拉着“天王盖地虎，全上985；宝塔镇河妖，拿下211”之类。任静从手机新闻里，从微信朋友圈中，看到这些花边新闻，看到这些兴风作浪的家长，也忍不住笑，也羡慕他们自娱自乐的劲儿，笑着笑着，又想哭。

高考这个词儿，让她感到烧心，时而，她都能闻到一股焦煳味。五年之后，她儿子和她也将面临这一战。五年说来不短，实则就是个俯仰之间。以陆枕涛当下的状况，五年后会怎样，她委实不敢推想。

大姑姐来过之后的两天，陆枕涛显得十分沉闷，静穆。静穆得让任静不安。不安不是个法儿，任静主动跟儿子谈开了，坐在儿子身边，把在儿子父亲这件事上，自己怎么打算的，为何如此打算，一五一十，都说给陆枕涛。陆枕涛低头听着，任静刚一停顿，他就问：“我爸是不是精神有问题？”

陆枕涛问得冷静，任静听得惊心。她该如何回答？还要瞒么？以什么理由瞒？脑子却转不动，不能即刻弹出个计策。陆枕涛见她不言语，又问：“那我呢，我是不是精神有问题？”

“不会的，”任静强笑，“你怎么会，你这么小……”

“你咋知道不会？你不是要带我去看心理医生吗？为啥又说不会？你撒谎！”

任静哑口无言。只好说：“那么我们去看医生？”

“不去。”

丢下这两个字，陆枕涛跑了出去。

回来也不说去了哪里，干吗去了。

他还自己把药停了。治疗注意力缺陷的中药，他不吃了。其实任静也正想让儿子停药，不对症，吃它干吗？是药三分毒，别把她儿子毒坏了。

次日，任静再跟儿子谈。她听过讲座，也看了一些书，她得做点儿什么，总不能坐以待毙。但陆枕涛不想听她谈，“我要学习。”

任静：“我们谈谈吧，磨刀不误砍柴工。”

“我要学习，快要期末考试了。”

任静：“放松些，考成什么样是什么样。”

退回到一个月前，任静何尝想得到，自己会说这样的话。但此一时，彼一时，眼下的情况，她唯求儿子身心状态好起来。跟身心健康比，一切都在其次。

陆枕涛摇头，“我要学！我不想将来考不上好大学。”

任静：“但不能打疲劳战啊，看把身体拖垮了！”

陆枕涛：“你出去，别烦我。”

任静出去了。隔一时，又去看儿子，刚在门边探个头，书桌前的陆枕涛发出一声暴喝：“出去！”

夜深人静时，任静也怨命。命运为何把这样一种境况强加给她？压得她，把曾经那份雄心丢个罄尽。怨了命又自责。自责得累了，精神也疲软了。疲软下来后再想，儿子的是问题，很大可能还是情绪问题，情绪影响状态，状态不好，他就学得吃力，学得事倍功半。

她绝不愿看到儿子在这种泥淖般的状态里越陷越深，陷深了，说不定将来真要出精神问题。

这天晚饭后，陆枕涛坐到沙发上打开电视，任静削了盘水果，端到儿子面前。陆枕涛看的是科教频道，任静陪着他看，看了一会儿，陆枕涛起身要回房间，任静喊了声儿子，说，今晚别弄得太晚，我们这段时间先以身体为重，把状态调整过来，我们先不考虑成绩，能跟着走就行。

陆枕涛不说话，也不点头，也不摇头。

任静又说："你要是觉得状态很不好，我们办个暂时休学也可以。"

陆枕涛反应十分激烈："我不休学！凭啥要给我办休学？我要上学！"

"没说不让你上学啊，我只是……你不休就不休吧。"

她儿子这是在跟什么较劲呢？其实她也不想让儿子休学啊。任静不多说了，唯寄希望于儿子的自我修复能力。

可陆枕涛的状态还是叫她焦虑。一头，陆枕涛熬夜成常态，以他的年龄，晚上弄到十一点就算熬夜，而他日益频繁地，在书桌前坐到十一点半。好像故意要把自己累垮，叫任静看着心疼不已。另一头，最近一到周末，他又摆动到另一极端，长时间打游戏，疲疲沓沓混时间。

任静先是想，连日来他透支了体力精力，他这是找补呢。让他找补一阵吧。想是这么想，到底放不下期末考试日日逼近这个事。周末时间多宝贵啊，周末利用好，平时别那么累，把压力匀开，于身体，于学习，都好。她换了种方式说儿子。周六下午，陆枕涛在电脑前打游戏一个半钟头的时候，任静走过去说："注意眼睛啊。”

陆枕涛嗯一声，却没有离开电脑的意思。任静问还要打多久？陆枕涛不回答。任静又问一遍，陆枕涛依然不吱声。

任静：“我说话你听见了吗？”

陆枕涛：“我现在不想看书，看不进去。”

“你玩两小时了，劳逸结合也结合了，该学习了。”

“你不要老盯着我行不行！”

“我只是给你提个醒。”

陆枕涛再不多说，伸手把电脑一关，“你满意了吧？”

儿子越是对抗，任静越是要跟儿子谈，“我们谈谈。”

“你不是要我去学习吗？到底要我干吗？”

“我们先谈谈。”

“不想谈。”

“你不跟我谈，我要犯眩晕。”

“你非要跟我谈，我犯精神病。”

这一说，把任静说愣了。

64

自打龚澄晨进入这所中学，徐雪飞就跟压力和担忧结了缘。别人看不出，以为她对女儿的成绩无所谓。徐雪飞不是无所谓，可也不是太有所谓，在对女儿的培养上，她的目标与众不同，她要培养一个淑女。

当今社会，啥样女子都不缺，有才的，有貌的；能干的，聪明的；娇气的，厉害的；心机深的，懂风情的，缺啥呢，不缺。稀缺的，唯有淑女。这一点，她看得清清楚楚。

女儿不会考试，学习底子差，按徐雪飞开初的想法，慢慢补呗。她给女儿请了家教，还一请三个；周末，也不带女儿出去玩户外了，让女儿在家，跟着家教学习。徐雪飞自己，是户外运动爱好者，爱好了十多年；家里有个房间，专门存放户外运动装备。龚澄晨五六岁大，徐雪飞就带着女儿一起户外，徒步、野营、登山、骑车、潜水、滑翔，有啥玩啥。带女儿玩户外，徐雪飞不认为这跟培养淑女的目标有啥冲突，过去的淑女，还陪着男士打猎呢。

但女儿要补课，她就没法带女儿玩了。不带女儿出去，她自己也不好出去，尽管不是一次都不能自己出去，毕竟跟过去是两回事，也就是说，她的生活方式，基本被破坏了。

这倒在其次，关键是，她的淡定渐渐摇动。首先，老师的电话，她是接怕了，一次次，对各科老师做解释，向老师们声明，她女儿在努力，在补差距，说这些话的时候，她总感到自己低人一等，矮人一截；再者，她担心女儿受歧视。熙和这样的学校，成绩是硬指标，成绩差的孩子，老师不喜欢；同学呢，说来小孩子单纯，徐雪飞可知道，小孩子有多么单纯，就有多么残忍，喜欢墙倒众人推，喜欢拉帮结伙，排斥异己，欺负弱的和看不顺眼的小孩。还不说如今的社会这么复杂，学生的家庭背景形形色色，有多少势利的父母，便有多少势利的孩子。

不错，她家的家境，是不会让人看低的，但另一头说，如果你家境好，孩子学习差，那些人就会说："有钱人家的孩子嘛……"好像有钱人家的孩子，该是蠢货，有钱的父母，铁定不学无术。

徐雪飞特别讨厌这样的话。

花了那么大力气，女儿仍是班上垫底的。从上学期到这学期，眼看这学期也快结束，即便有几次考试，冒出个勇夺倒数第一的林逐月，却不能改变龚澄晨稳坐末位的现实。不是龚澄晨笨得来朽木难雕，原因就一个：追涨难追。龚澄晨在补课，在进步，别的孩子也在进步；她进一小步，别人进一大步，她追一小截，别人飙一大截，追了半天，仍挂在尾巴上。

她女儿倒比她扛压。每次考完试，成绩出来，龚澄晨也难过，也不好意思，却从没显得特别沮丧，更没有表示厌学、惧怕上学。龚澄晨自己说来，同学、老师对她都不错，也没有歧视她，也没有欺负她。虽不歧视，不欺负，这状况也不好，徐雪飞觉得，老被人说成差生，自尊心如何维护？一个淑女，怎可短缺自尊？

上个学期，徐雪飞就萌生了给女儿转学的念头。

这学期一开学，于老师又一次把她请到学校，面对面跟她谈龚澄晨的问题。那次谈的时间很长，于老师极尽耐心，为她全面分析龚澄晨学习上的问题，一面分析，一面跟她探讨；一面探讨，还一面支着儿。徐雪飞听得出，于老师这些分析、建议的背后，有一句明确的潜台词：你是家长，你得为你的小孩全力以赴。

于老师说得孜孜不倦，徐雪飞听得心累万分。她没有尽力吗？这可太冤枉人了。但她跟女儿的处境一样，追涨难追。

开车回家的路上，徐雪飞心头突生不爽。不是对那位于老师的不爽，而是对这一整套教育体系，以及附加在这套体系上的一切不爽。好像小孩子读个书，做家长的必然该把全部精力搭进去，老师跟家长说话，全以这个为默认前提。家长没那么多精力呢？没那份本事呢？再说，这搭上小孩大人两人的心血读出来的书，将来用得到多少？

转学吧。

或者，提前送女儿出国留学？

初中生出去留学的，这几年逐年递增。问题是，留学也麻烦。一是孩子太小，得有家长陪读；再是留学也有个择校问题。

徐雪飞不是不想陪读，只是不太放心丈夫。

她跟龚澄晨父亲的婚姻，在她，是头婚，在他，是二婚。哪怕她知道，她丈夫很看重他的事业和家庭，对离婚，骨子里是慎之又慎的；她丈夫跟她说过，若非万不得已，大多数男人不会轻易离婚。但是，万一呢？像她丈夫这种事业有成的男人，身边流莺乱蝶多得来，你就是手持强力杀虫剂，也没法防守得滴水不漏。平时她是睁一只眼闭一只眼，可一旦她离得太远，事情就十分不好说了。

再说择校。她家在美国置有房产，但要送孩子留学，他们夫妇都倾向于英国。夫妻想法一致，不等于这事就尘埃落定，离尘埃落定远着呢，最关键的一点，得为孩子选学校。而要在英国择校，学问大了去了，即便有咨询师辅佐，做出恰当判断也非易事。再说，人家的好学校，门槛也是高的，你孩子进得去不？即便万幸进去了，你孩子读得出来不？能融进同学和班级中去不？

徐雪飞密集地，见了好些熟人和朋友，这些人的小孩都在国外，或读高中，或读大学，或读研。说起孩子留学，各有一本心经，各有一番心得，也各有各的说道，有说好的，有说不好的，有说利弊兼有的，提供给她的信息量极大，反把她的脑子弄乱了。

徐雪飞才意识到，即使家里有钱，当妈也一点不省心。

不管怎么说，送女儿留学这个方向是不变的，无非是时间早晚的问题。最终她决定了，这个学年结束，先给女儿办转学，转到本地一所国际学校去，让龚澄晨做好出国留学的必要准备，到了高中就出去。徐雪飞自己，打算利用这段时间好好做功课，详细了解英国的那些中学，包括将来要入住的社区。大不了，她可以往那边飞两趟，坐地了解。

65

把林逐月送到专门管教叛逆孩子的学校，是林风的主意。

林风没说这话之前，汪曼露最大愿望，是摆脱女儿。也不是摆脱，是跟女儿拉开距离，母女两个不要朝夕相处，不要乌眼鸡似的成天吵嘴干仗，搞得家里硝烟弥漫。然而林风专门跑来，把这话一说，汪曼露意外之余，又犹豫了；犹豫之中，还惆怅；惆怅之后，又感到心疼。

“那种学校，会体罚的吧。”

林风：“我找的学校不会。”

林风说，那学校是他一个朋友的朋友开办的，创办人做过媒体记者，是个有情怀的人，对学校和老师的管理，都是有标准的。情怀二字从林风嘴里出来时，汪曼露心里犯恶心，什么狗屁情怀，他不收费吗，收费不就是做生意吗，情怀！那学校咋收费的呢，林风说这个你就不管了。汪曼露便知，那就是人家给林风做了人情，要么不收费，要么象征性收点儿费。

她还是放心不下，“就算不体罚，他们也会虐待学生的吧。”

“虐待？”

“听说有电击疗法。”

“那个学校没有，他们不会用那些乌七八糟的手段。”林风说，他是去考察过的。“你到底是个什么意见？”林风问，“是不是不想让我送女儿去？”

不想还能怎样，未必她管得了林逐月？

林风先就说了，把林逐月送过去，加上暑假时间，差不多三个月，让女儿接受三个月的特殊管教，把她的野性杀一杀，坏习惯掰一掰，回来后，做个补考，补考及格，跟班走；不及格，再读个初一。

他说把女儿的野性杀一杀这话时，眼睛有些泛红，还深深一叹。

难得这个人肯花他的宝贵时间为女儿用心，汪曼露还有啥可说的呢。

剩下的问题，就是林逐月肯不肯去了。

想都不用想，林逐月当然不肯去。

林风在林逐月房间里，关着门跟女儿谈。他们在里面谈，汪曼露在外面听，就听见林逐月扯嗓子喊：“骗子！骗子！混蛋！”

女儿为何骂她爸是骗子，汪曼露不明所以，尽管不明所以，她觉得没啥不对，林风可不就是个骗子么，至少对她而言是骗子。她听着真觉痛快，一面觉得痛快，一面又担忧林风说服不了女儿，她女儿是个什么秉性，她还不清楚！

果然，林风用了一个多小时，烟头丢了满地，屋里乌烟瘴气，也没拿下林逐月。汪曼露推开女儿房门看到，林逐月坐在书桌上，两条腿一荡一荡："除非我死了，你们休想把我弄到那个监狱去！"

林逐月："你们合谋算计我！你们迫害青少年！你们狼狈为奸不是好东西！"

就是这句"你们狼狈为奸不是好东西"，叫汪曼露火了，林风也恼了；汪曼露火了，就要去撕扯那张狂忤逆的丫头，被林风拦住。林风没让她撕扯，也没再多说什么，转身要走。见林风要走，林逐月一跳跳下桌子，动如脱兔地往门口冲，被林风一把拽住，"你要干吗？"

"逃跑呗，"林逐月说，"未必坐在这里等着你们陷害我！"

林风拉着林逐月的手腕不放。林逐月："除非你把我绑起来！腿长我身上，我不跑掉不是人！"

林风把林逐月拉拽到椅子边，按坐在椅子上，"你是大姑娘了，我不想对你动手。该说的我也都说了，你自己好好想想，一时想不通多想一时，还是想不通就想一天，想两天！你好好给我待在这里！"

一把拉着汪曼露出了女儿房间，把门锁住。

临走前，林风对汪曼露说："先别开门，把她关一关。"

林逐月又被禁足了。从当天晚上，禁到次日下午两点。

次日早晨，林逐月砰砰踢门："放我出去！放我出去！再不开门，我打电话叫警察！"

汪曼露门外回："叫吧，最好叫警察把你带走！"

"我要吃饭！你们这些坏人，害人精！"

"你还知道吃饭！你知道饭是哪儿来的？"

就为了这个混账丫头，汪曼露又得请假一天。为这女儿，汪曼露年假耗光不说，还得一次次请事假；请事假不单上司不满意，还得扣工资。她这些年，毁在这丫头身上了。

林风是下午两点过来的。来的时候，林逐月已饿得没了劲儿，也不吵了，也不闹了。女儿饿成这样子，汪曼露哪能忍心，再不忍心，也得忍着。林逐月被林风带到楼下去吃饭，汪曼露在家里，给女儿收拾住校用的东西。收拾好，送下楼。阳光刺目，晃得她张不开眼。

这才看到，林风不是单独过来的，还有个中年男子一块儿。林风介绍中年男子，姓朱，是朱老师。那朱老师长方脸，黄白面皮，下巴泛着胡楂刮尽的青色。他笑着对她点个头，汪曼露却感觉他身上隐隐冒冷气。

再看林逐月，不知她是吃撑了，还是被大太阳晒昏了，有点萎靡呆钝的样子，脸上没啥表情，眼睛也不看人。忽地，打出一个带肉味的饱嗝。

路边停靠着一辆白色小轿车，汪曼露没看清车是什么牌子，满心担心着林逐月不肯顺从上车。却是想错了，朱老师按下开车锁，林风拉开车门，林逐月一言不发上了车，往椅背上一靠，脸别过一边。

汪曼露喊了两声女儿，林逐月全不理睬。

林风将汪曼露拖来的行李箱和书包放进车里，也上了车。

车开走了。

66

米颖约桃桃见了一面。约桃桃见面，是因堂姐的一个电话。

桃桃突然宣称要辞职，把堂姐惊得，赶紧拉开了与女儿的另一场斗争。斗得僵持不下，堂姐又一个电话，打给米颖，电话里，又是一通怨，恨女儿头脑发热，异想天开，想起一出是一出：桃桃之所以要辞职，是想复习考研。为何想考研？堂姐说："不想上班了呗，想偷懒呗。先不说她考不考得起，就算走狗屎运，考起了，她读了研出来，还不是要找工作，还不是要上班！说不定到时候找的工作，不如现在的。根本听不进去！"

为这个事，米颖往堂姐家跑了一趟。

堂姐家，米颖去得少，上次去，都是两年前了。堂姐先让米颖参观桃桃房间，那房间果如堂姐所说，脏乱得令人惊叹，比起两年前米颖所见，还要脏乱几分，床是乱的，桌面是乱的，衣橱是乱的，懒人椅、地面上，全是乱的，地砖还是黑的，跟房间外的地砖截然两个颜色。堂姐说："看吧，这是我一个多月没替她收拾，就成了这么个样子！"

参观时，米颖心里也奇怪，桃桃穿戴不算邋遢，怎么肯让自己住在这样的垃圾堆里。参观完，米颖把堂姐请到外面咖啡馆坐了半下午，让堂姐消气。

堂姐说："我不是反对她考研，我跟她说，你要考也可以，除非你能在大学里找到一个男朋友，那你就去考。"

堂姐说："我为啥那么说？因为我笃定她根本不是为了读书！"

堂姐又说："我谅她也考不上，为个考研，在家啃老也就罢了，白白耽误了自己啊！"

堂姐最后说："那死女子听你的，你帮我说说她吧！"

米颖约桃桃见面，不是自认为有把握说服桃桃，哪敢那样托大；也不是完全遵照堂姐旨意，抱着要说服桃桃放弃考研的目的。考不考研，是桃桃自己的事，得由她自己做主；米颖是想，跟桃桃好一段时间没见面了，见个面，聊一聊，了解一下桃桃的心思。

跟桃桃一谈，米颖心里有数了。桃桃确如她妈所说，就是不想上班了，上班上烦了；还有就是，不想跟她妈一个屋檐下住了。与桃桃谈过之后，桃桃倒是暂时放弃了辞职的念头，也不说要考研了，本来她也不是安心要考；可是不说辞职和考研，桃桃又陷入了茫然。上班没劲，换工作呢，她早换得烦了。大学毕业头两年，桃桃频繁换工作，好几份工作，干不到三个月就走人，最短的，只干了两周，好像是专门试工作的。现在这份工作，桃桃干得最长久，三年多了，正因为三年多，她对之厌烦透顶。又怎么办呢，去旅游散散心？三天五天的，没啥大意思；尽兴旅游个一年半载呢，桃桃倒是想啊，哪来的钱。

钱是个问题。因为没钱，桃桃没法丢了工作专心玩旅游，也没能力自己买个房子，搬出去另过。她父母倒不是一点钱拿不出来，支援她买房子；但米颖知道，堂姐不肯拿这个钱，是有打算的，堂姐是想让女儿找对象结婚，房子呢，男女双方合力购买。桃桃不找男朋友，堂姐就不肯拿钱给她买房；一年年地拖下来，房价呼呼飙升，越发买不起房。

买不起房，母女两个只得同堂共处，处得鸡飞狗跳。

米颖提议桃桃，要不，租个房子搬出来。这话她本来不想说，毕竟这是堂姐家的家务事，可眼下这个情形，也没啥好办法了。

桃桃却不说话。

米颖说，如果是钱的问题，自己可以借给她。

桃桃仍不说话。

米颖便猜到了几分缘由。说："你不想租房子搬出来，是怕搬家麻烦呢，还是怕以后没有现成饭吃，没人给洗衣洗碗打扫卫生了，还是因为别的什么，这个先不论；依我看，不管出于什么理由，只要你还住在你父母家，你就得调整一下你自己了，不要总跟你妈闹冲突，搞得大家过不安生。"

这时候桃桃说话了。桃桃一开口，矛头直指自己的妈，一句一句，把她妈批得体无完肤。起初米颖听着还发笑，笑着笑着，觉出了异样滋味，桃桃嘴里弹出的话语，又毒舌，又偏激，比磨快的刀还锋利。数年前，桃桃跟她妈发生冲突时，米颖的态度还比较偏向于桃桃，但现在，她觉得不对劲儿了。桃桃到底是个大人了，这么大个人，依然一点不懂宽宥体恤，这叫什么，就叫没长进啊。

待桃桃说完，米颖说："你还是去考研吧。考上了，读研期间的费用我借给你。但这个钱你是要还的。"

桃桃："为啥你又支持我考研了？"

米颖："我一开始就没反对，现在更不反对。与其成天在家里跟你妈斗气，不如去读研。"

桃桃："考不上呢？"

米颖："再考。"

桃桃摇头，"我已经不想考了，根本考不上。"

“下个决心嘛。”

“没决心。”

“那你想怎么样？”米颖说，“找男朋友结婚？”

“有意思吗？”

照桃桃看来，谈恋爱累人，找对象更累人；结婚没意思，生孩子养孩子尤其自讨苦吃；在父母家住着不顺心，搬出去住也未必顺心。说得米颖都替她愁，又不能说“那你为啥还活着呀”，就说：“考虑考虑租房子吧，考虑好了跟我说，若是租房钱不够，我借给你。”

跟桃桃连吃饭带说话，也就两三个小时，米颖累得好像说了一整天的话。说了这么长时间的话，与桃桃分手回家的路上，米颖却发觉，对桃桃越发捉摸不透了。桃桃现在这样子，不愿社交，无心恋爱，无意结婚，究竟是没兴趣，还是怕麻烦，怕受挫，怕付出？就算这些因素都有，这么过着，她自己并不如意，恐怕她连性生活也没有的吧，年纪轻轻的呀，她能有好心情么？可是关于性生活的问题，谁又好问呢，堂姐都不好张口。

米颖忽地想到，桃桃是否已蜕变为如今人们说的冷感一代，对任何事都没动力，哪怕不喜欢孤独，也宁愿孤独，而且是邋里邋遢地孤独。这是咋回事呢？这是怎么来的呢？

67

期末考试，陆枕涛的名次，排在全班第三十三名。

任静啥话都不说，只盼着儿子暑假到来。

她万分希望陆枕涛利用暑假两个月，好好休养生息，好好做个调整。调整得好，初二功课不掉队，到了初三，再来狠狠冲一下。

想归这么想，她心底却在深深犯愁。初二相当关键，若初二只求个不掉队，初三能冲到什么高度？成绩这东西，往下掉大可一落千丈，往上爬则极难一飞冲天，冲不上去的话，重点高中就是天上的月亮，看得见，摸不着。

如今形势变化快，中考竞争是愈演愈烈，严酷程度堪比高考。也就是说，到高中就分流了，几近一半学生，进不了高中，到头来，只能去读中专、职校之类的学校。

职校啊，任静哪能甘心。

想到不甘心，越感到不甘心，可再不甘心，任静也不敢轻易说儿子，提要求；莫说提啥要求，这段时间，她多次恳求儿子跟自己谈谈，儿子都不肯。

期末考试结束后，跟上学期考完试一样，熙和学校给学生加了课；不同年级加课时间不一，初一毕业的学生，仍是加一周的课。

虽说加课，毕竟试已考完，陆枕涛不像考试前那样紧张了，作业也没那么多了，任静又想跟儿子谈。陆枕涛依旧不肯谈。

“我们不谈学习，谈别的。”

陆枕涛沉默作答，还是不肯的意思。

任静就不管他肯不肯，自顾开始说，这个说，其实是问，问他为何不肯谈，到底咋想的。才问两句，陆枕涛抓起手边一本动漫书往地上一砸，砸完，说：“我错了，你要骂我不？”

这话的语气，不说带着挑衅，也着实有两分无赖。任静惊讶地把儿子看着，陆枕涛捡起地上的书，沙发上一扔，再抓过电视遥控器，一下一下换频道，换到头，又换回来，不看她一眼。

任静在儿子身边站着，这孩子怎么成这样了？怎么回事啊？这是一时的使气，还是他父亲的基因在他身上显影了？

不敢想。不敢想啊。

过了一昼夜，任静又跟儿子谈，因为有个事不得不谈。她问陆枕涛，假期里是想参加个夏令营呢，还是跟她一块去个啥地方旅游几天，还是愿意回外婆老家一趟？陆枕涛回："随便。"

任静："选一样嘛，不要随便。"

"你定吧。"

"我问你呢。"

"我随便。"

任静拉过儿子的手，"我们好好的吧。妈不是给你道过歉了吗？"

说得陆枕涛低下头去。低下去，又抬起来，嘴唇动动要说什么，话未出口，把她拉着他手的那只手一甩，走开了。

任静伤心了，刚一伤心，陆枕涛却转回来了，"我去夏令营吧。"

有了他这句话，任静便给他报了个夏令营。回头给他收拾要带的东西，一样样放进旅行箱。东西收拾好，他不去了。

任静："钱都交了呀。"

陆枕涛："退钱呗。"

任静差点就说："你故意捣乱是不是？"极力克制住，不说责怪的话，反跟儿子商量："那我们去你外婆老家？"

"不去。"

“好几年没去你外婆老家了；你外婆也想老家了，我们陪外婆回一趟？”

“我说了不去！你干吗反复说！”

任静慢慢吸一口气，“你为啥对我发火？好好说话不行？”

“不行。”

“为啥？”

“我不正常。”

任静给噎住了。噎着噎着，又伤心了。

伤心到第二天，任静反应过来，陆枕涛不是什么不正常，分明是跟她抬杠。回想近来她和儿子间的对话，陆枕涛的话无不逻辑清晰，没啥不正常的。拿稳这一点，任静该高兴，只要儿子脑子正常就好！却高兴不起来。儿子这么跟她杠下去，什么都跟她的期望反着来，能有个什么好？

这么杠下去，他可能真的会越来越糟。

这天，她和陆枕涛再次杠上了。为一件小事，也就是陆枕涛不爱吃苦瓜，二人起杠，杠着杠着，成了纯杠。任静说东，陆枕涛偏说西；任静说左，陆枕涛偏说右。见儿子这么气人，任静就说：“你这么对抗，到了初中毕业别考高中了，考职校吧。”

果然陆枕涛急了：“凭什么不让我考高中？！”

任静本该说，“因为你考不起”，按陆枕涛事事跟她反着来的思路，陆枕涛就会说，“我偏要考起”；但说到学习考试，任静到底不敢说得太过，这是一个敏感区，稍不留神，就会触雷。

她迟疑的当儿，陆枕涛又说话了，说：“玩这一套，有意思吗？”

停一歇，又说："也许我真的考不起高中，你做好心理准备吧。"

又说："考不起高中我考个烹饪学校，将来当个厨师，做饭给你吃，给婆吃。"

陆枕涛这几句话，说得相当轻巧；他说得轻巧，任静听来，却像挨了几闷棒，闷得有话说不出。

她到门口换了鞋，拉开门，走了出去。

到了外面，却不知要去到哪里。云雾充塞天空，举目看去，四面一片混混沌沌，没有风，也不见阳光，但热气与云雾沆瀣一气，让人如闷在蒸笼里。走出住宅院，任静已是一头一身的汗。

无去处，她只管顺着路乱走。天气闷热，不是走步好时候，暴走不行，慢走也难受，热得慌。即便热得慌，任静依然苦走。走到一个十字路口，路边有个社区小广场，巴掌大的地方，中间一棵大榕树，树干老壮粗大，树冠如巨伞一把，遮出一片阴凉。阴凉下，两对半老男女在跳坝坝舞，你进我退，我进你退的；任静脑子里说，这也不怕热，劲头真大。脑子里冒出这句话时，心里是麻木的；麻木中忽觉手机在手心振动，继而音乐铃声响起。她以为是老妈打来的电话，想不接的，还是看了一眼，却是个陌生号码。

对方的声音一触到耳膜，任静不由得身子抖了一下。

对方喊了她的名字，报了自己名字，其实不用报，任静第一时间就听出来了；对方问"你还好吧"的话音未落，她就想挂手机，对方说："你先别挂电话，你听我说一句话。"

她不想听，但也没挂电话。

"对不起，都是我不好。"

就这一句话，几个字，任静泪水决堤。她把手机挂了，泪水不断滚落，好似水管阀门坏了根本关不住。她一路走，眼泪一路流，迎面而来的人，有人诧异地看她两眼，有人视而不见。好容易走到一个背静处，可以放声哭了，眼泪却再流不出，只剩个头昏脑涨。一时间恍惚起来，这一年——儿子升入中学的这一年来，都发生了什么啊？这都是真的吗？

又回想起刚才电话，那人的口气，不像十年前那样暴躁了，不仅不暴躁，还有一种稀有的温和；可十年前每次暴躁过打过她之后，他也经常低声下气。想到十年前，她顿时火气直冒，他就是罪魁祸首，就是眼下让她窝心的这一切的根源，就是他，就是他！把号码回拨过去，一接通，张口就骂："你个混账王八蛋！你把我害苦了！"

那人说："想骂什么，都骂出来吧。"

任静的眼泪，又冲了出来。

第六章

68

做学生的，没有不盼望放假的，更盼望的是，考试结束。只要期末考试考完，即便学校加课，即便有人考得不好，也不影响大家的心情飞扬起来，课间叽叽喳喳说的，全是你要去哪玩儿啊，我要去哪玩儿啊，去多久啊之类。其实期末考试之前，不少同学就在互相打听假期安排，这时候，说得更带劲了。

杨尊的心情却不太爽。

补课的这一周，龚澄晨没有出现，杨尊这才得知，龚澄晨转学了。

上个礼拜，他们还在同一间教室里坐着，课间，他还去找龚澄晨说话，问她假期要去哪儿，去一个地方呢，还是去几个地方；问她喜欢坐飞机呢，还是坐轮船；喜欢吃中餐呢，还是吃西餐；问她潜水什么感觉，海底世界啥样的，高空滑翔怕不怕人。说了那么多话，龚澄晨居然一个字没给他透露转学的事，说走就走了，杨尊心里好不失落。

当然他可以跟龚澄晨保持联系，联系也方便，有QQ，有电话，可再多的联系，都不能跟天天见面相提并论。

想着龚澄晨的不辞而别，越想越失落。

这份失落，还找不到人说。过去，跟同学不好说的，可以跟妈说，现在他却不想跟妈说了。不是怕妈剋自己，他知道他妈不会为这个剋他。他妈这个人，挺开通灵活的，就算对他做过什么要求和指示，他不遵照，或没有完全照办，他妈也不会把他怎么样。虽有把握妈不会剋自己，他依然不想说。

他不想当“妈宝男”。妈宝男这顶帽子，是苗知禾送给他的，“我看你就是个妈宝男。”他知道苗知禾是开玩笑，虽是开玩笑，他也不愿接受这顶帽子。再一点，以前他总以为妈是无所不能的，他对妈的佩服不仅发自内心，简直成了一种本能；现在，他依然觉得妈厉害，他妈确实是个能干人哪，有啥可说的呢，问题是，他妈再能干，也不是件件事情做得漂亮。不然，为何他的好多同学都不喜欢他妈呢。

但他不会不喜欢自己的妈，只是，想跟妈拉开点儿距离。再说，他心里对龚澄晨的喜欢，是他的秘密啊。

不等这份失落感消散，又一个次打击落到他头上。加课这周里，进行了班干部重新选举，他落选了。

落选的不是他一个，陆枕涛也下了课。但陆枕涛不是落选，他是主动提出不再担任班干部的。陆枕涛为何不愿再当班干部，杨尊没心情过问，他自己是想继续当的啊，却没继续成，他愈加感到失落。

落选这事，他也不想跟妈说。当天晚上没说，第二天也没说，啥时候说，他没想好。不是试图瞒着妈，他的事，啥都瞒不过他妈；落选之事就算他只字不提，不出三天，他妈准会知晓。想到自己的事情全在妈眼皮子下，杨尊突然感到有些心烦。

心烦中放学回到家。晚饭过后，他妈跟他商议假期去哪儿玩和是否报补习班的事，商议到一半，他突然另起话头问妈："我咋啥事都瞒不过你呢？"

他妈挑着眉毛笑了，"你为啥要瞒我？啥事你想瞒我？你是我儿，我是你妈，我正想问你呢，发生啥事了，让你生出这样的心思，让你不跟你妈交心了？"

"我落选了。"

半低着头，把昨日班上选举的情况告诉了妈。

他妈连句惋惜的话都没有，"风水轮流转，正常。"

他妈说："落选就落选呗，又不会死人。"

接着他妈又说："反正你当过一年班干部，有资历了。初二正好功课重，班干部让别人当去，我们全力以赴学习，备战中考。"

他妈说："下周你正式放了假，我们出去玩，玩回来，上两个补习班。"他妈说，早补习，早受益，中考获胜的把握才更大，只有过了中考关，才有机会冲高考关。

他妈快言快语一通说，一通安排，杨尊的郁闷就给说散了，心里不烦乱了，也不沮丧了。这才意识到，他还得依靠妈的指点，妈的助力。他妈到底是他妈，为他落选这个事，于老师是找他谈过话的，对他说了好一番安慰勉励的话，如何呢，还是妈的话管用。

他朗朗对妈说："好的！"意思就是，服从妈的安排。

他妈眯眼一笑，跟着又问："你还有别的事瞒我吧？"

"没有没有。"

"我咋不信呢？"

“妈你可不可以不要这么聪明？”

“你妈聪明是天生的，我也没办法啊。”

杨尊只嘿嘿笑。

“你妈要像你爸那么笨，谁为你使劲儿？”他妈眼珠转了两转，“这事交给你妈，到了初三年级，不是还要重选班干部吗！”

他妈说的“这事”，还是当班干部的事。就是说，他妈会为他一年后再次参加评选班干部，去通关，去施展拳脚。

放在过去，妈这么说，杨尊只管对妈言听计从，由着妈安排，等着享受妈一番作为后的胜利果实；眼下，他不太想让妈插手了，他说：“妈你就别管了，我不想当班干部了。”

“干吗不想？初二年级当不上，不等于初三年级没机会。山不转水转，机会总会来的。机会只青睐积极争取机会的人；人生态度不积极的，就是擦着机会的肩膀走过，也不会把机会逮着。”

讲起道理，杨尊对妈说的没有不服的，此时他也心服，也舍不得不当班干部，但他还是说：“妈你就别管这个事了。”

“为啥啊？我不管你管谁啊？”

不等他回答，他妈又问：“你是不想让我管这一件事呢，还是所有的事都不愿意让我管？”

咋可能所有的事都不让妈管？赶忙说不是。他妈接着问他，那么哪些事可让她管，哪些事不让她管。说来说去，件件事都得让妈管。得出这个结论，他妈本该满意，杨尊内心，妈满意就行了呗，他想打游戏去了。不料她妈掉过头，重新抓起前面选班干部之事的话头，问他，为啥这事不想让她管？杨尊说话说倦了，为脱身，干脆胡乱说，没有不想。他妈：“你先前说不让我管的。”

杨尊："哎呀妈，以后我啥话都不跟你说了。"

"啥？"他妈惊异，"何出此言？你咋想的？跟我再说说。"

杨尊哧溜跑开了。

第一次感到，跟妈说话挺累人。

69

期末考试，苗知禾的语文成绩向上冲了一大截，英语和数学成绩也有提升，把她妈高兴得。

为这次的考试，苗知禾憋了一股劲儿，天天用功。这个用功，不是为了妈；若只是为了妈，她才没那么大劲，非但没劲，有时候，一想到自己在妈眼里，不是别的，就是一张成绩单，她的学习积极性就要灭亡。

学习积极性之所以没有灭亡，是她要为自己争口气；为自己争口气的根源，是要做给谷励看：让他看看，没有他的帮助，她照样可以考出好成绩。

让他看看，只要她愿意做，没有做不到的事。考出个好成绩算个啥，她恨不得一鸣惊人呢。

如若真的心想事成，一鸣惊人了，谷励会怎么样，她没想过。她希望他怎样表现呢，来向自己祝贺？面带惭愧来找自己说话？他有过跟她说话的企图的，她不理他？不给他机会，他就作罢了。

还是，期待他给自己写一封信？

是的，她暗自期待一封信。来自他的信。

他会写什么呢？

加课的一周里，苗知禾替他给自己写了十封信，有的长，有的短；有的冷静，有的热烈；有的隐晦，有的感人；感人的，把她自己感动得心潮起伏。心潮起伏到加课的这一周结束，她也没收到谷励的只言片语。

苗知禾气到了。一生气，马上琢磨下学年她是否继续不跟他说话？琢磨半天，忽发现这事琢磨早了，说不说话的，都是下学年的事了；此时假期的帷幕已拉开，她该想的是，这个假期怎么过？

这个假期，采采要跟父母出国旅游，目的地是遥远的欧洲，还不是只去一个国家，而是要去葡萄牙、西班牙、法国、意大利和德国五个国家；陈黛眉也要跟父母去美国游玩。除了采采和陈黛眉，班上其他同学，有跟着父母去日本的，有去越南的，有去新西兰或澳大利亚的。苗知禾莫说出国，连外省都没去过；莫说外省，本省稍远的地方她也没去过。

但她不羡慕那些要出国的同学。她从没想过自己爹妈会带自己出国。她只愿爹妈，主要是她妈，让她这个假期自由些，让她爱做啥做啥，关键是，把未完成的除妖小说写完。按早先的构思，她的除妖主人公跟妖怪兄长决斗之后，该大踏步地，去迎战他的终极对手，他的亲娘，那个天下最厉害的王牌老妖；先前犯难的，是主人公该如何决断，要不要亲手除掉自己的娘，不亲手的话，是让那老妖死呢，还是活；现在她又有了新的构想，她要让她身怀绝技的主人公谈一段恋爱。这个蓦然冒出的想法让她兴奋不已。是的是的，她要写一段流光溢彩的恋情，给这个小说锦上添花，她还没写过这样的情节呢。如何写？咋才算流光溢彩？女主人公啥模样？啥性情？她琢磨不已。

她妈换了新工作后，上班时间跟过去两样了，上一天，休一天，看似休息时间多于过去，但她妈总好像休息不足似的。饶是休息不足，她妈百忙之中仍不忘敲打她。这样的敲打虽已是强弩之末，跟过去比，一不频繁，二不强硬，但苗知禾听着，照样心烦；一心烦，不想跟妈顶嘴也顶嘴。这天她又跟妈顶了两嘴，她妈气得骂她没良心："你个没良心的东西，啥时候你才能懂点事啊？"

被妈说没良心，不懂事，苗知禾不服，却没跟妈吵，掉头走了。

不想跟妈争吵了，哪怕不高兴，她也尽量不吵。

干吗要吵啊，就算吵架好玩，她也不想玩这个。再不想玩了。

次日早晨，她妈去上班时忘了拿手机。她奶奶发现她妈手机没拿时，她妈出门已两小时。如今她妈逢上班日，凌晨六点准时动身，为的是赶在七点前到达接班。她爸跟她商量："要不你给你妈把手机送去？"

苗知禾不想当快递员。她爸说："去送吧，你妈在那儿要待二十四小时，这么长时间，万一有什么事要联系呢。"

把她妈上班的地址和乘车线路写下，交给她，她爸也匆匆出门上班去了。

吃完早餐，苗知禾延俄一阵，奶奶催促着，她才拿上手机和公交卡出门。走到公交车站，等车，乘车，换车。虽过了上班早高峰时段，车上的人还是挺多，乘客们大多低头看手机，也有人在讲电话，也有人木呆着脸发呆，苗知禾逐一看这些人的表情，衣着，站姿或坐姿，讲电话的人说话的口型；有个小伙子，二十多岁的样子，头上竟赫然有了白头发，苗知禾暗暗吐舌。不期然地，想到谷励，他此刻在干吗？他的假期怎么安排的？下个学年，她真不跟说话么？咄，干吗要想他？她都为他哭过了，那次哭过，她就发誓再不想他了，她要用多长时间，才能把他从脑子里连根拔除？

那次，她是在欧阳采采面前哭的；那次，她是想跟采采讲一讲心里话的，终究啥都没讲。采采也没有讨人厌地，套她的话。

车到了站，她下车，又一段步行。抵达康养中心大门外，看了一下手机上的时间，耗时一小时又十七八分钟。她妈是怎么做到在一小时内到达的呢？就算清晨人少车少不堵车，时间也很紧巴了吧。

进了康养中心大门，前台无人，张望间，来了一个穿工作服的中年男子，指点她上楼去找。苗知禾爬上楼梯，眼前一溜房间，每个房间的门都敞开着。她先看一个房间，一个老头子坐在床上流口水；再看下一间，一个老太太抱着个橡胶娃娃，一摇一摇；又一间，房间里没人；再看下一间，看到了她妈。

她妈穿着工作服，蹲在地上；地上，一个灰白头发老太太坐在坐便凳子上，裤子褪到腿弯，眼睛闭着。她妈不但蹲着，还埋着头；不但埋着头，手还在老太太的坐便凳子下面鼓捣。

她妈在干吗呢？

苗知禾忽地闻到一股臭味，熏得她直犯恶心。登时反应过来，她妈在给老太太抠大便。

苗知禾站在门口，没喊妈，也没进门，也没退走，下意识咽一口口水，更觉恶心。

她妈抠完大便，褪下手上的塑胶手套，站起身；大概是蹲久了，头晕，她妈站在地上好一阵没动。那老太太也没动，等着她妈给擦屁股，穿裤子。这时她妈看到了她，“咦，你咋来了？”

苗知禾举举手机。

她妈笑了，“你到外面等我，我一会来。”

苗知禾把妈的手机放到自己兜里，看一眼地上的便盆，又看看妈，说：“我帮你倒……那个。”

她妈：“不用不用，你出去吧。”

说话间，扯了卷纸，要给老太太擦屁股。苗知禾：“她为什么不自己擦？”

老太太忽地睁开眼睛：“哪儿跑来的猴崽子？多嘴烂舌讨打！”

她妈笑着，一面给老太太擦屁股，一面说：“陈太婆，那是我女儿，她不是猴崽子，她开学后该上初二了，最近她学习进步很大呢……”

苗知禾退到了门外，手揣在衣兜里。她走下楼梯，先在门厅的小沙发上坐了一会儿，然后站起来，从门厅起始，一间房一间房地，把这幢三层高的楼房看了一遍。

70

陆枕涛心里，有两股力量在打架。

一方面，他想用功，想好好学习，考出好成绩来让妈满意；与此同时，又忍不住跟妈作对。

他妈提过休学之类的话，一提他就冒火。他不想休学，不想考不上重点高中，不想跟欧阳采采做不了同学。

他希望跟采采一直做同学，听她说，“只要大难不死”；听她说，“你疯了呀”；听她说，“我相信你没问题”……

可是他的学习状态，依然成问题。这个问题，主要还是走神，但目前的走神跟前段时间的走神不一样，前段时间他总是抑制不住东想西想，或为担心走神而走神；现在呢，好些时候他是为跟妈使气。

为啥要跟妈使气？他妈对他的态度，已经大变；然而，似乎正因为这个大变，他反而气不顺了。这是啥缘故，陆枕涛自己理不出个头绪，跟欧阳采采说说呢，不知从何说起。他怀疑过自己是不是心理有问题，心理老师说过，出现心理问题跟感冒发烧一样，很常见，要正确对待，不要焦虑，也不要忽视。那他就算有心理问题吧。是不是有病呢？心理问题严重了，就是病。他爸不就是有病吗，难怪这么多年，他妈瞒他瞒得死死的。可另一头，他不认为自己到了有病的程度，在学校，在班上，他说也能说，笑也能笑，能有什么病？没毛病。

不认为自己有病，他却再三跟妈说自己不正常，会犯病，那无非是为了跟妈置气。考烹饪学校、将来当厨师的话，也是跟妈置气。他不该跟妈置气的，越觉着不该，越要置气，不唯跟妈别扭，更是跟自己别扭；除了跟自己和妈别扭，也是为了堵妈的嘴，让妈少跟自己说话。

一段时间以来，他妈总说要跟他谈谈，谈啥呢，陆枕涛啥都不想谈。谈谈他爸可以，其实也不想谈他爸，他对父亲没记忆，没印象，说不上惦记。尽管那一次，他执拗着非要问出他爸的情况，不过是顶着一股劲儿；问出来后，他也不是特别想知道他爸现在人在哪里，状况怎么样了；虽说不是特别想知道，想到这个事，他心里却不顺畅。这又是为个啥，他还是理不出个头绪。

加课这一周，他主动问起采采拍视频的事。第一次采采跟他说的时候，他就没有想不加入，只是不知道该对着镜头说些什么。再一想，哪怕到时候说不出来，无话可说，他也可以先加入。采采听他说愿意加入，十分开心，拍着手说："我正要跟你说呢，"告诉他，她重新做了构思。新的构思，采采从头至尾一说，陆枕涛听得起了劲儿，"这个假期就开拍么？"

"是啊，就是要趁着假期拍，"采采说，"以后每个假期拍一次。"

"一直拍到我们初中毕业？"

"对。"

陆枕涛正要说，"高中我们也拍，也拍三年"，就听见采采说，开拍之前，她打算看几部纪录片，学习一下。

"你要拍成纪录片啊？"陆枕涛说，厉害！

采采吐舌，"你真敢说，我哪有那么大本事，这只是试着拍个习作。"

习作二字，让陆枕涛想到了绘画，这个想，兔起鹘落，一出来，即被他丢开。

采采跟他说，她已经跟她妈说好了，到时候，请参与拍摄者到她家去，就在她家里拍。

"大家一块儿去么？还是一个一个去你家拍？"

"我们先一起开个会，商议一下怎么拍，这是苗知禾建议的，到时候我通知你。"

听采采这一说，陆枕涛更觉有意思，盼着正式假期赶快到来，还开始在心里打腹稿了。不想加课这周最后一天，采采又告诉他，她要先跟爸妈出一趟国，拍视频的事得等她回来再说。

“去多久？”

采采说，加上来去路上的时间，半个月。

不知为啥，他很有些失落。

采采说了，她要拍的视频，是让参与者每人说一段最想说的话；每年一拍，拍到大家初中毕业。最初采采设想的是，大家都说不曾说给父母但想跟父母说的话；现在她改了章程，说什么都行，说自己，说家庭，说学习，说友谊，说别的也行，只要想说的，都行，但尽量主题明确。

陆枕涛构想了好几个主题，好几种说，过一夜，自己全部推翻。决定了，还是对妈说一段话，开头一句：“妈，我不是想跟你作对。”

他在镜子前练习了一下，只这一句说出，喉头即发紧。

可不两天，他又跟妈作对了。每次跟妈作对之后，他是既解气，又厌恶自己，也怨恨妈。他想摆脱妈么？不知道。不，他不想，他不能。那他想达到啥目的？他还是不知道，说不清。

他是不是，真的该去看看心理医生？

71

谷励又逛到了大学校园里。

假期里的大学校园，人少了，空旷了，安静了好几分。谷励不是去逛，那校园他熟得很，他是去看书，携了两本书，带了一瓶水，骑了自行车过来。进了校园大门，到荷花池边坐了坐；到老中文系办公楼前的树林里坐了坐。

他暗自期望再遇到一个可以聊聊天的人。遇不到也没啥，他如常看书，想事情。他很少想身边的事情，想的多是书里写的事情，准确地说，是书里写的问题，或由书里的某句某段话，让他联想到的问题；也想遥远的事情，时间上遥远的，空间上遥远的。他庆幸天底下有那么多事情和问题供他随便想，想一辈子都想不完。由这个一辈子想不完，他曾又想出好多问题，诸如，人有无下辈子？诸如，人为何有生死？诸如，人死的时候会想些什么？还有，人，动物，植物，地球上的一切生命，到底是怎么来的？

但这天，他想的是身边的事情。欧阳采采跟他说了拍视频的事，说打算假期里开拍，问他愿否参与。欧阳采采问的当时，他没说愿意不愿意，只说“我想想”；但心里，他是否决了的，啥话他要对着那手机镜头说，他没话；即或有话，也不想对别人说。此刻，坐在老中文系楼前的这片树林里，不知是叽叽喳喳的鸟叫呢，还是风吹树叶簌簌簌的声响呢，他心思活泛了。

参与一下也不是不可以，他也可以说点什么，也想听听别的同学在镜头前会对自己父母说些什么。他在班上说话少，但耳朵没失灵，听得到别的同学课间呜里哇啦或叽里咕噜说的话，有废话、蠢话、笑话；有争辩、探讨、议论；议论的是老师、同学、父母。一次他听到隔壁座位一男生对另一男生说“我妈可不好对付”，另一男生回了什么，他没听，他心里倒回了一句：“可能你妈也这么想，觉得你不好对付。”

是时，脑子里骤然跳出的这句话和当时的场景，让他兀自发笑；发笑的当儿，发觉天暗了，风急了，鸟不叫了，树叶簌簌抖得紧促，连枝条也在上上下下殷勤摇摆。抬眼从树冠缝隙间看看天，乌云滚滚，要下雨的节奏。

七月份，雷雨季。

赶紧合上书，回家。

回到家，他妈还坐在沙发上。这天是上班日，一大早他妈去了单位，中午突然返回，说单位停电，下午放假。

妈回来后，谷励就出了门。他走前，他妈就坐在沙发里看手机，他从妈背后瞟了一眼，他妈看的是黄金涨跌。现在他逛了一圈回来，几个小时过去，他妈依然那么坐着，姿势都没变，眼睛黏在手机上。

谷励问妈："你就这么一直盯着看哪？"

他妈抬起头，有点不好意思地笑笑，辩解似的说："这两天黄金跳荡得好厉害，进也不好进，出也不好出；一买进就跌，一卖出就涨；不出吧，死不涨，守着呢，只怕越跌越凶，损失就大了。"

他妈又说："今天一早不买进好了。可是昨天前天没买，错失了好几波机会，今天一买呢，马上给套住。"

说话间，他妈眼睛不断看手机，又说："前一阵又温温吞吞的，小幅振荡个没完，拉不起来，跌不下去；这个不涨不跌，也叫人没法下手。"

他妈说话就是这样，一不留神就是个絮叨。可能他妈也意识到了，刹住话头，一笑，"哎呀，我干吗给你说这个？"

一面说，一面再看一眼手机，其实不是再看，而是在看中抽空和他说话，说：“以前我炒股的时候，不这样牢牢盯着看的……”不及说完话，手指在手机屏上点点划划起来，不说话了。

他妈不说，他说，他问妈：“你没看累呀？”

便听见窗外哗啦一声，大雨瓢泼而至。大雨前脚到，做饭的钟点工阿姨后脚进了门。阿姨做得了饭，收工走后，谷励和妈吃饭的过程中，他妈眼不离手机，夹菜时，盯着手机，咀嚼时，盯着手机；手机屏幕要暗下去的时候，伸手指点一点，让它亮起来。谷励问：“你为啥一直盯着呢？”

他妈瞄他一眼，无回答。无回答的状况，以往都是他不回答他妈，这一回，主宾位置颠倒了。

饭毕，他妈去厨房洗碗，手机也带进去，架在碗池边，一边洗，一边看，不是争分夺秒，简直是跟手机合体了。

谷励走到阳台，雨已停歇，这场骤雨，来得猛，走得快。雨过天晴，虽是傍晚的天，天色比方才下雨前，还要亮堂些，是夜晚来临前安宁沉潜的亮色。天空暗蓝，空气清新，晚风吹拂，不像本该酷热的七月，倒像荼蘼之春。

回到客厅，他妈洗好了碗，又坐进了沙发，还捧着手机看。谷励哭笑不得，喊妈一声，叫她出去散散步，溜达溜达，“不要老看手机。”

“我要看黄金。”

“有啥好看的呀？”

“你不要管我。”

说这话时，他妈埋着头，说完才仰起脸，自己愣一下，笑了，“你自己出去溜达吧，去帮曹阿姨遛狗去。”

曹阿姨是他家对门邻居，养了一条金毛，跟谷励挺亲。谷励一直想养条狗，但家里条件不允许，白天他妈上班，他上学，谁管狗？所以只能亲曹阿姨家的狗。有时曹阿姨无暇遛狗，他帮着遛；或者曹阿姨牵狗出门散步时，他跟下楼，拉着金毛跑一圈。那金毛被曹阿姨遛时，不爱跑，一脸忠厚稳重地，傍着曹阿姨走；被谷励拉着，就爱跑，跑得长毛拂动，让谷励很开心。

他不是不想出去见曹阿姨的狗，却不愿意说不动妈。他妈目前这个状态，前所未有。按说妈絮絮叨叨的话少了，他该感到安适，然而扪心一想，以前他也没有多么不安适，以前他妈话多，他可以不听；他妈静坐发愁，他可以不看。只要不听不看，他妈并不能打扰着他，那他过去咋对妈有那么大意见？而今妈不期然更换了频道，倒叫他犯了寻思，寻思他妈话多之前，是啥样的？是不是也是话少？那她的话多咋来的？寻思他妈今后，是否会一直这样？一直这样也好，问题是，他妈会不会走火入魔？

咋才能说动妈？说啥才能说一句是一句，不犯唠叨还管用？这才发现，要拉开一场说，要说动一个人，挺麻烦。

72

那天，林逐月顺从了爸的安排，坐上车，被一气拉到新翼青少年特训学校，在她，不是真的顺从，更不是向爸投降了；那只是伪装顺从，假装投降。她心里想的是，先摆脱她爸和她妈，再伺机逃跑。

至于跑出来后上哪儿去，去干吗，将来该怎么办，她没去想，先逃成功再说。自由几天算几天。

路上，她本想给李星野或沈默发个短信，告诉他们她被她爸挟持了；刚掏出手机，她爸就说："手机收起来，不要给你的朋友发短信。"

"你咋知道我要发短信？"

"那就把手机收起来。"

她并非再次顺从了爸，也不是没劲再跟爸对抗，她吃饱了饭，体力已恢复；体力恢复了，脑子也能转过弯来，想着等她爸走了再发。晚点也是发，未必她爸能寸步不离一直守在她身边？

谁知她想错了，啥都想错了。

想错不是她爸没走，她爸把她送到就走了，一走，她就发现上当了。

接管她的是一个穿军便装的人，自称冷教官，年龄三十岁上下。管你冷啊热的，林逐月没搭理，但心头已隐隐感到事情不妙。跟着冷教官去宿舍楼的路上，她看到这学校圈在严实的围墙里，围墙上方，还拉着铁丝网，奶奶的；学校周遭，是连绵几个山包。山包小馒头似的，趴在地上，馒头上，缀着果园，开有菜地；果园和菜地之间，可见几座农家小院。

看到农家小院，林逐月又安慰了些，琢磨着这是啥地方，山包是啥山，有无名字？距离城区多远？应不是很远，从她家开车过来，没开太长时间。琢磨未了，进了宿舍楼，进了房间，林逐月一看，房间里两张床，一张空着，一张有卧具。她没有同屋吗？没有，这房间归她一个人住。

林逐月耸耸肩。

冷教官说："手机交给我，在校期间，不能使用手机。"

"凭啥？"

"校规。"

"屁。"

冷教官："如果我第二次听到你说脏字，罚站一小时；第三次听到，罚站三小时。"

"你罚我就站啊？"

"不接受处罚，房间里禁闭二十四小时，不得出门。"

"你敢锁门我就跳窗。"

她的房间在宿舍二楼，逼急了她真敢跳窗。

这时候冷教官倒笑了，是一声冷笑，"你看看你跳得了不？"

林逐月已经看到，窗户被不锈钢栏杆封死了。"我不待在这里，我要走！手机还我，我要给我爸打电话！这是什么狗屁学校，这是监狱！"

"跟我来，罚站一小时。"

"为什么？"

"我刚才说啥了？"

林逐月快速一琢磨，"我没说脏话。"

冷教官说："'狗屁学校'就是脏话。"林逐月诧异："这也太夸张了吧？"

她不服也好，愤怒也罢，不得不接受处罚，否则处罚升级，她就要被关禁闭。先前她在家里被关时，还有手机，有电脑，她可以跟李星野沈默联系，虽他们救不了她，至少可以陪她说话，为她出主意；在这鬼地方，手机被收了，电脑也没有，她不憋死才怪。

跟着冷教官到楼下，操场上，有粉笔画出的一个箩筐大的圆圈，冷教官让她站在圆圈里，“站好了，立正！抬头！挺胸！直腰！手指并拢！”

林逐月气得来。时间虽已近下午五点，但太阳还在天上，还是晒人，“我中暑了怎么办？”

“你还挺有忧患意识的！”冷教官说，“现在开始不许说话，说一句话，加站十分钟！”

不说就不说。不说她就暗自观察，围墙围得严密，无机可乘；大门紧闭着，且有人把守，那把守的人，也穿着军便服。那大门是铁栅栏门，倒是可以攀爬，可那看大门的人几时不在那儿守着呢？

罚完站，冷教官把她带到一间屋子里，看着像是间办公室，让她喝水，对她宣布学校的规章、纪律、作息时间，林逐月一听早晨六点就得起床，不乐意，“我平时六点五十分起床。”

冷教官听而不闻，“六点听到起床号必须马上起床，六点一刻，准时到楼下集合，出操。迟到必罚。”

罚罚罚，林逐月恼火极了，却恼火得无计可施，愈发恼火。

次日早晨，林逐月想不起床，也无法不起，不仅有起床号，还有教官逐个房间打门，“起床起床！赶紧起！”

校服是迷彩服，林逐月将校服笼在身上，昏头昏脑扑跌到楼下，操场上站了二三十个学生，年龄不一，高矮不一，性别不一，女生加她在内，总共三个。

开始出操了。所谓出操，就是站队、跑步、做操、听教官训话。带领出操的教官，一是冷教官，一是吴教官，吴教官同样穿着军便服。出操从早晨六点一刻，出到七点三刻；从天色麻麻亮，弄到天色大亮。林逐月早饿得头昏眼花。昨天傍晚，她被冷教官带去食堂吃饭时，已过了饭点，别的学生和教官都吃过了；白色简易餐桌上，给他们留着饭菜，一盘苦瓜肉片，一盘清炒空心菜，一碗菠菜鸡蛋汤，林逐月一看就没胃口，没多吃。到昨晚就寝前，她已饿得不行，饿了也没招，哪儿去找加餐，也买不到零食。

越饿，她越气。到了八点开早饭，她饿虎扑食般扑进食堂，稀饭包子煮鸡蛋，平时都是她嫌弃的，这时候哪敢嫌弃，一口气，吃了三个包子两个鸡蛋两碗粥，还想再吃两个鸡蛋，没有了。

这一天下来，她才知道，这学校的学生就那么多，二三十人；教官就是他们的老师，全部身穿军便服。在这里做学生，全天二十四小时皆被教官们盯着，晚上就寝也不得关门。有时候，就寝前还要来一次紧急集合，真是没人性。

被时刻管束，动辄受罚，上那些无聊的课，诸如德育课、心理课、修身课、劳动课等等，还有高强度的军事训练，还要学习文化课，简直让林逐月不堪其苦。逃跑又跑不成。有天晚上她强忍着不睡，等教官查房完毕回了自己房间，再等到万籁俱寂时候，她偷偷穿了衣服溜下楼，尚未挨到大门边，就被守门的猛喝一声，吓得她回头就跑。

想拉队伍起义呢，二三十个学生，不一般大，玩不到一起，也说不到一起；别说玩到一起说到一起，这里的大半学生，都叫林逐月看不上。

最可恨的还是伙食。也不能说没油水，但花样太少，还不好吃，尤其肉菜不足；一日三餐之外，没一点零食。以往，林逐月从不觉得吃肉是幸福的，在这里不到一周，她就一门心思的，怀念各种肉菜，怀念油汪汪的火锅、冒菜和串串，怀念各类小吃和零食了。

73

采采迫不及待想开拍自己的视频。

这个假期要拍的，只是素材，往后两年暑假，得持续拍素材；素材拍好了，才是编辑和剪辑。如何编剪，她目前完全不懂，但有两年时间，可以让她慢慢学。到时候，会不会做出一部像纪录片那样的片子，她心里没谱，虽没谱，不妨碍她开拍。可以开始，这是至关重要的。

这个可以，来之不易。起初她给同学说的时候，只有陈黛眉和一个叫马骧的男生，痛快答应参与，其他人，要么没当回事，要么说，某某参加我就参加；苗知禾还反对呢。现在，苗知禾不反对了，不仅不反对，还成了她的合作者，构思，主题，都跟她一块儿讨论；讨论之外，苗知禾还愿意成为被拍摄者。苗知禾愿意之后，陆枕涛也表示愿意，杨尊也愿意，另有三个同学也说愿意。往后几天，又陆续有同学QQ上告诉她，愿意参加，包括谷励，也说愿意试试。

拍摄的地方，就在她家客厅。这是苗知禾提议的，“我就喜欢你家客厅，我要在你家客厅里拍。”问题是，客厅也是她妈的书房，这半年来，她妈在电脑前坐的时间越来越长，好像在写什么东西，晚上也写，周末也写。采采问过妈，在写什么呀？她妈说：“写我想写的东西。”

“日记吗？”

“差不多吧。”

采采就不深问了。

但若要在家里拍视频，妈怎么写东西？她妈说：“到时候我带上笔记本电脑，找一间咖啡馆待着，没问题的。”

“真的呀？”

又问：“你不觉得委屈吗？”

她妈笑得，边笑边说：“问得好，谢谢你为我考虑。有你这一问，更不委屈了。”

她妈还专门给她买了一台笔记本电脑，让她储存拍摄的素材。有了这台笔记本，她可以下载一些纪录片，出国旅行时，带在路上看。

出国旅行的事，她妈是在把所有手续办好，机票买到，才告诉她的。妈说：“没有事先征求你的意见，是想给你一个惊喜，你不会不高兴吧？”

本来，听了妈的话，采采是又惊喜又不喜，惊喜不用说，这是她第一次出国游，特别是，爸妈一块儿带她去，一块儿呀！她爸能够给他自己放假这么长时间，太难得了；不喜呢，也不是不喜，是她心里存着拍视频的事儿。她妈说这话的头两天，她还在想，这个假期哪儿都不去，先找些纪录片来好好观摩，再邀约大家来她家聚一聚，开个会，集思广益。开会这事，她妈也挺支持的，“你们开会我也到外面去，吃的喝的我给你们准备好。”

那她就把时间安排调整一下。

太开心了，她就要迎接一个最精彩有意思的假期啦。

旅行启程之前，采采陆续又接到几个同学的信息，他们也要参与。到了出发前的一天，采采一算，有近二十个人了。这可大大超出了她的预期，她妈说，说不定拍摄过程中，还有同学想参加。

采采既喜且忧，这下工作量可就大了，工作量大倒无妨，她的思路是否还得调整？只五六个同学，她连拍三年，就会拍出一大堆素材；要是二十个甚至三十个人，她拍三年，素材就成汪洋大海了。这个问题她妈也想到了，她妈说："素材太多了，到时候很难组织的。"她妈提醒她，组织剪裁不好，弄出来的，可能就是流水账。流水账不好么？妈说："不吸引人呀，看着累人哪。"

采采犯愁了，她妈倒笑了。妈说，再琢磨再想呗，这么大个事，这么大个计划，不可能一蹴而就；妈说，出现意外情况是很正常，往后十有八九还会出现别的意外，得做好心理准备，"你不要放弃呀。"

妈说出"这么大个事，这个大个计划"时，采采听得好不振奋，妈妈这是在肯定她呢，在给她鼓劲儿呢！接着，妈又说，旅行期间他们有足够的时间一块儿讨论；妈还说，说不定灵感会主动来访问她，好比摸到了电灯开关，啪一下，漆黑屋子一下亮了。妈这两句，让采采再次精神一振。

她搂着妈的腰，"妈你准备好，我要对你说肉麻的话了。"

她妈故意惊悚地一抖，"那就别说了吧。"

采采嘻嘻笑，"要说。"

所谓肉麻话，就是对妈说"我妈是天底下最好的妈妈"之类的话。小时候，她爱跟妈说这种话，她妈每次听，总是又高兴，又有点不好意思。有一次她妈说："你这么说妈妈，妈妈感到挺幸福的，不过呢，提个建议好不好，不用太频繁地‘歌功颂德’吧，这样让我有点无所适从哪。不如就说‘爱你’。”说完最后两个字，她妈抖一下，笑道：“我们这一代不太善于表达感情，这两个字都让我觉得——咋说呢，有点肉麻，不过你们这一代应该比我们会表达感情，只是不要太甜腻，好不？”

后来，每当要对妈说甜蜜的话，采采总要先说一句“妈你准备好”。

她对妈说：“爱你妈妈，最爱你。”

第七章

74

当年米颖生采采的时候，很是吃了一番辛苦。她是下定决心要顺产的，煎熬十一二个钟头，死活顺不下来，到底吃了一剖。顺的痛，剖的痛，一样不少地吃了，这才深知生个孩子大不易，说过鬼门关都不为过。

然而，跟后面养育孩子的辛苦相比，生孩子到底只是一时之苦。

这些年，看着女儿活蹦乱跳长大，数月一变，一年一大变，米颖时常暗自惊讶，这些年，她真就平顺走过来了？其实自打女儿落地那天起，她的心就悬吊了起来。当了妈，喜悦啦，骄傲啦，那是没得说的，可越是喜悦骄傲，越是提心吊胆。孩子婴儿时期，不会说话，只会哭，白天哭，夜里哭，高声哭，低声哭，扯着嗓子没完没了地哭，蔫嗒嗒一抽一抽地哭，把她愁得。更可怕的是生病，那时候，她和保姆汪姐，三天两头抱着采采跑医院，多少次，夜半更深了，整个城市都休眠了，还得换衣服出门。儿童医院永远人满为患，人满为患还不够，那些被抱在父母臂弯中，患病患得千奇百怪的患儿，才叫米颖心惊肉跳。在那里，米颖见过脑袋肿大如斗的婴孩，见过双眼暴凸脸色青紫的婴孩，见过黄疸发得遍身金黄的婴孩，还有个孩子，两岁了，发高烧没及时就医，成了脑瘫。有时候，米颖只觉得这些柔嫩小生命简直就活在危机四伏中，一不留神，就是个万劫不复。

采采两岁之前，米颖总感觉如履薄冰；采采上小学之前，疲惫是她的生活常态，饶是有汪姐做左膀右臂，那份累依然生生不息。辞职之后，时间宽裕了，身体不那么累了，心仍是累的。只是这份累，她很少跟人说而已；要说的话，说成个罄竹难书也不一定。

另一头说，也不知是累习惯了，还是累的过程中，收获着女儿的成长，当妈的各种幸福与喜悦；还是教学相长，自己陪着女儿，重新成长了一遍，长得更加结实了，她内心里，又日渐握稳了一份踏实感。

踏实中，还得往前想。她得开始做被女儿“抛弃”的心理准备了。这个抛弃，就是某一天，女儿要跟她拉开距离，有些话，不想跟她说了，有些事，不想让她知道了。当下，女儿越是跟她亲密，她越是要提醒自己，被女儿“抛弃”的日子说来就来。这不是说她拿稳女儿会叛逆，或断定母女俩会不亲，而是能够看到，小孩随着年龄往上走，收复自主权的意愿将日趋强烈。当女儿有意要跟她拉大距离，她怎么都得让出这段距离。让出这段距离，不是说她会失落不好受；失落是必然的，多少年来你不辞劳苦地为着一个人，好比一首歌里所唱，“快乐着你的快乐，追逐着你的追逐”；忽然某一天，人家的快乐呀追逐呀，悲伤呀心事呀，不跟你分享了，至少，不全部跟你共享了，你哪能安之若素。可这份失落，她自信还担得起；问题在于，虽预备要让出一段距离，女儿半大不大的孩子，依然少不了是要管；那么这个管，该如何管？该掌握一个什么度?

宋丽华也在犯寻思。这么些年，她全心全意为儿子冲杀，想儿子所想，乐儿子所乐，也不断从儿子身上汲取奋斗的动力，谁知道，儿子还没长大，就表露出不太听自己话的动向了。本来儿子一时不听，她并不在意，此时不听，彼时会听；今天不听，明天会听，谁没点儿情绪反常呢。她很清楚，儿子迟早要脱离她的掌控，老话不是说了么，儿大不由娘。但深入一想，她猛然意识到，这个脱离，不是迟早，是会提早，很可能比她预想的早得多；即便儿子没离开她左右，也会逐渐跟她貌合神离，对她口是心非。儿子长大后，说不定啥都不听自己的；非但啥都不听，或许将来走远了，还一点不牵挂她。

这种极为可能出现的暗淡前景，宋丽华一想到，不由得心里一咯噔。虽有这么个咯噔，她也没沉陷到悲观中，有啥可悲观的。人不就是这样的么，这就是人性，天性，她自己结了婚特别是有了儿子之后，也不记挂自己爹妈。做爹妈的，不就是为子女垫背的么。所以，她会照样为儿子奋斗，不是照样，是更要加把劲。如何加劲呢，她得把做快餐店的事提上启动日程了。做快餐店，当然是为了挣钱，挣钱，当然是为了儿子。

炒纸黄金挣钱，成为李姝近来最着迷的一个事。炒了一段时间下来，钱没挣着多少，却歪打正着，找到了打发时间的好方式。时间打发得顺畅，久违的心安状态也回来了。真是久违了。尽管纸黄金涨跌，同样拨动情绪，叫她患得患失的，可无论怎样患得患失，晚上她入睡不困难了，还能一觉到天明。跟儿子谷励的关系，也奇特地融洽起来。这份融洽，是以谷励对她的干涉——不让她总是看手机为表现的。这些年来，谷励何尝这样主动且频繁地跟她说过话？是他长大了，还是怎么的了？

窗外，又是一场暴雨轰然而下。七月为此地雷雨季，下起雨来，又是惊雷，又是闪电，又是狂风；大白天的，也能看到闪电在空中走窜、闪裂、炸响，惊天动地。李姝站在阳台上，不敢太靠近窗口，望着窗外如注的暴雨，被狂风吹成了白茫茫烟雾，笼天罩地。忽然间，一道树枝状闪电，将阴沉天空迸裂一瞬，继而一连串闷雷滚过，轰轰轰，隆隆隆。

连续几场暴雨之后，天空归于平静。汪曼露借了一台车，开车去到新翼特训学校。

她没打算去看那个丫头的。干吗去看？管她会被怎样管制，管她在那里待得住待不住，会受怎样的夹磨。那丫头就该被夹磨，否则日后会变成一个啥样的魔头，天知道。

掐指一算，林逐月去那个学校已一个月出头。林逐月一走，鸡犬不宁的家顿时安宁下来，安宁得仿佛混沌初开，安宁得竟然叫汪曼露感到不适。自打她结婚以来，这个家何尝有过这般安宁？前有林逐月的爸，后有林逐月，一年年地消磨她，挤压她。而今，千呼万唤的安宁来了，她珍惜，她享受；珍惜着，享受着，却又不安了。她这是犯什么贱呢。她骂着自己，还是不能消除不安。一不安再不安，便拿起手机，向朋友借了车。去到超市，买了林逐月爱吃的泡椒凤爪、酱香牛肉、猪肉干、薯片、海苔、巧克力，一兜子装了；又从林逐月衣柜里拿了几件衣裤，装进包里。

开车出城后，继续行驶不到一小时，到达目的地。

她是在接待室见到女儿的。林逐月穿一件圆领迷彩T恤，迷彩长裤，人瘦了，黑了，面无表情，无喜，无怒，也不喊妈。汪曼露也一时无话，不是无话，是不知怎么说，是不知说什么合适，默默将带来的东西递给女儿，这才找到话头，“我给你带了点儿吃的。”

林逐月开口了，说：“妈，你带我去吃顿火锅吧。”

她说：“我想吃火锅，我想吃肉。”

汪曼露把拒绝的话咽下去，听见林逐月说：“我不逃跑，我只想吃顿火锅。”

是哀求的口气。

是林逐月在她面前说话从未用过的口气。

汪曼露鼻根一酸，落下泪来。

那天，任静接到前夫电话，忍不住大哭一场，还回拨电话对他一通骂。事后，她觉得自己太没有自制力了，可她不想责怪自己，她责怪自己够多的了。

前夫那个电话，不是平白无故打来的，他一定听他姐姐说了陆枕涛的状况，他是想为陆枕涛做点什么？如同前段时间她梦见的那样？她的梦真有那么神奇？且不说她那个梦，他的病当真好了？他真能帮到她？

任静预感他还会打来电话。过了一天，她接到的，是大姑姐的电话。说完电话，她心里乱得不行，拿上手机出了门。

空中云翳遮天，看不见日头，虽不见日头，阳光却打在地面上，把重重楼宇照得明晃晃的，从街面腾起股股热浪。任静只想找个没人的地方，自己静一静，在路边扫码打开一辆单车，往净水庵的方向骑去。

她上一次去净水庵，是十年前。那时候净水庵在郊外，门前一条简陋水泥路，周边是些低矮民居，不远处即农田菜地，远远地，能看到庵子的青瓦顶，红围墙，树枝伸出矮墙头的一棵硕大黄葛树。

十年之间，庵子周边全变样了，城郊变作城区，低矮民居和简陋水泥路变作高楼宽街，庵子被周围簇簇新的各色建筑遮蔽得密不透风。任静差点，没找到这个庵。

庵子大门敞开着，她没有进去。

庵子左旁，是一条热闹步行街，街上的人全都闲闲的，喝茶的喝茶，打牌的打牌，也有遛娃的，也有遛狗的，也有闲逛的。任静找了条长椅上坐下，看不见的日头已然偏斜，阳光不再盛炽，她口干舌燥，却不想走进超市去买水。

大姑姐电话里说，陆枕涛的父亲现在在一个小城市，已经再婚。

大姑姐说，他想跟陆枕涛谈一谈。

能不能让他跟陆枕涛见面，谈话，取决于她。

原来，他又结婚了，她是为这个心乱么？她让自己否决了这个想法。儿子的事情已够她焦头烂额，她没空为自己操心。她心乱的是，她是不是真的没有能力带好儿子？那她怎么办？把儿子交给他父亲？也许，儿子也愿意选择跟着他父亲过？

想到儿子很有可能做出那样的选择，任静心里猛一阵刀剜般的痛。

75

长这么大，苗知禾从未想过要跟妈认真谈点什么，谈什么啊，躲都躲不及。

去给妈送手机的次日早晨，她妈回到家，一觉睡到中午。午饭吃过，她妈在沙发上歪了会儿，便起身去拆洗窗帘。她那勤劳的妈是个闲不住的人，原先妈在家做这个做那个，苗知禾没想过妈辛苦不辛苦，以她所见，自己愿意做的事就说不上辛苦。如今，她是看到了妈上班的状况，她能不心疼妈么！给那可厌的老太太抠大便，打死她她也不干。但这不意味着，她就乐意听妈的絮叨，两码事。想去跟妈说你别忙了，休息吧，肯定招致妈又把话头扯到她的学习上。她妈那些话，她睡着了都能背出来。她想了想，丢下书，去帮妈拆窗帘，把所有窗帘取下，再把窗帘上的挂钩一个个摘下。母女两个坐一块儿摘挂钩时，苗知禾对妈说："妈以后我不跟你吵嘴了。"

苗知禾说："你也别老说我。学习上我尽量用功——只是尽量啊，考试能考什么样我可说不好，考得不好你也不要吵吵我，虽然我知道人的积习难改，你尽量克制吧。"

她妈那表情，又是惊诧，又是好笑，她妈说："用了功怎么会考不好？上个期末你努力了，不就出成绩了么？"

"那是运气好。"

"你……"她妈把手里的窗帘一摔。

"看，又来了吧。"苗知禾说，"我不是说了让你别对我吵吵？你为啥不能克制一下啊？我是对你不抱希望了，你也别对我抱希望，我们扯平。”

“你说啥？”

这话说得，一说就岔了。苗知禾把窗帘抱起，“我去洗窗帘。”借机要撤离。

“你会洗啥啊！放下！”

不就是开开洗衣机的事么，有啥会洗不会洗的！但苗知禾哪能不懂妈的意思，放多少洗衣粉，洗多长时间，她妈是有自己一套标准的；最后一缸清洗的水，她妈还要用桶接出来，用来打扫卫生。

苗知禾便把窗帘往妈怀里一递，自己洗去吧，拜拜。起先她是有心跟妈好好谈一谈，看来没那么容易。还是在采采的视频里谈吧。

周六的中午，谷励再次发现妈忘了做饭。她妈的解决办法，又是叫外卖。

下午的时间一晃而过，到了做晚饭的点儿，谷励不去提醒妈做饭，打开冰箱看看里面有啥食材，又点开手机，搜出几段教做菜的视频。看过视频，现学现用，把围裙围上，开始洗菜。他在厨房里鼓捣的时候，他妈手拿手机一头走进来，“我来做我来做！想吃什么呀？”

说着话，他妈就要解他的围裙，谷励偏开身子，“这顿饭我做。”

“对不起啊，”他妈愧疚地堆着笑，“这段时间我……”

谷励继续洗菜，他妈站在旁边，“你真做啊？”

谷励心说，不真做难道还假做？假做怎么做？皱皱眉，对妈说：“你出去吧。”

他妈延俄着，谷励不想多说也不得不说：“你出去吧，我做成什么样算什么样，好不好吃都将就吃吧。”

心想，以前你总说外婆惯我，现在我做顿饭，你拿不起放不下的，干吗呀。

这顿饭他还真是一手做了出来，米饭做硬了，炒的两个菜都不好吃，他妈却高高兴兴地大口吃着。谷励有点惊奇，他妈这是味觉失灵了呢，还是特别能自己骗自己？他妈见他吃不动，问：“没胃口啊？”

“难吃。”

“我觉得挺好吃的。”

“何必自欺欺人？”

“没有自欺更没有欺人，我是真觉得好吃，因为这是我儿子做的。”

谷励想说什么，却啥都没说，但他意识到，自己知道在欧阳采采的镜头前说些什么了。

林逐月原是没抱指望的，即便她妈肯带她去吃火锅，教官也不会同意她离校。果然，她妈向教官提出请求，当即被驳回。林逐月心情怏怏，看来她只能把牢底坐穿，等着三个月期满了，说不定满了三个月她还出不去，这该死的学校里，有的小孩待了半年，还没出去。她极其惊讶的是，忽地听见她妈说：“我要把我女儿带走。”

她不会听错了吧？

没有听错。她妈确实要带她走，无论教官说什么，她妈不改主意。校长也来了，但校长也没说服她妈，她妈倔得像头驴。不，她妈有种，厉害！林逐月第一次对妈，有了佩服之感。

妈开车带她回城的路上，林逐月说："妈，谢谢你。"

她妈没有回应什么。没有回应也不影响林逐月喜极欲狂的心情，她出来了，逃出牢笼了，解放了！恨不得大呼一声万岁！就听见她妈叹口气说："我也不知道把你带出来是对是错。"

啥意思?

她妈看着前方路面，"反正，我不指望你一下子变成另一个人，我也不奢望这次把你带回去，我们就能和和美美相处，但至少，我们两个不要打架了。"

"可以，"林逐月痛快答应，"不打就不打。"

她以为她妈要问，"我能相信你吗"，没有，她妈没问。这就对了，她干吗要做保证？反正此时此刻她是这么想的，不再跟妈打架了。

黄昏降临。

夏日的黄昏是绵长的，晚饭之后，天色依然亮着。陆枕涛趴在阳台栏杆上，看着窗外黄昏的天空，光线不动声色地沉潜下去，白昼的明亮已转为淡淡的青灰，转为安谧的空旷。地面的喧嚣丝毫不能触动这份安谧空旷，它高高在上得仿佛远离尘嚣。他出神地看着，听见身后有脚步声，知道是他妈过来了。他没转身。

他妈说："你姑给我打过电话，说你爸爸的病况好转了，他想跟你见个面。见不见，你决定。"

他转过身，他妈没看他，也看着窗外的黄昏。光线暗了一层，又暗一层，越暗，越静谧。

越暗，越静谧。

他说："我想去看心理医生。"

图书在版编目(CIP)数据

吾儿吾女 / 袁远著. — 北京 : 北京十月文艺出版社，2022.1

ISBN 978-7-5302-2110-5

Ⅰ. ①吾… Ⅱ. ①袁… Ⅲ. ①长篇小说—中国—当代 Ⅳ. ①I247.5

中国版本图书馆CIP数据核字(2021)第005729号

吾儿吾女

WU ER WU NÜ

袁远 著

出　版　北京出版集团
　　　　北京十月文艺出版社
地　址　北京北三环中路6号
邮　编　100120
网　址　www.bph.com.cn
发　行　新经典发行有限公司
　　　　电话 010-68423599
经　销　新华书店
印　刷　北京盛通印刷股份有限公司
版　次　2022年1月第1版
　　　　2022年1月第2次印刷
开　本　880毫米×1230毫米 1/32
印　张　10.5
字　数　258千字
书　号　ISBN 978-7-5302-2110-5
定　价　39.80元
质量监督电话　010-58572393
如有印装质量问题，由本社负责调换。